TRILOGIA O ÚLTIMO POLICIAL

MUNDO DAS HORAS FINAIS

Tradução de Ryta Vinagre

MUNDO DAS HORAS FINAIS

Ben H. Winters

Título original
WORLD OF TROUBLE
The Last Policeman Book III

Copyright © 2014 *by* Ben H. Winters

Todos os direitos reservados.
Nenhuma parte deste livro pode ser reproduzida
no todo ou em parte sob qualquer forma.

Primeira publicação pela Quirk Books, Filadélfia,
Pensilvânia. Este livro foi negociado através de
Ute Körner Literary Agent, S.L.U, Barcelona – www.uklitag.com

Direitos para a língua portuguesa reservados
com exclusividade para o Brasil à
EDITORA ROCCO LTDA.
Av. Presidente Wilson, 231 – 8º andar
20030-021 – Rio de Janeiro – RJ
Tel.: (21) 3525-2000 – Fax: (21) 3525-2001
rocco@rocco.com.br
www.rocco.com.br

Printed in Brazil/Impresso no Brasil

CIP-Brasil. Catalogação na fonte.
Sindicato Nacional dos Editores de Livros, RJ.

W746m	Winters, Ben H.
	Mundo das horas finais / Ben H. Winters; tradução de Ryta Vinagre. – 1ª ed. – Rio de Janeiro: Rocco, 2016.
	(O último policial; 3)
	Tradução de: World of trouble
	ISBN 978-85-325-3037-0 (brochura)
	ISBN 978-85-8122-657-6 (e-book)
	1. Ficção norte-americana. I. Vinagre, Ryta. II. Título. III. Série.
16-33863	CDD-813
	CDU-821.111(73)-3

Para Diana
*"... I'm gonna love you
till the wheels come off
oh, oh yeah..."*

> "And I won't let go and I can't let go
> I won't let go and I can't let go
> I won't let go and I can't let go no more"
>
> — Bob Dylan, "Solid Rock"

Quarta-feira, 22 de agosto

Ascensão reta 18 26 55,9
Declinação -70 52 35
Elongação 112,7
Delta 0,618 UA

— Você veio aqui por causa da poeira? Por favor, me diga que veio para dar um jeito na poeira.

Não respondo. Não sei o que dizer.

A garota tem a voz rouca e doentia, seus olhos vigiam acima da máscara, que cobre nariz e boca, olhando esperançosa e ensandecida para mim, eu parado e desnorteado a sua porta. Cabelo louro e bonito afastado do rosto, suja e exausta como todo mundo, em pânico como todo mundo. Mas há algo mais acontecendo ali, algo que não é saudável. Algo bioquímico em seus olhos.

— Bom, entra — diz ela através de sua máscara para alergia. — Entra, entra, fecha a porta, a porta.

Entro, ela fecha a porta com um chute e se vira para mim. Vestido de verão amarelo, desbotado e puído na bainha. Aparência faminta, adoentada, pálida. Além da máscara para alergia, usa luvas de látex amarelas e grossas. E está armada até os dentes, segurando duas semiautomáticas e com um revólver pequeno enfiado na bota, além de uma faca de caça militar embainhada na panturrilha, perto da barra do vestido. Não saberia dizer se é funcional ou não, mas aquilo sem dúvida nenhuma é uma granada pendurada em um cinto trançado na sua cintura.

— Está vendo a *poeira*? — diz ela, gesticulando com as armas, apontando os cantos. — Vê o problema sério que temos com a poeira?

É verdade que existem grãos de poeira pairando à luz do sol, junto com o lixo espalhado pelo chão, montes de roupa suja e malas abertas derramando toda sorte de inutilidades, revistas, fios elétricos e cédulas emboladas de dólar. Mas ela está vendo mais do que existe aqui, sei disso, ela está fora de órbita, pisca intensamente, tossindo por trás da máscara.

Queria conseguir me lembrar do nome dessa garota. Seria de grande ajuda se eu ao menos conseguisse me lembrar de seu nome.

— O que vamos fazer com isso? — diz ela, sem parar. — Você vai aspirar ou...? É isso... vai sugar tudo e tirar daqui? Isso funciona com poeira cósmica?

— Poeira cósmica — digo. — Hum. Bom, olha só, não sei bem.

Esta é minha primeira viagem a Concord, New Hampshire, desde que fugi um mês atrás, desde que minha casa foi incendiada, junto com grande parte do resto da cidade. O caos daquelas últimas horas frenéticas esmoreceu em um silêncio melancólico e tristonho. Estávamos a algumas quadras do centro da cidade, na casca abandonada de uma loja na Wilson Street, mas não havia uma multidão ansiosa se acotovelando do lado de fora, ninguém assustado, correndo e esbarrando nos outros pelas ruas. Nenhuma buzina de alarme de carro, nem tiros distantes. Agora as pessoas estavam escondidas, aquelas que sobraram, escondidas debaixo de cobertores ou nos porões, encerradas em seu pavor.

E a garota, desintegrando-se, delirando com uma poeira imaginária do espaço sideral. Nós nos encontramos uma vez, aqui mesmo, nesta mesma lojinha, que antigamente era uma loja de roupas usadas chamada Next Time Around. Na época ela não era assim, não tinha sido vitimada por isso. É claro que outras pessoas estão doentes da mesma forma, em graus variados, uma sintomatologia diferente: se o *Manual Diagnóstico e Estatístico de Transtornos Mentais* ainda estivesse sendo atualizado e aplicado, esta nova doença seria acrescentada em vermelho. Uma obsessão debilitante com o asteroide gigante em rota de colisão com nosso frágil planeta. *Astromania*, talvez. *Psicose interestelar delirante*.

Sinto que se eu ao menos pudesse chamá-la pelo nome, lembrar-lhe que temos uma relação, que somos ambos seres humanos, isto acalmaria sua mente perturbada e eu não seria uma ameaça tão grande. Assim podíamos conversar com calma.

— É tóxica, sabe? — está dizendo ela. — É muito, muito ruim. A poeira cósmica existe, péssima para nossos pulmões. Os fótons queimam os pulmões.

— Escute — digo, ela ofega em pânico e corre para mim, tilintando seu armamento sortido.

— Fique com a *língua* dentro da *boca*. — Ela sibila. — Não *prove* a poeira.

— Tudo bem. Vou tentar. Não vou provar.

Mantenho as mãos ao lado do corpo, onde ela possa ver, minha expressão neutra, doce como um bolo.

— Na verdade vim aqui para conseguir informações.

— Informações? — Ela franze as sobrancelhas, confusa. Fica me olhando através das nuvens de poeira invisível.

De qualquer modo, não é com ela que vim falar; é do amigo dela que preciso. Talvez namorado. Seja lá o que for. É um cara que sabe aonde preciso ir. Espero que saiba, pelo menos. Estou contando com isso.

— Preciso falar com Jordan. Ele está aqui?

De súbito a garota encontra o foco, fica atenta e a pistola aparece.

— Ele... ele mandou você?

— Não. — Levanto as mãos. — Não.

— Ah, meu Deus, ele te mandou aqui. Você está com ele? Ele está no espaço? — ela grita, avançando pela sala, os canos das semiautomáticas apontados para minha cara como dois buracos idênticos. — É ele que está fazendo isso?

Viro a cabeça para a parede, morto de medo, mesmo agora, mesmo hoje.

— Ele está fazendo isso comigo?

E então — de algum modo — como que por milagre — o nome.

— Abigail.

Seus olhos se abrandam, arregalam-se um pouco.

— Abigail — digo. — Posso te ajudar? Podemos ajudar um ao outro?

Ela fica boquiaberta para mim. Silêncio pesado. Os momentos passam voando, o tempo se consome.

— Abigail, *por favor*.

PARTE UM

Espírito Americano

Quinta-feira, 27 de setembro

Ascensão reta 16 57 00,6
Declinação -74 34 33
Elongação 83,7
Delta 0,384 UA

1.

Estou preocupado com meu cachorro.

Agora ele manca, ainda por cima, além da tosse seca que sacode o corpo pequeno quando ele respira, além dos abomináveis carrapichos que se embolaram irrecuperavelmente no pelo embaraçado. Não sei onde nem como ele pegou esta enorme manqueira na pata dianteira direita, mas lá vem ele agora, andando devagar pela sala de provas atrás de mim, passando por minhas pernas com um arrastar pronunciado da pata pelo corredor. Ele se desvia, o coitadinho, com o focinho pelo rodapé, a pelagem suja, mas ainda assim branca.

Observo-o com profunda inquietação. Não foi justo que eu trouxesse Houdini comigo. Um erro que cometi sem sequer pensar, infligindo a meu cachorro os rigores de uma viagem longa e incerta, água potável pouco higiênica e comida rara, as caminhadas pelos acostamentos de estradas desertas e campos abandonados, as brigas com outros animais. Devia tê-lo deixado com McConnell e os outros, na casa segura em Massachusetts, devia tê-lo deixado com os filhos de McConnell, todas as outras crianças, os outros cachorros, um ambiente seguro e confortável. Mas eu o trouxe. Nunca perguntei a ele se queria vir, embora um cachorro, de qualquer modo, não tenha como pesar riscos e recompensas.

Eu o trouxe, atravessamos complicados 1.400 quilômetros em cinco longas semanas e o desgaste transparece no cachorro, não há dúvida disso.

— Me desculpe, amigo — sussurro e o cachorro tosse. Para no corredor, respirando no escuro, olhando fixamente o teto.

A sala de provas estava igual ao resto do lugar: camadas grossas de poeira nas prateleiras, arquivos virados e esvaziados. Cheiro de mofo e umidade. No Despacho, na mesa de alguém, entre laptops apagados e o velho console do Rádio Comando de pedal, havia um sanduíche velho, semiconsumido, tomado de formigas. Nada de bom, nada de útil ou esperançoso.

Chegamos ontem à noite, muito tarde, e de imediato começamos nossa busca, e agora já se passaram três horas e o sol começa a nascer — fachos claros e opacos infiltrando-se pela porta de entrada com vidraça, caindo na extremidade leste do corredor —, percorremos a maior parte do prédio e nada. Nada. Uma pequena central de polícia, como aquela de Concord, New Hampshire, onde antigamente eu trabalhava. Ainda menor. A noite toda fiquei de quatro no chão com minha lente de aumento e a lanterna Eveready grande, examinando o lugar, sala por sala: Recepção, Despacho. Administração, Detenção, Provas.

Uma certeza fria aos poucos me domina, como água suja surgindo em um poço: não há nada.

A policial McConnell sabia disso. Ela me falou que esta era a missão de um tolo.

— Mas você tem o quê, o nome de uma cidade? — Foi o que ela disse.

— Um prédio — respondi. — A central de polícia. Em uma cidade. Em Ohio.

— Ohio? — Cética. Braços cruzados. Cara amarrada. — Bom, você não vai encontrá-la. E aí se você encontrar? Como é que vai ser?

Lembro-me de como foi, ela se enfurecendo, numa raiva justificada. Limitei-me a assentir. Continuei preparando a mala.

Agora, na luz baixa do amanhecer do corredor vazio da central de polícia vazia, cerro a mão direita em punho e a levanto num ângulo de 45 graus, descendo-a como o cão de uma arma, batendo na parede em que estou encostado. Houdini vira-se e me olha, olhos pretos e brilhantes de animal cintilando como bolas de gude no escuro.

— Tudo bem — digo a ele. Ele solta um ruído molhado do fundo da garganta. — Tudo bem, vamos continuar procurando.

* * *

A uma curta distância pelo corredor, tem uma placa em homenagem aos serviços de Daniel Arnold Carver, por ocasião de sua aposentadoria do Departamento de Polícia de Rotary, Ohio, no Ano de Nosso Senhor de 1998. Ao lado desta placa comemorativa, está uma ferradura de cabeça para baixo composta de cartões feitos por crianças do lugar: policiais em traço palito acenando alegremente nos desenhos em lápis de cores vivas, com "Obrigado pelo passeio!" escrito embaixo na letra bonita de uma professora primária. Os cartões estão pendurados com fita adesiva torcida e desbotada: a placa está um tanto desalinhada e recoberta de mais de um centímetro de poeira.

A próxima sala fica à esquerda, um pouco além da placa e dos desenhos infantis. Tem a placa DETETIVES, embora a primeira coisa que eu perceba ao entrar é que não há um só detetive ali. Uma mesa, uma cadeira giratória. Um telefone de linha fixa, com o cabo cortado, o fone colocado fora do gancho como elemento de cenário. Uma planta ornamental morta há muito tempo pende do teto: caules e grumos de folhas marrons e murchas. Uma garrafa de água mineral virada de lado, meio amassada.

Posso imaginar o detetive que antigamente se sentava nesta sala, com a cadeira tombada para trás, finalizando os pequenos detalhes de um flagrante iminente num laboratório de metanfetamina, digamos, ou xingando com um humor rabugento alguma diretriz canhestra dos sem-noção da Administração. Farejo o ar e imagino detectar o antigo odor choco dos charutos dele.

Os charutos dela, na realidade. Dela. Há um grosso diário com capa de couro na mesa com um nome escrito elegantemente em estêncil no canto superior direito: detetive Irma Russel.

— Peço minhas desculpas, detetive Russel — digo a ela, quem quer que seja, e faço uma saudação para o ar. — Eu devia estar mais bem informado.

Penso de novo na policial McConnell. Ela me beijou enfim, na ponta dos pés, à porta. Depois me empurrou, um bom empurrão com as mãos, para me fazer partir em minha aventura.

— Vai — disse ela. Com ternura, tristeza. — Babaca.

A fraca luz do dia não penetra inteiramente a janela coberta de poeira da sala dos detetives, assim volto a acender a Eveready e passo seu facho pelo diário da detetive Russel, folheando-o. A primeira entrada é de apenas sete meses atrás. Dia 14 de fevereiro. No dia de são Valentim, a detetive

Russel contou em uma letra cursiva e elegante que foi ordenado um revezamento de blecautes para todos os prédios municipais do condado e a partir daí todos os registros teriam de ser feitos com papel e caneta.

As entradas que se seguem são um registro da decadência. Em 10 de março houve um pequeno tumulto em um dispensário de comida no condado vizinho de Brown, que se espalhou rapidamente, resultando em "perturbação civil geral de níveis imprevistos". Está anotado em 30 de março que os níveis de prontidão do departamento foram consideravelmente prejudicados, reduzindo-se a 35% do efetivo do ano anterior. ("Jason *pediu demissão!!!*", comenta de passagem a detetive Russel, os pontos de exclamação eriçando-se de surpresa e decepção.) Em 12 de abril, o "estuprador que chutou o balde" foi detido e revelou-se que era "Charlie da Blake's Feed Supply!!!".

Sorrio. Gosto dessa detetive Russel. Não sou muito chegado em todos os pontos de exclamação, mas gosto dela.

Acompanho a letra elegante pelo decorrer dos meses. A última entrada, datada de 9 de junho — 16 semanas atrás —, diz apenas "Creekbed" e, depois, "Papai do céu, cuide de nós, tá legal?".

Demoro-me ali por um tempo, recurvado sobre o caderno. Houdini anda pela sala e sinto seu rabo roçar na perna de minha calça.

Pego meu bloco azul e fino no bolso interno do casaco e escrevo *9 de junho* e *Creekbed* e *Papai do céu, cuide de nós, tá legal?*, tentando escrever em letras miúdas, aproximando as palavras. É o último destes blocos que tenho. Meu pai era professor universitário e quando morreu deixou caixas e mais caixas desses blocos de exame, mas tenho usado muitos desde que entrei para a força policial, e muitos outros foram perdidos no incêndio que consumiu minha casa. Sempre que escrevo alguma coisa, tenho um pequeno sussurro de ansiedade do tipo, o que vou fazer quando não tiver mais papel?

Fecho as gavetas da detetive Russel e devolvo o diário a seu lugar, aberto na página em que o encontrei.

* * *

Também em meu bolso, metido em uma luva de plástico vermelha da Biblioteca Pública de Concord, está uma cópia tamanho carteira de uma foto de anuário de minha irmã no segundo ano do ensino médio. Nico como secundarista desafiante e moderna, com uma camiseta preta rota e óculos de armação barata, rebelde demais para ter penteado o cabelo. O lábio inferior está projetado, a boca torcida: *Vou sorrir quando eu quiser, e não quando algum palerma diz para eu falar giz.* Queria ter uma foto mais recente, mas as perdi no incêndio; a verdade é que ela só saiu do colégio há oito anos e a foto ainda é atual, com relação à aparência e à impressão de Nico Palace. Meu corpo se coça para realizar os rituais familiares, mostrar a foto a estranhos — "Viu essa garota?" — para improvisar uma série de aditamentos claros e aditamentos de aditamentos.

Junto com a fotografia e o bloco, dentro de meu paletó esporte caramelo e gasto, estão outros instrumentos básicos da investigação: uma lente de aumento portátil; um canivete suíço; uma trena retrátil de 3 metros; outra lanterna, menor e mais fina do que a Eveready; uma caixa de balas calibre .40. A arma em si, uma SIG Sauer P229 do departamento que já porto há três anos, está em um coldre no quadril.

A porta da sala de provas estala, abrindo-se e fechando-se, e eu aponto a lanterna para Cortez.

— Tinta spray — diz ele, erguendo uma lata de aerossol e dando uma sacudida entusiasmada. — Pela metade.

— Tudo bem — digo. — Ótimo.

— Ah, mas *é mesmo* ótimo, policial — diz Cortez, parecendo uma criança deliciada com esta descoberta, revirando a lata nas mãos rudes. — Útil para marcar um rastro e vira uma arma fácil. Uma vela, um clipe de papel, um fósforo. Voilà: lança-chamas. Já vi fazerem isso. — Ele dá uma piscadela. — Eu já fiz isso.

— Tudo bem — repito.

É assim que ele fala, Cortez, o ladrão, meu parceiro improvável: como se o mundo fosse continuar para sempre, como se ele, com seus passatempos e hábitos, continuasse para sempre. Ele suspira, meneia a cabeça com tristeza para minha indiferença e desliza no escuro como um fantasma, pelo corredor, em busca de outro butim. *Ela não está aqui*, sussurra a policial McConnell em meu ouvido. Sem críticas, sem raiva. Apenas observando o óbvio. *Você viajou isso tudo por nada, detetive Palace. Ela não está aqui.*

O dia avança. A luz do sol dourada e morosa aproxima-se aos poucos de mim, na extremidade do corredor escuro. O cachorro, em algum lugar que não consigo ver, mas perto o bastante para que eu ouça sua tosse. O planeta oscilando sob meus pés.

2.

Ao lado da sala dos detetives há uma porta com a placa REVISTA, e esta sala também está cheia de objetos conhecidos, ganchos para casacos com blusões pendurados, um confortável boné azul, um par de robustas botas Carhartt com cadarços endurecidos. Roupas de rua de um policial. Em um canto, uma bandeira dos EUA em um suporte barato de plástico com cabeça de águia. Um cartaz de informações sobre segurança no local de trabalho da Agência Europeia para Segurança e Saúde no Trabalho está preso por tachas no canto inferior de um quadro de avisos, o mesmo cartaz que tínhamos em Concord e o detetive McGully gostava de ler em voz alta, cheio de desdém: "Ah, que bom, umas dicas de postura. Vamos *tentar* ganhar a porra da vida com isso!"

Na parede dos fundos há um quadro branco sobre rodas bambas com uma exortação sem data, toda sublinhada três vezes: "SEGURANÇA, IDIOTAS." Abro um sorriso, um meio sorriso, imaginando o sargento jovem e cansado escrevendo a mensagem, escondendo o próprio medo por trás da astúcia maliciosa de policial durão. *SEGURANÇA, IDIOTAS. Cuide de nós, tá legal?* Não tem sido uma época fácil para a polícia, estes últimos meses, não tem sido mesmo.

Empurro uma porta no fundo da sala de revista, dando em um espaço ainda menor, uma copa mínima: pia, geladeira, micro-ondas, mesa redonda e cadeiras de plástico preto. Abro a geladeira e a fecho de imediato, bloqueando uma onda de odor quente e desagradável: comida azeda, comida estragada, podre.

Fico na frente da máquina de venda automática vazia e olho por um momento meu reflexo de casa de espelhos no Plexiglass. Não tem lanche nenhum ali, só as bobinas vazias como galhos de inverno desfolhados. Mas o vidro não está quebrado, como todo o vidro do mundo parece estar ultimamente. Ninguém atacou esta máquina com um bastão ou uma bota Carhartt para roubar seus tesouros.

Presumivelmente esta máquina foi esvaziada séculos atrás, talvez pela detetive Russel ou por seu decepcionante amigo Jason a caminho da saída — só que, quando me abaixo, ajoelho-me e olho mais atentamente, encontro um garfo de plástico mantendo aberta a porta preta e horizontal na base, por onde sai a comida. Lanço minha lanterna ali, o garfo drasticamente torto, a força de resistência de seu braço de plástico escorando precariamente o peso da armadilha de lanche.

Puxa vida, é o que penso, porque isto pode ser exatamente o que procuro, só que não é.

Porque, teoricamente, é claro, um garfo de plástico pode continuar nesta posição curva por muito tempo, até por meses, mas, por outro lado, uma das muitas suspensões que minha irmã levou em sua carreira turbulenta na Concord High School foi por fazer o mesmo truque: arrombar a máquina automática da sala dos professores e saquear todas as barras de chocolate e batatas fritas, deixando apenas potes de iogurte desnatado e um bilhete: *De nada, gorduchos!*

Quando recupero o fôlego, retiro cuidadosamente o garfo. Tenho uma dúzia de sacos de sanduíche no bolso e coloco o garfo em um deles, o saco no bolso do paletó esporte, e sigo em frente.

Os dois armários finos da copa foram saqueados. Pratos quebrados e desordenados; tigelas jogadas no chão. Só duas canecas de café ainda estão intactas, uma diz PROPRIEDADE DO DEPARTAMENTO DE POLÍCIA DE ROTARY; a outra, CANSEI DE AMOR; FELIZMENTE AINDA EXISTE SEXO. Abro um sorriso e esfrego os olhos baços. Sinto falta de policiais, de verdade.

Ela esteve aqui? Nico pegou os chocolates?

A torneira curva da pia está na posição ligada, virada muito para a esquerda, como se alguém entrasse procurando um copo de água, esquecendo-se de que o abastecimento municipal cessou. Ou talvez a água tenha acabado bem quando alguém usava a pia. Algum policial na copa depois de um turno longo e traiçoeiro, enchendo o copo ou lavando o rosto, o rosto dela, e de repente, epa, não tem mais água para você.

A pia está cheia de sangue. É uma pia de paredes fundas e uma cuba de aço inox, como a torneira, e quando olho suas laterais e o fundo vejo que estão cobertos de uma explosão vermelho-ferrugem de sangue. O ralo está entupido e grosso dele. Olho novamente a torneira curva, agora mais de perto, apontando a luz, e descubro as manchas fracas: palmas vermelhas e ensanguentadas agarrando e sacudindo a torneira.

SEGURANÇA, IDIOTAS.

Acima e abaixo da pia, preso à parede, tem um suporte horizontal com três facas. Todas estão manchadas de sangue, de cima a baixo, salpicadas do cabo à lâmina. Um grumo de medo e empolgação se forma na base de minhas entranhas e flutua como uma bolha para a garganta. Eu me viro, agora agindo rapidamente, o coração acelerado, atravesso a sala de revista e vou para o corredor, e agora o sol está alto lá fora, lançando um brilho ocre e atenuado pela porta de vidro, e enxergo o chão com clareza, vejo onde o rastro de sangue desce pelo corredor. Pontos distintos, conduzindo como farelos de pão a partir da pia da copa, passando pela sala de revista, pelo quadro branco e o mastro da bandeira, percorrendo todo o corredor até a porta da frente da central.

Meu mentor, o detetive Culverson, meu mentor e amigo, chamava isso de *seguir o sangue*. Seguir o sangue significa andar com o suspeito ou vítima em fuga, significa "você encontra o rastro e vê que música ele quer cantar para você". Balanço a cabeça, lembrando-me dele dizendo isso, principalmente brincando, melodramático de propósito, mas o detetive Culverson sabia se expressar, sabia mesmo.

Sigo o sangue. Acompanho a linha firme de gotas, que aparecem no piso a intervalos de 15 a 20 centímetros, por todo o corredor e saindo pela porta de vidro, onde a trilha desaparece na lama espessa da frente do prédio. Fico parado na luz deprimente do dia. Chove, um chuvisco indeciso e pulverizado. Já está chovendo há dias. Quando Cortez e eu chegamos aqui tarde da noite eram rajadas com força suficiente para pedalarmos com os casacos puxados para o pescoço e a nuca, como lesmas, uma lona azul bem amarrada sobre nossas coisas no reboque Red Ryder que puxávamos. Não sei para onde a pessoa que sangrava foi a partir daqui, pois não deixou rastro que cantasse.

De volta à pia ensanguentada na copa, abro meu pequeno bloco azul em uma de suas últimas páginas em branco e faço uma ilustração rudimentar das facas atrás da pia, com anotações. Faca de carne, 30 centímetros; cutelo, 15 centímetros com uma ponta afunilada; faca de descascar, 9 centímetros, com as iniciais W.G. da marca no cabo, entre os rebites. Desenho a forma do sangue nas facas e na cuba da pia. Fico de quatro, sigo o sangue de novo e desta vez noto que cada uma das gotas é oblonga, nem tanto um círculo perfeito, mas um oval com um lado pontudo. Mais uma vez, pela terceira, lenta e cuidadosamente, passo a lente de aumento grande de Sherlock Holmes pelo rastro e agora vejo que as gotas se *alternam*: uma oblonga apontando para um lado, depois aponta para outro, uma gota para leste, uma para oeste, por todo o corredor.

Fui detetive por apenas três meses, promovido do nada e dispensado com a mesma subitaneidade quando o Departamento de Polícia de Concord foi absorvido pelo Departamento de Justiça, e assim nunca recebi o treinamento avançado que teria numa carreira normal. Não sou tão versado quanto desejaria nos detalhes da perícia criminal, não posso ter tanta certeza como gostaria. Mas ainda assim. Apesar disso. O que vejo aqui não é de fato um rastro; são dois; o que as gotas alternadas registram são duas ocorrências distintas de alguém que passou por este corredor, ou sangrando, ou carregando um objeto ensanguentado. Duas viagens em direções opostas.

Volto à copa e olho fixamente mais uma vez a sujeira vermelha na pia. Sinto um leve nervosismo por dentro, um novo caos nas veias. Café demais. Sono de menos. Novas informações. Não sei se Nico está aqui, se um dia esteve aqui. Mas aconteceu *alguma coisa*. Alguma coisa.

* * *

Não foi o iminente fim do mundo que separou minha irmã de mim, foram nossas reações divergentes sobre o fim do mundo, uma discordância fundamental com relação à realidade básica do que está acontecendo — isto é, se está acontecendo ou não.

Está acontecendo. Eu tenho razão e Nico se engana. Nenhum conjunto de fatos chegou a ser rigorosamente examinado, nenhum ponto de dados tão cuidadosamente analisado e verificado pelos muitos milhares de professores, cientistas e autoridades do governo. Todos desesperados para que seja um erro, todos descobrindo, apesar disto, que está certo. Existem algumas incertezas nos detalhes, naturalmente, por exemplo, com relação à composição e à estrutura do asteroide, se ele é composto principalmente de metais ou de rochas, se ele é uma peça monolítica ou uma pilha de entulho aglomerado. Existem também previsões variadas quanto ao que exatamente acontecerá depois do impacto: quanta atividade vulcânica e onde; a rapidez com que os mares se elevarão e a que altura chegarão; quanto tempo o sol levará para ser turvado pelas cinzas e quanto tempo continuará encoberto. Mas no fato essencial há um consenso: o asteroide $2011GV_1$, conhecido como Maia, medindo 6,5 quilômetros de diâmetro e viajando a uma velocidade entre 55 e 65 mil quilômetros por hora, fará seu pouso na Indonésia, em um ângulo de 90 graus da horizontal. Acontecerá no dia 3 de outubro. Uma semana depois da próxima quarta-feira, por volta da hora do almoço.

Havia uma animação de computador que no início ganhou muita popularidade, um monte de "curtidas" e compartilhamentos — isto foi há mais de um ano, em meados do verão passado, quando as probabilidades eram elevadas, mas ainda não definidas; quando as pessoas ainda estavam no trabalho, ainda usavam computadores. Este foi o último florescimento feroz das redes sociais, as pessoas procurando velhos amigos, trocando teorias de conspiração, postando e aprovando quem chutava o balde. Fizeram um desenho, uma animação, que descrevia o mundo como uma *piñata*, com Deus segurando o bastão — Deus em sua versão do Antigo Testamento, de barba branca e grande, o Deus de Michelangelo —, batendo no globo frágil até sua explosão. Esta foi um dos milhões de versões do evento iminente que o atribuíam, embora com inteligência, à vontade de Deus, à vingança divina, o objeto interestelar como o Dilúvio 2.0.

Não achei o desenho tão inteligente assim; em primeiro lugar, a imagem da *piñata* não é muito boa. Na realidade o mundo não vai explodir, voar em pedaços como cerâmica espatifada. Vai tremer com o impacto, isto é certo, depois continuará em sua órbita. Os mares entrarão em ebulição, as florestas queimarão, as montanhas vão rugir e cuspir lava, todos vão morrer. O mundo continuará girando.

O ponto crucial de nossa briga é que Nico imagina que vai evitar o impacto de Maia. Ela e alguns amigos. A última vez que conversamos extensamente foi em Durham, New Hampshire, e ela me deu todos os detalhes sobre seu grupo clandestino e secreto e seus planos clandestinos e secretos. Ela estava curvada para a frente, falava acelerada e com paixão, fumando seus cigarros, impaciente como sempre com o irmão mais velho de mente obtusa, apático e incrédulo. Ela me contou que o caminho do asteroide pode ser desviado por uma explosão nuclear localizada, detonada a uma distância de um raio do objeto do asteroide, liberando raios X de alta energia em quantidade suficiente para pulverizar parte de sua superfície, criando um "pequeno efeito-foguete" e alterando a trajetória. Esta explosão próxima ao asteroide é uma operação chamada "*stand-off*". Não entendo de ciência. Nico, me pareceu claro, também não entendia. Mas ela insistiu que a manobra foi simulada em exercícios secretos do Departamento de Defesa dos Estados Unidos e teve uma taxa de sucesso teórico de mais de 85%.

Ela falou sem parar, eu tentando ouvir de cara séria, tentando não rir nem lançar as mãos para o alto ou sacudi-la pelos ombros. É claro que as informações sobre a operação estão sendo suprimidas pelo governo do mal, para fins desconhecidos — e é claro que existe um cientista picareta que sabe como tudo foi feito, e claro que ele está encarcerado pelo governo numa prisão militar em algum lugar. E — é claro, é claro, é claro — Nico, seu amigo Jordan e o resto do conluio têm um plano para libertá-lo e salvar o mundo.

Eu disse a ela que aquilo era delírio. Disse que era Papai Noel e a Fada dos Dentes e que ela estava sendo uma tola, depois ela desapareceu e eu a deixei ir embora.

Foi um erro e agora entendo isso.

Ainda tenho razão e ela ainda está errada, mas não posso simplesmente deixá-la desaparecida. Pense ela o que quiser, faça o que quiser, ainda é minha irmã mais nova e sou a única pessoa que resta com interesse em seu bem-estar. E não suporto a ideia de que nossa última conversa amargurada ainda seja a última entre nós, os últimos dois integrantes de minha família que jamais existirão. Agora o que preciso é encontrá-la, vê-la antes do fim, antes dos terremotos, das enchentes e do que mais está por vir.

Preciso tanto vê-la que parece um calor ondulando baixo em meu estômago, como o fogo no ventre de uma fornalha, e se eu não a encontrar — se não conseguir vê-la, abraçá-la, desculpar-me por permitir sua partida —, o fogo vai saltar e me consumir.

3.

— Facas? Sério? — Cortez ergue os olhos. Eles brilham. — São grandes e afiadas?

— Duas são grandes. A terceira é uma faca de descascar. Não sei se estão afiadas.

— As de descascar podem ser surpreendentemente eficazes. Você pode causar um estrago sério com uma faca de descascar.

— Você já viu — digo. — Já fez isso.

Ele ri, dá uma piscadela. Esfrego os olhos e olho em volta. Alcancei Cortez na garagem para três carros, a última área inexplorada da central. Não resta nenhum carro aqui, só tem coisas — peças de motor, pedaços de ferramentas quebradas, outra miscelânea de lixo que foi esquecida ou abandonada. É grande e tem eco, cheira a gasolina derramada e velha. O sol entra pelas duas janelas imundas de blocos de vidro na parede norte.

— Facas são sempre úteis — diz Cortez alegremente. — Afiadas ou cegas. Pegue as facas.

Ele me faz uma saudação congratulatória e volta ao que está fazendo, que é pilhar as prateleiras de tela no fundo, do outro lado das grandes portas da garagem, procurando objetos úteis. As feições de Cortez são estranhamente grandes: testa grande, queixo grande, olhos grandes e brilhantes. Ele tem a jovialidade e a ferocidade de um rei pirata. Quando nos conhecemos, ele me deu um tiro na cabeça com um grampeador elétrico, mas nossa relação evoluiu nos meses seguintes. Nesta viagem longa e complicada, ele tem se provado infinitamente valioso, habilidoso para arrombar fechaduras, sifonar combustível e ressuscitar veículos mortos, descobrir muitos recursos em uma paisagem em que os recursos se esgotaram. Ele não é um tipo de aliado que eu teria previsto para mim, mas o mundo foi reordenado. Nunca na vida pensei em ter um cachorro.

— As facas estão cobertas de sangue — explico a Cortez. — Por enquanto, vão ficar onde as encontrei.

Ele me olha por cima do ombro.

— Sangue de boi?

— Talvez.

— Porco?

— Pode ser.

Ele ergueu as sobrancelhas, insinuante. Comemos o que trouxemos, o que encontramos ou fizemos escambo pelo caminho: comida tipo lanche, carne-seca para aperitivo, amendoins torrados com mel em minúsculos sacos aluminizados. Pescamos nos Finger Lakes com redes improvisadas, salgamos os peixes e comemos aquilo por cinco dias. Só o que temos bebido é café, usando um enorme saco de grãos arábica. Cortez converteu um apontador de lápis manual em moedor; repartimos os copos dos barris de água de nascente que trouxemos de Massachusetts; fervemos o café em um jarro antigo sobre um fogareiro, coamos com uma escumadeira em uma garrafa térmica. Dura uma eternidade. O gosto é horrível.

— Você pode fazer um café? — pergunto a Cortez.

— Ah, sim — diz ele. — Ótima ideia.

Cortez levanta-se, espreguiça-se, pega os objetos necessários em seu saco de golfe e prepara o café, enquanto penso no sangue. Dois rastros, um saindo da copa, um voltando para lá.

Com o café na fervura, Cortez volta a procurar tesouros, percorrendo o sistema de prateleiras, levando cada objeto à luz, avaliando rapidamente, estimando, seguindo em frente.

— Manual de treinamento — diz ele. — Revista pornô. Caixa de sapato vazia. Óculos escuros. Quebrados. — Ele joga por cima do ombro os óculos espelhados no estilo patrulheiro, quebrando-os ainda mais no piso de concreto da garagem. — Coldres. Isso talvez possa servir. Ah, meu Deus. Pela graça divina, policial. Binóculo.

Ele o levanta, volumoso e preto, aponta para mim como um observador de pássaros.

— Más notícias — diz ele. — Você está uma bosta.

Ele tira o binóculo. Pega um saco grande de baterias de celular. Parei de perguntar a Cortez para que serve tudo isso, toda essa coleta, aquisição e classificação. Para ele é um jogo, um desafio: recolher objetos úteis até que o mundo desmorone e ninguém tenha uso nenhum para nada.

É claro que tenho consciência da possibilidade de que seja o sangue de Nico na faca, na pia, no chão. É cedo demais para pensar nisso, cedo demais para chegar a uma conclusão dessas.

A hipótese mais provável, afinal, é que este sangue seja de um estranho e as facas não tenham relação nenhuma com minha investigação atual. É apenas algum ato terrível de violência entre incontáveis atos terríveis de violência que ocorrem a um ritmo acelerado. Vemos muito disso em nossa viagem, conhecemos pessoas que confessaram, chorosas de remorsos ou num desafio feroz, alguns feitos desarrazoados. A velha, montando guarda sobre seu neto em um armazém abandonado, que sussurrou ter atirado em um estranho por três quilos de carne de hambúrguer congelada. O casal na parada de caminhões que pegou alguém tentando roubar a picape Dodge em que eles moravam e o atropelou no confronto que se seguiu.

Chamamos de cidades vermelhas, o pior dos lugares, as comunidades que se desintegraram no caos e na ilegalidade. Tínhamos nomes diferentes para diferentes tipos de mundos que o mundo se tornou. Cidades vermelhas: violência e tristeza. Cidades verdes: agradáveis, brincando de faz de conta. Cidades azuis: uma calma inquieta, gente escondida. Talvez a Guarda Nacional ou alguns soldados do Exército em patrulhas dispersas. Cidades roxas, pretas, cinza...

Tusso no punho; o cheiro da garagem claustrofóbica está me afetando, o fedor antigo de cigarros e fumaça de escapamento. O piso de concreto sujo tem um desenho de tabuleiro de xadrez preto e branco. Um pensamento começa a se formar. Obscuro e incerto. Farejo de novo, me agacho, cravando os joelhos e a palma das mãos no piso duro de concreto.

— Policial?

Não respondo. Avanço engatinhando para o meio do ambiente, de cabeça abaixada, olhando fixamente o chão.

— Enlouqueceu? — diz Cortez, agarrado a um cofrinho de aço amassado debaixo do braço como uma bola de futebol. — Se enlouqueceu, é inútil e terei de comer você.

— Dá pra me ajudar?

— Ajudar no quê?

— Guimbas — digo, tirando o paletó esporte. — Por favor, ajude-me a encontrar guimbas de cigarro.

Engatinho pelo chão, do fundo da garagem para as portas, as mangas da camisa arregaçadas, as mãos se sujando. Uso a lente de aumento, seguindo o tabuleiro de xadrez pelo concreto: quadrados claros, quadrados escuros. Depois de um instante Cortez dá de ombros, baixa o cofrinho de aço e nos organizamos, lado a lado, como vacas pastando, avançando em um padrão lento, de olhos fixos no chão.

As guimbas de cigarro são muitas, naturalmente: o chão da garagem, como todo lugar assim, é tomado de pontas de cigarro apagadas. Procuramos em meio à poeira e à sujeira do chão e reunimos tudo que conseguimos encontrar, depois nos acocoramos e arrumamos tudo em duas pilhas, verificando cada uma atentamente, erguendo e semicerrando os olhos para ela na luz antes de destiná-la a seu lugar. *Possíveis* e *não possíveis*. Cortez assovia enquanto trabalha, de vez em quando resmungando "loucura, loucura". A maioria dos cigarros ou é genérica, sem ter marca nenhuma no filtro, ou enrolada, só papel branco e fino torcido com crostas de folhas de tabaco cuspindo pela lateral.

E, então, depois de dez minutos... quinze...

— Achei.

Aí está. Estendo a mão e puxo o papel torcido, pequeno e sujo, aquele que procurava. Seguro na luz cinzenta e baixa. *Aí está*.

— Ah — diz Cortez. — Uma guimba de cigarro. Eu sabia que íamos conseguir.

Não respondo. Eu achei, como sabia em meu coração secreto de policial que acharia. Uma só guimba de cigarro, embolada e rasgada, esmagada a um marrom irregular por um calcanhar, suas entranhas de folhas picotadas se derramando pela ruga suja do papel. Seguro a guimba amassada com cuidado entre dois dedos como o corpo quebrado de um inseto.

— Ela está aqui. — Levanto-me. Olho a garagem. — Ela esteve aqui.

Agora era a vez de Cortez não responder. Ele ainda olha o chão — outra coisa chamou a sua atenção. Meu coração bate forte no peito, inchando e recuando como uma maré.

O mercado de cigarros, como todos os mercados de produtos viciantes, foi violentamente interrompido pelo fim iminente da civilização: a demanda estratosférica e a oferta desaparecendo. A maioria dos fumantes, antigos e novos, teve de se haver com genéricos de sabor desagradável, ou filando tabaco solto o suficiente para enrolar os próprios cigarros. Porém, minha irmã, minha irmã Nico, de algum jeito sempre esteve de posse de sua marca preferida.

Seguro a guimba bem alto. Cheiro. Este objeto deve ser considerado em combinação com o garfo de plástico suspenso em sua luta para manter aberta a porta da máquina automática, e a conclusão a ser ouvida desses dois objetos, esses dois pequenos objetos que cantam juntos, é que isto é real. A pobre e confusa Abigail não escolheu a central de polícia em Rotary, Ohio, ao acaso, de todos os prédios do mundo. Nico de fato veio aqui, ela e seu alegre bando de conspiradores e candidatos a heróis. Eu quase diria que ela deixou a guimba de propósito, talvez até continuasse fumando por todos esses anos de propósito, para desafiar minha implicância, e assim pode ter deixado esta pista para mim. Só que eu sei que ela continuou fumando por todos esses anos porque era viciada em nicotina e também porque gostava de me irritar.

— Ela esteve aqui — repito a Cortez, que resmunga consigo mesmo, tateando o chão com o indicador estendido. Coloco a guimba em um saquinho e guardo com cuidado no bolso do paletó. — Ela *está* aqui.

— Vou te dar uma melhor ainda — diz ele, levantando a cabeça do quadrado de concreto em que está agachado. — Isto é um alçapão.

* * *

Estive brincando de esconde-esconde com Nico por toda a nossa vida.

No fim de semana depois do enterro — o segundo enterro, o de nosso pai, no início de junho do ano em que fiz 12 anos —, os homens da mudança zanzavam pela casa, encaixotando minha pequena vida, levando para fora minha coleção de gibis, minha luva de beisebol e minha cama de solteiro, todas as minhas posses mundanas colocadas no caminhão em uma só viagem. Percebi, sobressaltado, que não via minha irmã mais nova havia horas. Despertei, parti pela casa em pânico, abaixando-me ao passar pelos homens da mudança, escancarando as portas de armários vazios e empoeirados, descendo apressado ao porão.

Nas ruas de Concord, arrastei-me por trechos de lama da chuva de meio de verão, andando sem parar por ruas secundárias, chamando seu nome. Enfim encontrei Nico no White Park, rindo, escondida embaixo do escorrega, queimando-se de sol com um vestido leve de verão, riscando seu nome na terra com uma vareta. Fechei a carranca e cruzei meus braços magrelos. Eu estava enfurecido, já era um turbilhão de emoções pela mudança, o luto. Nico, com 6 anos, fez um carinho no meu rosto.

— Pensou que eu tivesse morrido também, não foi, Hen? — Levantando-se num salto, pegando minha mão grande entre as suas pequenas. — Você pensou, né?

E agora aqui estou em Rotary, Ohio, a menos de uma semana do fim, curvado na altura da cintura com os dedos nervosos, andando como um louco em torno de Cortez, o ladrão, encarando suas costas largas, onde ele se curva sobre um alçapão, tentando entender como abri-lo.

A porta secreta no chão da garagem é uma surpresa, só que não é uma surpresa. Esta é uma das coisas que as pessoas estão fazendo, gente do mundo todo, cavando buracos, encontrando buracos e descendo neles. O Exército dos Estados Unidos, segundo os boatos, criou vastas redes de bunkers forrados de chumbo para a evacuação de oficiais de alta patente e as principais autoridades do Poder Executivo, um universo subterrâneo reforçado que se estende do subsolo do Pentágono a Arlington. A cidade de West Marlborough, no Texas, embarcou em uma "escavação de toda a cidade" durante três meses para criar um enorme espaço seguro para todos os moradores abaixo de um campo de jogo do colégio local.

Os especialistas relevantes, de modo geral, têm sido educadamente céticos sobre estes empreendimentos — com todos os governos, os vizinhos, dos milhões de cidadãos cavando suas fortalezas no estilo Guerra Fria. Como se alguém pudesse cavar fundo o suficiente para resistir à explosão. Como se alguém pudesse levar mantimentos suficientes para baixo e sobreviver quando o sol desaparecer e toda a vida animal morrer.

— Filho da puta — resmunga Cortez. Ele está usando minha lente de aumento, olhando, batendo os grandes nós dos dedos no piso de pedra liso.

— Que foi? — digo, e tenho um acesso de tosse, dominado pela empolgação, a ansiedade, o cansaço, a poeira. Não sei o quê. Minha garganta arde. Estou de pé atrás dele, olhando por cima de seu ombro, com os pés inquietos. O tempo passa enquanto ficamos ali, os minutos disparam como estrelas voando à velocidade da luz em um seriado de ficção científica. Olho a hora em meu Casio. Já são 9:45. Como pode ser?

"Cortez", digo. "Dá pra você abrir a porta ou não?"

— Não é uma porta — diz ele, transpirando, tirando o cabelo preto e grosso dos olhos. — O problema é esse.

— Como assim, não é uma porta? — Estou falando acelerado demais, alto demais. Minhas palavras me voltam estridentes. Sinto que estou ficando louco, só um pouquinho. — Você disse que era uma porta.

— *Mea culpa.* Uma porta tem uma maçaneta. — Ele bate o dedo no chão. — Isto é uma tampa. Uma cobertura. Existe uma abertura no chão aqui, provavelmente para uma escada, e alguém a cobriu.

Cortez aponta quatro lugares no chão onde ele alega ver os resíduos espectrais de buracos para estacas, as fundações do corrimão de uma escada. Porém, o mais revelador, diz ele, são os quatro painéis de concreto em si: dois escuros e dois claros, instalados mais recentemente do que todos os outros.

— Isto é a tampa — diz ele. — Esses quatro pedaços são um só. Eles tinham uma betoneira manual, deitaram uma laje, selaram e pintaram para combinar com o padrão do chão e cortaram as bordas para encaixar, depois baixaram nele. — Ele devolve minha lente de aumento. — Está vendo onde tem o corte?

Mas não estou. Não consigo enxergar nada disso. Só enxergo um piso. Cortez se levanta e estala as costas, virando-se inteiramente para um lado, depois o outro.

— O desenho foi corrigido à mão pelas bordas. O resto foi serrado com máquina. Isto aqui foi feito à mão. Está vendo?

Estreito os olhos para o chão; abro os olhos o máximo que posso. Estou muito cansado. Cortez suspira com uma ironia esgotada e se precipita para a porta grande da garagem.

— Aqui — diz ele, estala a tranca e a abre. — Está vendo *isso*?

E a garagem de repente está viva de partículas mínimas, por toda volta, milhões de pedaços minúsculos dançando no ar.

— Poeira.

— Sim, é isso mesmo. O concreto não passa de pedrinhas minúsculas bem compactadas. Alguém usa uma serra ou um cortador de grama para corrigir as bordas de uma tampa, por exemplo, e isso cria muita poeira. Como esta.

— Quando? Quando fizeram isso?

— Você vai perder o fôlego, policial. Sua cabeça vai cair.

— Quando foi isso?

— Pode ter sido ontem. Pode ter sido há uma semana. Como eu disse... o concreto faz *muita* poeira.

Agacho-me. Levanto-me. Coloco a mão no bolso, sinto a foto de Nico, o garfo, a guimba de cigarro agora dentro de um saquinho de sanduíche. Agacho-me de novo. Meu corpo se recusa a ficar parado. Sinto o café correndo por mim, borbulhando preto, nervoso, por minhas veias. A poeira faz meus olhos arderem. Penso que posso enxergá-la agora, a fratura fina entre a porta e o chão. Nico está aqui embaixo. Nico e os outros. Ela e seu grupo chegaram aqui e construíram uma espécie de quartel-general substituto, debaixo de uma camada de pedra comprimida em uma garagem velha. Esperando aí embaixo pela próxima fase do esquema — ou será que desistiram, será que agora esperam como avestruzes, com a cabeça na terra, debaixo da central de polícia?

— Vamos colocar uma maçaneta nisso — digo a Cortez. — Para levantar.

— Não podemos.

— E por que não?

— Porque isso exigiria força, o que não temos.

Olho meu corpo. Sempre fui magro e agora sou um homem magro depois de um mês de barras de cereais e café. A perda de peso de Cortez definiu seu corpo de lutador em um rolo de músculos, mas ele não é o Mr. Universo — é mais forte do que eu, em outras palavras, mas não é forte.

— Uma maçaneta não adianta — diz ele, enrolando lentamente um cigarro, deitando o tabaco de um saco que guarda na bolsa de golfe.

— E o que vamos fazer? — digo, e ele ri, vendo-me andar por ali.

— Estou pensando, cara. Estou refletindo. Continue andando em círculos. Um dia você vai cair e vai ser engraçado.

Eu continuo. Ele está brincando, provocando-me, mas continuo, ainda ando, não consigo parar, contorno a tampa no chão como uma estrela em órbita. Meus pensamentos voltam ao compatriota próximo de minha irmã, aquele que tentei localizar em Concord: Jordan, sobrenome desconhecido. Jordan me foi apresentado por Nico na Universidade de New Hampshire, quando ela foi até lá comigo para me ajudar num caso; ela sugeriu que ele tinha uma posição vaga, porém fundamental, na hierarquia de sua conspiração. O que me marcou em Jordan foi a capa de ironia em tudo que ele dizia. Embora a relação de Nico com sua revolução secreta sempre tenha sido demasiado séria — eles realmente *iam* salvar o mundo — com esse garoto, Jordan, sempre tive a sensação de que estava atuando, fazendo pose, divertindo-se muito. Nico não enxergava ou não queria ver esta atitude dele, e a relação dos dois, assim, era apenas mais uma coisa para me incomodar. Da última vez que vi Jordan, Nico tinha ido embora, um helicóptero a levou, e ele me sugeriu alegremente mais segredos, níveis mais profundos, aspectos das intrigas de seu grupo dos quais Nico não privava.

E quando voltei para procurá-lo, para exigir saber dele onde foi que ela se meteu, encontrei em vez disso Abigail, a transtornada e abandonada Abigail, e a partir dela cheguei aqui — a Ohio, a Rotary, a uma porta no chão.

— Precisamos descer aí.

— Bom, vou te dizer uma coisa — diz Cortez. — Pode ser impossível.

— *Temos* de descer.

Cortez sopra seus anéis de fumaça e nós olhamos o chão. Jordan está aí embaixo, sei que está, e Nico está aí embaixo também, separada de mim apenas por esta camada de pedra fria, e só o que precisamos fazer é tirá-la do caminho. Respiro — canto um verso de alguma coisa —, estou tentando reduzir o ritmo de minha mente febril e sobrecarregada, parar de galopar por tempo suficiente para bolar um plano, desenvolver uma estratégia, quando meu cachorro entra correndo na garagem, derrapa nos calcanhares pequenos, as garras raspando o concreto. Tem alguma coisa errada. Ele late como um louco, late para acordar os mortos.

4.

— Deve ser um gambá — diz Cortez, respirando com dificuldade enquanto corremos como loucos pelo bosque. — O cachorro idiota quer te mostrar um esquilo.

Não é um gambá. Não é um esquilo. Isso eu sei pelo jeito como Houdini se atira à frente, todo aceso, correndo e quicando apesar da manqueira, um passo errático distinto ao adernar pelo mato. Corremos atrás dele, Cortez e eu, através do denso bosque nos fundos da central de polícia, chocando-nos com arbustos, como se o mundo estivesse em chamas. Não é um gambá, nem um esquilo.

Damos com uma ladeira para oeste, junto da margem lamacenta de um regato, mais para o fundo do bosque, e por fim saímos em uma pequena clareira, um oval frondoso salpicado de lama com talvez sete metros e meio de largura. Cortez e eu passamos por cima de uma fila de arbustos altos para chegar ali, enquanto Houdini fareja por baixo, abrindo novos cortes no couro, sem se importar. Cortez tem uma machadinha agarrada no punho, e tem, eu sei, uma espingarda de cano serrado no bolso fundo e interno do casaco preto e comprido. Saco minha própria arma, a SIG Sauer, e seguro à frente com as mãos. Nós três formamos um semicírculo na beira da clareira: homem, cachorro, homem, todos ofegantes, todos olhando fixamente o corpo. É uma mulher, de cara para a terra.

— Meu Deus — diz Cortez. — Deus Todo-Poderoso.

Não respondo. Não consigo respirar. Avanço um passo na clareira, equilibro-me. A imagem desaparece, reaparece, minha visão se tolda e clareia. A mulher está totalmente vestida: saia de brim. Camiseta azul-clara. Sandálias caramelo. Braços lançados para a frente, como se tivesse morrido nadando ou tentando alcançar alguma coisa.

— É ela? — diz Cortez em voz baixa. Em três passadas, atravesso a clareira até o corpo e quando chego lá sei que não é, o cabelo é outro, a altura. Minha irmã nunca usou saia jeans. Consigo pronunciar:

— Não.

Meu corpo se inunda de alívio — depois, de imediato, culpa, quebrando-se como uma segunda onda enquanto a primeira ainda reflui. Esta mulher não é minha irmã, mas é irmã de alguém, filha ou amiga de alguém. É alguma coisa de alguém. Era. De cara para a terra, na mata, braços estendidos. Apanhada depois de uma perseguição. A seis dias do fim.

Cortez coloca-se a meu lado, a machadinha no punho como o tacape de um homem das cavernas. Estamos quatrocentos metros metidos na quietude da floresta e não se consegue mais enxergar o prédio térreo da central de polícia atrás, nem a cidadezinha de Rotary, que fica mais abaixo no morro, do outro lado do bosque. Podemos muito bem estar quilômetros para dentro da floresta, perdidos em um mundo castanho-esverdeado de fadas, cercados de flores silvestres, lama e as folhas amarelas e enroscadas que caíram e cobriram o chão da mata.

Ajoelho-me ao lado do corpo da mulher e a viro, retirando cuidadosamente a terra e as lascas de madeira de seu rosto e dos olhos. É asiática. Bonita. Feições delicadas. Cabelo preto, faces pálidas. Lábios cor-de-rosa finos. Brincos de ouro pequenos, um em cada orelha. Ela resistiu e lutou; seu rosto mostra lacerações e hematomas múltiplos, inclusive um olho roxo, o direito, quase fechado de tão inchado. Sua garganta está cortada de uma ponta a outra, de um lado a outro, um talho horrível que começa pouco abaixo da orelha direita e corre em linha curva a um ponto pouco abaixo da esquerda. A visão é horrenda, o vermelho do interior de sua garganta, molhado e em carne viva, cortado na carne branca e lívida. O sangue está seco em gotas aglomeradas pela extensão do ferimento.

Cortez desce sobre um joelho na lama a meu lado e fala em voz baixa:

— Pai-nosso, que estais no céu. — Olho indagativamente e ele levanta a cabeça, sorrindo, porém pouco à vontade. — Eu sei — diz Cortez. — Eu sou cheio de surpresas.

Estou olhando o cadáver, seu pescoço, pensando no suporte acima da pia da cozinha, a faca de carne, a faca de descascar, o cutelo, tudo borrifado e sujo de sangue, e então estou prestes a me levantar e ela respira — um movimento mínimo porém nítido do peito, depois outro sobe e desce.

— Epa... — digo — olha... — E Cortez diz:

— O quê? — Enquanto me atrapalho para encontrar sua pulsação, centímetros abaixo do pomo de adão, sob o ferimento horrível. Lá está, o grito fraco de uma pulsação, um galope fraco sob a ponta de meus dedos.

Ela não pode estar viva, essa garota, de garganta cortada e prostrada na mata, mas é isso mesmo, aqui está ela. Baixo a cabeça para perto e escuto a respiração superficial. Ela está desesperadamente desidratada, a língua grossa e seca e os lábios rachados.

Com muito cuidado, muita delicadeza, levanto a garota e arranjo seu peso em meus braços, escorando a cabeça na dobra do braço como a um recém-nascido.

— A culpa é minha — sussurro e Cortez diz:
— O quê?
— É tudo culpa minha.

Chegamos tarde demais. Esta é a compreensão febril que sobe ardendo por meu pescoço e o rosto, de pé ali, aninhando esta vítima: o que aconteceu aqui já aconteceu, nós perdemos e a culpa é minha. Precisamos de muito tempo para vir de Concord, fizemos paradas demais, sempre decisão minha, sempre culpa minha. Uma garota, 15 quilômetros nos arredores de Seneca Falls, saiu gritando da mata ao lado da estrada: ela e o irmão estiveram tentando libertar os animais do zoológico local, as pobres feras aprisionadas e famintas, e agora um tigre tinha encurralado o irmão e o fez fugir para o alto de uma árvore. Tudo isso num longo e apavorado jorro de palavras, e Cortez disse que era uma armadilha, para continuar dirigindo o carro — estávamos em um carrinho de golfe, encontramos em um clube campestre em Syracuse —, mas eu disse que não podia fazer isso, disse que tínhamos de ajudá-la, e ele perguntou por quê, e respondi "Ela me lembra minha irmã". Cortez riu, abriu a porta com a espingarda de cano serrado apontado para a garota. "Tudo para você faz lembrar a sua irmã."

O episódio do tigre nos custou metade de um dia, e houve mais, muito mais, cidades vermelhas e verdes. Em Dunkirk, tiramos uma família de um edifício em chamas nas ruínas do centro da cidade, mas depois não tínhamos para onde levá-los, nem como lhes oferecer alguma assistência. Limitamo-nos a deixá-los na escada do corpo de bombeiros.

    A chuva é feia e fria. Final da manhã. O cachorro anda em círculos angustiados entre as árvores, a terra, os montes de folhas amarelas. Seguro a garota adormecida mais perto em meus braços como se estivéssemos em lua de mel, parto de volta para a central de polícia. Cortez vai a nossa frente, balançando a machadinha, cortando arbustos e galhos pelo caminho. Houdini manca logo atrás.

5.

Chamamos de Casa da Polícia porque foi o nome que as crianças escolheram, uma grande casa rural isolada no oeste de Massachusetts, perto de um pontinho no mapa chamado Furman. Um bando de policiais da ativa e aposentados e seus filhos e amigos se reuniram ali para viver no decorrer dos últimos dias em relativa segurança, na companhia de pessoas de espírito semelhante. Era ali que eu estava morando, junto com Trish McConnell e seus filhos, junto com alguns outros velhos amigos e novos conhecidos, antes de partir para procurar minha irmã.

Entre aqueles com residência na Casa da Polícia, no último andar, está uma raposa velha e durona de cabelo grisalho cortado rente chamada Elda Burdell, conhecida como Night Bird, ou simplesmente Bird. A policial Burdell aposentou-se com a patente de sargento-detetive dois anos antes de eu ingressar na força policial; na Casa da Polícia, ela se encaixou nos papéis de decana não oficial e sábia da casa. Não é líder, mas a pessoa que se senta no sótão em sua poltrona, bebendo cerveja Pabst Blue Ribbon de uma pilha de pacotes com que ela apareceu, distribuindo conselhos e sugestões sensatas a respeito de tudo. As crianças perguntam a ela que frutinhas não fazem mal comer. Os policiais Capshaw e Katz fizeram com Bird uma aposta sobre quais eram as melhores iscas para pegar truta nas corredeiras a quatrocentos metros da casa.

Em 23 de agosto último, um dia depois de minha viagem a Concord para visitar Abigail, fiz um longo percurso escada acima até o sótão para discutir algumas questões relacionadas com minha planejada partida.

Night Bird me oferece uma Pabst, que recuso, e falamos rapidamente dos arranjos necessários, depois ela me olha com um meio sorriso enquanto estou recostado na porta, um pé para dentro, outro para fora.

— Tem mais alguma coisa em mente, filho?

— Bom... — Hesito, coçando o bigode, sentindo-me ridículo. — Eu só queria sua opinião sobre uma coisa.

— Diz aí. — Ela se curva para a frente, as mãos colocadas entre as pernas, e eu me atiro, falo com ela com a maior brevidade possível: o cientista picareta antigamente ligado ao Comando Espacial, a suposta reserva nuclear esperando em algum lugar no Reino Unido, a explosão próxima.

Night Bird ergue dois dedos, toma um pequeno gole de sua lata de cerveja e fala:

— Vou parar você por aí. Você vai perguntar se é plausível uma explosão próxima do asteroide.

— Já ouviu falar nisso?

— Ah, nossa, ah, nossa, policial. Ouvi falar de *tudo* deles. — Night Bird baixa a cerveja e estende a palma da mão grossa. — Dê para mim, sim? O fichário vermelho ali.

Por acaso, a policial Burdell fez um estudo de todas as variadas hipóteses; esteve colecionando todas as teorias sérias, propagandas de arregalar os olhos e contrafatuais diáfanos, todas as ideias excêntricas apresentadas como possíveis salvadoras do mundo.

— A explosão próxima, garoto, você está falando de uma fantasia entre as dez mais. Entre as cinco maiores, talvez. Quer dizer, a gente tem as fantasias do empurra e puxa, as fantasias do trator gravitacional, as fantasias do Efeito Yarkovsky Aprimorado. — Ela abre o fichário em determinada página, olha com ironia as longas colunas de números. — As pessoas ficam de pau duro com esse Efeito Yarkovsky Aprimorado. Deve ser por conta do nome esquisito. Mas não daria certo. Elas jamais conseguiram os números corretos para toda essa merda de campo magnético.

Concordo com a cabeça, tudo bem. Toda a ciência é tediosa para mim, eu quero um sim ou não. Quero respostas.

— Então, mas e a... a explosão próxima?

Night Bird dá um pigarro, vira a cabeça para mim com amargura por um segundo, sem gostar de ser apressada.

— Sim — diz ela. — A mesma história. Exigiria calibragem e equipamento. A calibragem, talvez, talvez este cara do Comando Espacial tenha alguns números bons, talvez ele tenha descoberto a velocidade-alvo e essas coisas, mas ninguém tem o equipamento. É preciso ter um sistema de lançamento altamente especializado, construído especificamente para essa coisa. Para a força material, a porosidade, a velocidade. Talvez existisse a possibilidade de alguém construir um lançador correto, fazer as contas, se o filho da puta tivesse alguns anos pela frente. Se tivesse dez anos pela frente, você podia dar uma cutucada nele quando chegasse perto e ele sairia por aí, errando o alvo. — Ela se vira para frente na poltrona. — Mas você está me dizendo que alguém acha que vão fazer isso com uma explosão próxima *agora*? — Ela olha o relógio, balança a cabeça. — Temos o que... um mês? Um mês e meio?

— Quarenta e dois dias — digo. — Então você está dizendo que não existe essa possibilidade?

— Não. Escute bem. Policial. Estou dizendo que há menos do que isso. Existe menos do que possibilidade nenhuma.

Agradeci educadamente a ela por tudo, desci e terminei de preparar minhas coisas.

* * *

— Olha, detesto dizer isso — diz Cortez, montando cuidadosamente um cigarro enrolado. — Mas essa garota é muito atraente.

Olho incisivamente para ele. Não há nada, nem em seu tom de voz, nem na expressão libidinosa que indique que de fato detesta dizer isso. Ele está me alfinetando, é o que faz, dizendo exatamente o que acharei mais perturbador. Outras pessoas teriam gostado de me provocar da mesma maneira: meus velhos amigos, os detetives McGully e Culverson. Nico, é claro. Eu entendo. Sei como eu sou.

— Só estou falando. — Cortez acende o fumo e desfruta de um trago longo e satisfeito, contemplando o corpo magro da garota com franca apreciação. Não digo nada, sem querer dar a Cortez a satisfação de sequer uma réplica jocosa, nem um leve sorrisinho ou revirar de olhos. Fecho a cara, abano a fumaça para longe da jovem inconsciente, e ele apaga o cigarro no chão.

— Ah, meu caro Palace. — Ele boceja e se levanta. — Vou sentir sua falta quando eu estiver no paraíso e você não.

Estou sentado na privada, ao lado da garota, que deitei no colchão fino e sem lençol, suas mãos metidas ao lado do corpo. A cama está do lado de dentro das grades, em uma cela de verdade que faz parte da Detenção, junto com a privada, a pia e o espelho. Cortez está do outro lado da sala, do lado dos mocinhos, no espaço estreito entre as grades e a porta que leva ao corredor. Este é o único lugar em que encontro um gancho no teto para o saco de solução salina, então é ali que penduro: no lado dos mocinhos, o fluido estéril pinga do saco, volteia por seu tubo, atravessa as grades e entra no braço da garota. Quando saímos da Casa da Polícia, Night Bird montou um kit de primeiros socorros para mim: rolos de gaze, caixas de aspirina e frascos de peróxido de hidrogênio, além de dois litros de solução salina em dois sacos de um litro com kits intravenosos. Quando eu disse que não sabia administrar, ela zombou de mim e disse para seguir as instruções do kit. Disse que ele praticamente se administrava sozinho.

Cortez acompanha meu olhar ao saco de fluido.

— Não parece que está saindo, né?

— Bom, está pingando do alto, está vendo?

— Você fez isso direito?

— Não sei. Mas está pingando.

— O que vai acontecer se você fez errado?

Não respondo, mas a resposta é que ela não receberá fluido e morrerá. Olho o Casio, são 16:45. O relógio eu ganhei, junto com um abraço apressado, de Kelli, filha de Trish McConnell. "A mamãe está zangada com você", disse ela, e eu falei: "Eu sei", e ela acrescentou: "Eu também estou", mas ainda assim ela colocou o relógio no meu pulso e eu ando usando. Quando se aperta o botão lateral, ele emite um brilho azul-esverdeado bacana. Adoro o relógio.

Esta garota não parece ter sido atacada sexualmente. Eu verifiquei — rápida e com cuidado, com o mínimo contato físico, resmungando meus pedidos de desculpas, mas verifiquei. Nem tem abrasões nos pulsos ou nos cotovelos que seriam compatíveis com a amarração. Só a garganta, além das contusões e lacerações no rosto, com outros sinais de luta violenta: hematomas nos nós dos dedos e nas canelas, duas unhas arrancadas. Com uma pinça, coletei amostras de tecido de baixo de suas unhas e as coloquei cuidadosamente em um dos sacos de sanduíche. O Pequeno Armário Itinerante de Provas do Detetive Palace. Limpei e fiz um curativo no ferimento do pescoço, aplicando Neosporin em uma gaze fina ao longo da boca obscena e escancarada do corte. Acabei usando gaze demais, estendendo o curativo dos dois lados, bem além das margens da ferida, dando a volta por sua nuca. Parece que a cabeça foi cortada e pregada novamente. O cabelo da garota é inteiramente preto, caindo do rosto em duas cortinas embaraçadas.

Levanto-me da privada, afasto-me por um minuto, balanço-me nos pés. Estou morto de fome. Exausto. Em minha mão está a pulseira da garota adormecida. Estava no bolso da frente da saia e não no pulso. Couro falso delicado, o tipo de lembrancinha barata que se consegue em uma loja de shopping, o tipo de coisa que os garotos compram para as meninas no colégio. Tem pingentes: uma nota musical, duas sapatilhas de balé. Um buquê mínimo e prateado de flores, delicado e belo.

— Íris? — resmungo comigo mesmo.

— Lírios — diz Cortez.

— Acha mesmo? — Sinto o leve peso da corrente na palma da mão. — Talvez sejam rosas.

— Lírios — repete ele e boceja.

Examino o rosto inexpressivo da garota e decido que seu nome é Lily. Por isso ela tem a pulseira. Preciso que ela tenha um nome, por enquanto.

— Meu nome é Henry Palace — sussurro a Lily, que não pode ouvir.

Cortez me olha com ironia. Eu o ignoro.

— Preciso lhe fazer algumas perguntas.

Ela não responde. Está inconsciente. Não sei mais o que fazer. Tenho a necessidade súbita e estranha de me deitar naquele colchão; um desejo estranho de que fosse eu no lugar dela. Observo sua respiração: entra superficial, sai superficial. Seguro a pulseira, opaca na luz dourada e suja da pequena cela cinzenta.

Cortez afasta-se da parede, recosta-se nas grades e começa a falar, distraído e despreocupado:

— Minha mãe uma vez ficou em coma. No hospital do estado. Só dois dias. Eles levavam almoço e jantar para ela, embora ela estivesse se alimentando por um tubo. Desatenção, acho. Ou alguma regra idiota. Eu e meu irmão comíamos. Era boa também, se comparada com a comida que ela costumava nos dar.

Ele ri. Abro um meio sorriso para ele. Quando Cortez solta uma de suas histórias longas e enroladas, nunca sei o quanto dela é verdade, o quanto ele enfeita, o que foi fabricado de sua imaginação. Quando conheci Cortez, ele estava entocado em um depósito improvisado na Garvins Falls Road, sentado em uma pilha de butim, que mais tarde foi retirado dele por sua antiga parceira amorosa e comercial, Ellen. Ele me contou três versões dessa história e com detalhes consideravelmente diferentes: ela o pegou desprevenido e o perseguiu com uma machadinha; ela o enganou em uma troca; ela tem um amante, que apareceu com os amigos e fez uma limpa no lugar.

Ele agora volta para dentro da cela e se coloca ao lado da privada pequena, examinando seu rosto largo e irregular no espelho. Pergunto como a mãe dele terminou em coma.

— Ah. — Ele estala os nós dos dedos. — Sabe como é. Eu matei aula uma tarde para ir para casa fumar uma erva e a encontrei com o amante, e o amante a estava asfixiando. O nome dele era Kevin. Ele era fuzileiro naval. Ele a asfixiava com as mãos, assim. — Cortez se vira do espelho e imita o gesto, entrelaçando os nós dos dedos em torno de um pescoço imaginário, os olhos esbugalhados.

— Isso é medonho.

— Ele era um cara ruim, esse Kevin.

— Então ela se asfixiou e perdeu a consciência?

Ele fez um gesto vago.

— Ela também usava crack. Os dois usavam.

— Ah. — Meus olhos voltam à garota adormecida. — E ela? Estou supondo overdose.

— Morda a língua. — Cortez pressiona a mão no peito, finge estar apavorado. — Ela não é desse tipo de garota. Alguém a cortou. Ela sangrou. Ela... não sei. Seus órgãos se apagaram.

— Não. — Estive revirando este assunto, tentando me lembrar da medicina dele. Não é minha especialidade. — Se uma pessoa sangra o bastante para perder a consciência, continua sangrando até morrer, a não ser que alguém esteja presente para estancar a hemorragia.

Cortez franze o cenho.

— Tem certeza?

— Tenho. Não. — Tento me lembrar. — Não sei. — Balanço a cabeça, enojado de mim. Por que não sei? Em cinco anos, eu podia ficar bom nisso, ser um policial. Dez anos, talvez.

Cortez se volta de novo para o espelho. Aperto os olhos com os nós dos dedos, tentando reviver lições dos treinamentos de primeiros socorros básicos. Cursos da academia, seminários de aptidão profissional. A garganta é um lugar estreito cheio de estruturas vitais — o que significa que se alguém atacou essa garota, ela, em um aspecto, tem uma sorte extrema: quem cortou sua garganta por muito pouco não cortou a artéria carótida, por muito pouco não pegou a jugular, o canal delicado da traqueia. Um simples exame de sangue podia revelar se há alguma substância ilícita aqui, mas a essa altura um simples exame de sangue é um conceito de um universo estranho, é ficção científica. Espectrometria de massa, imunoensaios e cromatografia gás-líquido, tudo isso agora pertence a um mundo do passado. E o fato é que o que disse Cortez tem certa verdade. *Não é esse tipo de garota*. Mas Peter Zell não era esse tipo de cara. Ninguém é o tipo de pessoa que costumava ser.

Examino o rosto calmo de Lily, depois olho o saco de solução salina. Creio que agora uma parte acabou. Acho que ela começa a se reidratar. Espero que sim.

— Não se preocupe, Sherlock — diz Cortez. — Vamos esperar que ela acorde e perguntar o que aconteceu. Ah, a não ser que leve mais de uma semana. Se levar mais de uma semana, estamos fodidos.

Ele ri de novo e desta vez eu cedo, rio também, reviro os olhos e balanço a cabeça. Na semana que vem, estaremos todos mortos. Esta central de polícia será uma pilha de cinzas, e todos nós dentro dela. Ha-ha-ha. Entendi.

* * *

Deixo Lily dormindo e Cortez fumando, e volto pelo bosque até a cena do crime. Se o detetive Culverson estivesse aqui, faria uma reconstituição silenciosa e concentrada — andaria por ali, faria todos os papéis. A garota estava esparramada, de cara para baixo, apontando para o oeste. O que significa que ela vinha correndo dali, talvez tenha tropeçado aqui — caiu para este lado. Imito seus últimos passos desesperados em correria, lanço as mãos para a frente como o Super-Homem. Imagino cair e pousar, faço isso de novo, caindo e batendo no chão, sentindo atrás de mim a forma obscura de meu perseguidor, de faca em punho, abatendo-se sobre mim.

Há muitas pegadas nítidas na lama espessa da clareira, mas são de duas horas atrás, são nossas: a sola típica de meus Doc Martens viajantes e das botas de caubói de Cortez. Posso até ver as rotas tortuosas das impressões das patas de Houdini, dançando em círculos em volta da cena. Mas o chão em torno da garota é uma papa indistinta de marcas de atrito, afundamentos ambíguos, folhas caídas e grumos de lama. Vestígios pretos no marrom circundante. Todos os sinais do agressor foram enterrados ou lavados da cena do crime pelo clima chuvoso dos últimos dois dias.

Volto pelo bosque até a central, pego a entrada de carros que forma uma ferradura de cascalho e que antigamente era um belo gramado municipal e agora é um terreno feio. Botões irregulares de zínias cercados pela grama descuidada como um exército avançando. No meio do gramado estão dois mastros, duas bandeiras farfalhando com indiferença na chuva fraca: os Estados Unidos da América, o estado de Ohio. Investigo com a maior atenção possível o gramado, dividindo-o mentalmente em uma grade e passando de um setor a outro. Encontro coisas que podem ser pistas ou não: um monte de cascas de amendoim, um pedaço de arame embolado de 15 centímetros. Em um setor ao norte da bandeira do estado de Ohio, encontro três torrões a intervalos regulares na lama que parecem ter sido deixados por estacas de barraca.

Depois de completar a grade, fico em pé por um bom tempo embaixo das bandeiras, mãos nos quadris, a chuva em meus olhos como lágrimas, chuva escorrendo por meu nariz e o queixo. Há um nível de cansaço em que seu corpo fica sensível, como um hematoma. Sua garganta dói; os olhos ardem. A fome o intensifica — você se sente meio encarquilhado, recurvado, queimado, endurecido. Como a crosta de alguma coisa, a casca.

Orçados para hoje, tenho três saquinhos de amendoim torrado com mel, além de uma maçã verde de um cesto que tiramos de um Residence Inn em Penfield. Como uma das maçãs rapidamente, como um cavalo. Quase como um dos sacos de amendoins, depois decido guardar para mais tarde.

Dois rastros sobrepostos de sangue; duas passagens pelo corredor; uma saindo, outra voltando.

Lily é atacada dentro da copa. Ela corre, o sangue assoviando para fora do seu pescoço, o agressor em perseguição, e consegue despistá-lo dentro do bosque. Desmaia na clareira, onde a encontramos. O agressor volta para dentro, o sangue ainda pingando das três facas. Ele as pendura e desaparece.

Mas desaparece, o que isso quer dizer? Quer dizer que ele vai para o subsolo. Pelo buraco no chão da garagem.

Não é? Detetive Palace, não é assim?

É, mas como é que o agressor decidido e homicida deixa de seguir uma garota indefesa de 50 quilos, que cambaleia pelo bosque e sangra pelo pescoço?

É — só que, por que e como ele está fazendo malabarismos com três facas?

Olho fixamente o céu, trinco os dentes e reprimo uma nova onda de pânico, culpa e desespero porque provavelmente jamais vou saber. Este mistério, com o de minha irmã, continuará insolúvel para sempre. *É* o lugar certo, a central de polícia de Rotary, Ohio, é o lugar certo, mas agora é a *hora* errada, chegamos tarde demais, não chegamos a tempo de impedir que esta garota fosse atacada e não chegamos aqui a tempo de impedir que minha irmã escapulisse terra abaixo e sumisse. Minha culpa. Tudo minha culpa.

Esfrego a testa com a base da mão, olhando a margem do gramado da central, onde se transforma em bosque, vendo-a, nossa garota adormecida e sem nome, correndo no escuro, a mão segurando o pescoço, tentando gritar, incapaz, o sangue explodindo do ferimento.

* * *

No fim das contas, não era uma armadilha. De fato havia um zoológico de cidade pequena, e esses dois adolescentes tolos e bem-intencionados de fato libertaram os animais, e o irmão da garota de fato agora estava encurralado por um tigre.

Isto foi no início de setembro, cerca de duas semanas atrás, talvez 16 dias, na metade de nossa jornada tortuosa. Seneca Falls era uma cidade cinza, de uma calma indócil, as pessoas nas ruas, algumas armadas, outras não, algumas em grupos, outras sozinhas, todas graves e tensas. A 15 quilômetros da cidade localizamos a garota agitando os braços, colocamo-na no carrinho de golfe e dirigimos em velocidade máxima, estremecendo e dando solavancos por estradas vicinais até o zoológico mínimo, e lá estava ele, de camiseta, short jeans, mal tinha 16 anos e morto de medo, tremendo em um galho no alto, seu peso atormentado curvando o galho para onde o animal rosnava. Uma pelagem sarnenta esticada sobre costelas débeis.

— O que vamos fazer? — disse a garota, e eu falei:

— Bom... — E Cortez abateu o animal com uma explosão da espingarda no meio do flanco mais próximo. O menino gritou e caiu da árvore na terra, ao lado do animal morto. Sangue e vapor se elevavam do flanco laranja estourado. Cortez travou a arma, olhou para mim e falou:

— Agora podemos ir?

— Espera, espera — disse a irmã, correndo atrás de nós ao subirmos no carrinho de golfe. — O que a gente vai fazer agora?

— Se eu fosse vocês — disse Cortez —, comeria esse tigre.

* * *

"NÃO BEBA A ÁGUA DA BACIA DO RIO MUSKINGUM... NÃO BEBA A ÁGUA DA BACIA DO RIO MUSKINGUM."

Cortez está na sala de despacho, hipnotizado na frente do antigo Rádio Comando de pedal, um aparelho preto e sólido de comunicações de despacho, transmitindo a mesma mensagem de alerta na faixa de emergência, sem parar. É uma voz calma, o tipo de tom maçante e frio que se costumava ouvir ao esperar pelo suporte técnico: digite 1 se precisar de ajuda para montar seu dispositivo...

— Olha só esse neném — diz Cortez. — Ainda funciona.

— Ah, claro — digo, sentindo uma forte onda de nostalgia. — Essas máquinas são indestrutíveis. E esta teria sido instalada com várias baterias de apoio. — Estou me lembrando do mesmo console no Departamento de Polícia de Concord. Ficou obsoleto pelos sistemas digitais de laptop instalados dois anos antes de eu fazer o juramento, mas de certo modo ninguém jamais o retirou do Despacho, e ele ficava ali no canto, preto, reluzente e inamovível, um monumento ao trabalho policial tradicional.

A mensagem sai dos *shifts* do Rádio Comando de Rotary: *"CENTROS DE PRIMEIROS SOCORROS FORAM CRIADOS NAS SEGUINTES COMUNIDADES... CENTROS DE PRIMEIROS SOCORROS FORAM CRIADOS NAS SEGUINTES COMUNIDADES..."*, depois a mulher começa a relacioná-las, os bons e antiquados nomes de cidades de Norman Rockwell: *"CONNESVILLE... ZANESVILLE... DEVOLA..."*

Passo o dedo pelo alto empoeirado da máquina. É um belo equipamento policial, o console do Rádio Comando, é mesmo.

"CENTROS DE PRIMEIROS SOCORROS FORAM CRIADOS NAS SEGUINTES COMUNIDADES..."

Ficamos ali, lado a lado, Cortez e eu, ouvindo a récita sem encanto de cidades. Isso está criando uma tristeza no fundo de meu coração, a voz da mulher, o zumbido da máquina, e penso que simplesmente pode ser que eu sinta falta de informações. Pela maior parte da minha vida, o mundo foi inundado de notícias, relatos de coisas acontecendo; no último ano, eles desligaram o radar, um por um, o *Concord Monitor* e o *New York Times* e depois a televisão, todo o conceito de televisão, e a internet com sua agitação incessante, tudo isso acabou. Por algum tempo, em Concord, antes de minha casa ser incendiada e eu ir embora, eu tinha um radioamador sintonizado em alguém chamado Dan Dan The Radio Man, e o ouvi durante todas as audiências da Comissão Mayfair. Dan Dan narrou a última rodada da legislação IPSS, passou apressadamente pelos restos do Congresso, nacionalização de silos de grãos e remodelação de todos os parques nacionais como acampamentos para os deslocados do país.

Na estrada, só era possível ter o turbilhão de fofocas e relatos sem confirmação, a troca nervosa de boatos, especulações e fantasia. Alguém diz que a represa Hoover foi dinamitada por moradores de Nevada rio abaixo, desesperados por água fresca. Alguém agita o jornal, supostamente um exemplar único assinado pelo presidente, declarando os Estados Unidos "uma nação soberana e resistente, conservando perpetuamente seus privilégios sobre todo o território atualmente incluído". Alguém diz que a cidade de Savannah foi "tomada" por imigrantes da catástrofe vindo do Laos, que transformaram a cidade numa fortaleza e estão baleando os brancos que aparecem; outro diz de jeito nenhum, foi em Roanoke que isso aconteceu, com certeza foi Roanoke, e os IC eram da Etiópia. E agora aqui estamos, isto é o que resta do mundo: sanduíches embalados e band-aids são distribuídos dentro de uma barraca em algum lugar em Applee Grove, Ohio.

"*O PROGRAMA BUCKEYES AJUDAM BUCKEYES CONTINUARÁ DURANTE O IMPACTO E DEPOIS DELE*", diz o Rádio Comando. "*O PROGRAMA BUCKEYES AJUDAM BUCKEYES CONTINUARÁ DURANTE O IMPACTO E DEPOIS DELE.*"

Viro a cabeça para fora e uma grande onda de faíscas e estrelas pinta o interior de minhas pálpebras, cambaleio, seguro o batente da porta e me firmo.

— Você está bem? — diz Cortez, e aceno por sobre o ombro: *Estou ótimo*, já vou. Mas quando solto o batente e tento andar de novo me vem outra onda de fogos de artifício na cabeça e desta vez vejo manchas ensanguentadas arderem pelas minhas retinas. Uma garota de cara para baixo em um campo. Uma porta no chão. Um suporte de facas vermelhas atrás de uma pia vermelha. Uma máquina automática de chocolates esvaziada como um animal estripado.

"Palace?"

Dou um passo — o cansaço é muito. Desabo.

6.

— Henry. Ei. Levanta.

Aquela voz. Acordo e é isso — mistério resolvido. Nico está simplesmente presente, seus olhos faiscando no escuro como os de um gato. Ajoelhada a meu lado, eu deitado no chão, acordando-me como costumava fazer para preparar seu café da manhã, cutucando meu peito com dois dedos, metendo a cara bem perto da minha.

— Henry. Henry. Hen. Hen. Henry. Ei. Hen.

Ela aponta por sobre o ombro com o polegar, para Lily, a garota inconsciente a meu lado no colchão fino da cela de prisão. Cortez deve ter me tirado da sala de despacho e me deitado ao lado dela na cama.

— Quem é a sua amiga? — diz Nico.

Começo a falar, a dizer, *Ah, Nico, pensei que você tivesse morrido*, mas ela coloca um dedo nos lábios para me calar e eu obedeço, eu me calo, olho-a em silêncio. O cheiro do cigarro do Cortez perdura no ambiente.

— Então, escute — diz Nico, e basta sua voz para formar um calor de lágrimas em meus olhos. — Está acontecendo. Vai dar certo. — Ela tem a exata aparência que tinha no dia da foto do anuário, a foto no bolso de meu paletó: deixou o cabelo crescer e usa óculos de novo, os antigos, de quando estava no colégio. Nem acredito que ela ainda os tem. Quero dar um pulo e abraçá-la. Vou colocá-la no guidom da bicicleta, colocar Houdini no reboque para viajar atrás de nós. Vou levá-la para casa.

— Tudo saiu exatamente como planejado — está dizendo ela. — Eles o trouxeram para cá. Aquele cientista, aquele de que eu te falei, sabe? Nós o pegamos. Vamos para a Inglaterra de manhã, e ele e a equipe que ele conhece lá vão iniciar a explosão próxima. Mostrar àquele asteroide quem é que manda. — Murmuro as palavras para ela, assombrado:

— Mostrar àquele asteroide quem é que manda. — Ela sorri. Seus dentes brilham, brancos.

— Vai ficar tudo *bem* — diz ela.

Tenho objeções, muitas perguntas, mas Nico coloca a mão aberta em minha boca, balança a cabeça, mostrando impaciência.

— Estou te falando, Hen. Estou te falando. Está tudo fechado feito um burrito. — Uma das expressões bobas que nosso pai costumava usar, uma das preferidas dele. — Está tudo acertado. Não há nada com que se preocupar.

Isto é incrível. Incrível! Eles conseguiram. Nico conseguiu. Ela salvou o mundo.

— Mas preste atenção. Nesse meio-tempo, fique de olho em seu valentão. Não confio nele.

Meu valentão. Cortez.

Eles nunca tiveram o prazer de se conhecer, esses dois. Teriam gostado um do outro. Mas Nico não o conheceu. Nunca ouviu falar dele. Um poço de melancolia brota em meu peito e corre por meu corpo como sangue azul-escuro. Não é real. Estou sonhando, e assim que tomo conhecimento disto, Nico desaparece como um fantasma de Dickens e é substituída por meu avô, pálido e magro, faces encovadas e olhos fixos, sentado em sua velha poltrona de couro, fumando um American Spirit, resmungando sozinho.

— Cave um buraco — diz ele. — Cave um buraco.

*　*　*

A fumaça é real. Fumaça de cigarro nova, vindo pelo corredor da central de polícia real, atravessando as grades da cela estreita e entrando em meu sonho. Meu avô realmente fumava American Spirit, a mesma marca de Nico. Ou melhor, Nico fuma a mesma marca dele. Ele xingava depois de cada um deles, dizendo "porcaria de coisa idiota", mesmo enquanto tirava o seguinte do maço, virando-o com irritação entre dois dedos velhos. Um homem que não gostava de ter prazer com as coisas.

Não é ele que fuma agora; ele está morto há vários anos. É Cortez, em algum lugar no prédio, pitando algum cigarro.

E eu também não estava realmente no colchão fino, metido ao lado de nossa adormecida vítima de ataque; estou exatamente onde caí, no chão do Despacho, na sombra do Rádio Comando. Ainda tenho a sensação quente do sonho da mão de Nico apertada em minha boca. A mão de Nico.

Levanto-me rapidamente, balanço as pernas para me livrar do formigamento, estendo a mão e apoio a palma na parede. São 5:21. É de manhã. Por quanto tempo dormi? Sigo o fedor encrespado do cigarro e encontro Cortez na garagem de viaturas, agachado no meio, examinando o chão. Nossa cafeteira portátil está erguida em uma das prateleiras, o pó de café solto se prendendo em grumos em volta da boca da jarra. Tem uma garrafa térmica ao lado de Cortez com vapor subindo pelas bordas, misturando-se com a fumaça do cigarro.

— Ah, bom dia — diz ele, sem levantar a cabeça.

— Temos de descer aí.

— Não brinca. — Ele grunhe, coloca-se de bruços. — Estou trabalhando nisso.

— Podemos descer aí?

— Estou trabalhando nisso — repete ele. — Tome um café.

Encontro meu copo térmico de aço na prateleira atrás de mim, aquele com meu nome em marcador na lateral, e sirvo-me de café. Meu sonho foi uma evidente satisfação de um desejo, um clássico: Nico está viva, a ameaça do asteroide acabou, a Terra sobrevive, eu sobrevivo. Mas e meu avô, resmungando de seu leito de morte: "Cave um buraco"? Suas últimas palavras de verdade. Ele disse isso. Cortez tem a cara quase no chão, um olho aberto, outro fechado, o cigarro pendurado no canto da boca enquanto lentamente passa a orelha do martelo pelo concreto, examinando a fratura invisível entre a tampa e o piso que a cerca.

Bebo meu café; quente, amargo e forte. Espero dez segundos.

— E o que você acha? Podemos descer aí?

— Você é um sujeito focado demais.

— Eu sei. E o que você acha?

Ele se limita a rir e eu paro, espero, exijo paciência de mim mesmo. Cortez quer o mesmo que eu, com igual desespero. Quero entrar no buraco porque é ali que está minha irmã, minha irmã ou indivíduos de posse de informações sobre seu paradeiro; Cortez quer entrar no buraco porque o buraco existe. Quer entrar porque ele está de fora. Seu cabelo está todo desarrumado, fora do rabo de cavalo, rolando em chumaços embaraçados pelas costas. Nunca lhe perguntei, com tantas palavras, por que ele veio nessa jornada de tolo em busca de minha irmã errante, mas creio que a resposta é esta: para fazer coisas assim, fazer o que ele mais gosta com o tempo que lhe resta. Eu sou um ponto de interrogação apontado para um segredo, Cortez é uma ferramenta apontada para os lugares intratáveis do mundo.

— E aí? — digo. — Você consegue...

— Sim. — Ele se coloca de pé e dá um peteleco no cigarro, acrescentando outra guimba a nossas pilhas reunidas.

— Sim? Como? Como?

— Espere e vou te contar. — Ele sorri, depois pega tabaco para outro cigarro, procura o papel na calça às apalpadelas, enrola lentamente, me torturando. E enfim: — É uma cunha, não é uma tampa plana, eu acho, o que quer dizer que não podemos levantar, mesmo que não fôssemos uma dupla de esqueletos.

— E daí?

— Daí que, em vez disso, a gente quebra. A primeira opção é uma britadeira a gasolina, que não temos e não vamos conseguir.

Estou assentindo, concordando como um louco, e minha mente dispara e acelera, pronta para rodar. É isso que eu quero. Dados específicos. Respostas. Uma programação. Baixei meu café, estou pronto para correr daqui, pegar o que precisamos.

— Segunda opção? — digo.

— A segunda opção é uma marreta. — Ele dá um trago longo do cigarro, sorri languidamente enquanto espero, desesperado. — E sei onde arranjar uma.

— Onde?

— Ora essa, na loja, é claro.

Enfim — enfim — ele explica. Ele viu a marreta quando vasculhamos a SuperTarget dois dias atrás, a última parada que fizemos, a três saídas da rodovia, antes de Rotary. A SuperTarget ficava em meio a outras cinco lojas, imensas, parecendo fortalezas, espalhando-se por um vasto estacionamento: uma Hobby Lobby, uma Home Depot, uma Kroger Grocery, uma Cheesecake Factory.

— Era uma Wilton — diz Cortez. — Grande, cinco quilos. Boa pegada. — Ele está encostado na parede, balançando a cabeça. — E eu deixei para trás. Eu me lembro porque a segurei e quase levei, mas não fiz. Pensei, não vamos usar isso. Vai pesar no reboque e não precisamos disso. — Ele suspira e solta o ar com tristeza, como um homem sonhando com um amor perdido. — Mas me lembro. Uma grande e linda Wilton com cabo de fibra de vidro. Lembra dela?

— Eu... claro. — Não sei bem. Lembro-me muito bem da SuperTarget, filas e mais filas de prateleiras vazias, velas aromáticas e toalhas de banho espalhadas pelo piso sujo, torneiras destruídas pelo chão como brinquedos quebrados. O corredor de mantimentos saqueado como que por um bando de animais selvagens. Uma grande placa, devia fazer meses ali, que dizia A MUNIÇÃO ACABOU, MUITO OBRIGADO.

— Mas e se ela sumiu? — digo. — E se outra pessoa pegou?

— Bom, então ficaremos sem ela — diz Cortez. — Exatamente como agora.

Mastigo a ponta do bigode. O sarcasmo na questão é que, se sairmos em busca da marreta e não a encontrarmos, não teremos perdido nada, mas na realidade ele está errado, porque teremos perdido tempo. É tempo que teremos perdido. Quanto tempo para chegar lá de bicicleta, quantas horas para encontrar a marreta, prendê-la no reboque, pedalar de volta?

Cortez sabe exatamente onde está. Ele se lembra do corredor e da prateleira: corredor 9, prateleira 14. É assim que a mente de Cortez funciona. Fica no fundo da loja, depois dos produtos para jardinagem e a seção de encanamento. Ouço novamente em sua voz, quando ele descreve o caminho, o veio fundo de arrependimento por ter deixado a marreta para trás, por ter sido apanhado, pela primeira vez na vida, sem a ferramenta necessária para o trabalho.

— Você fica aqui — digo a ele. — Vigia o buraco.

— Tudo bem. Ele me faz uma saudação, sentando-se de pernas cruzadas no meio da garagem. — Vou vigiar o buraco.

* * *

Na saída, paro na detenção, satisfeito ao ver que o saco de solução salina de um litro e meio está vazio, arriado e enroscando-se no alto como um balão murcho. A área em volta da agulha no braço estendido de Lily também parece bem, sem um raio roxo de tecido traumatizado em torno do ponto de entrada. Lily, ou qualquer que seja seu nome. Coitadinha. Alguma coisa de alguém. Entro na cela e passo o dedo delicadamente por seus lábios; ainda secos, mas nem tanto, não mortalmente secos. Ela está absorvendo fluido.

— Bom trabalho, garota — digo a ela. — Meus parabéns.

A não ser pelo problema nada secundário de que, se Lily está absorvendo fluidos, deveria estar eliminando, e não está. Não existe urina, o que me alerta de algo, mas não sei exatamente o quê, porque meu treinamento médico é limitado e específico, material de primeiros socorros, de cena de crimes: administrar respiração de resgate e curativos em ferimentos, diminuir perda sanguínea. A coleta de pistas médicas no leito é território inexplorado. É um jogo de palavras cruzadas numa língua que não conheço.

Subo em uma cadeira e desprendo cuidadosamente o saco e o desconecto, e ela esgotou todo o meu suprimento de solução salina. Não sei o que vai acontecer com essa garota, mas cheguei ao limite de minha capacidade de intervenção médica. A essa altura, sua condição tornou-se binária; ou ela vai morrer, ou não vai.

— Você vai ficar bem — digo a ela. — Vai ficar ótima.

E acabou, estou pronto para sair, a não ser por um acesso de lembrança, um lampejo do sonho da última noite: Nico, de cara feia e desconfiada, sussurrando com urgência: *Fique de olho em seu valentão.*

Perturbado, inquieto, olho a garagem pelo corredor, onde ele está sentado, fumando, esperando. Isso não é justo; foi um sonho; Nico nem mesmo conhece o homem. Mas nem eu, exatamente. Ele é boa companhia e tenho tirado proveito de suas variadas competências, mas subitamente sinto a enorme distância a que estou de realmente conhecê-lo — certamente de conhecê-lo o bastante para confiar nele.

E, enquanto isso, a garota: dormindo, vulnerável, sozinha. Imagino o sorriso torto de Cortez, seus olhos dançando pelo corpo prostrado de Lily, admirando-a como a uma tigela de frutas.

É uma chave antiquada de carcereiro que eles têm aqui, pendurada em um gancho antiquado. Fecho a porta da área de detenção, dou uma boa sacudida para me certificar de que está fechada e tranco. Depois tiro a chave do gancho e passo pelas grades, onde ela cai e desliza até a parede do fundo da cela.

Quarta-feira, 22 de agosto

Ascensão reta 18 26 55,9
Declinação -70 52 35
Elongação 112,7
Delta 0,618 UA

Agora consegui que Abigail se acalmasse, agora tenho uma conversa, consegui a lucidez vacilante entrando e saindo de seus olhos.

Mostrei meu distintivo e minha arma, expliquei que sou um policial aposentado de Concord trabalhando em um caso, e não um alienígena arrastando um véu de poeira cósmica, nem alguém da NASA que veio injetar antimatéria nela. Estamos a uma mesa pequena e bamba no fundo da loja, na mesma sala dos fundos onde uma vez sentei-me atrás de Jordan e o vi acessar a internet, acessar o banco de dados do Centro Nacional de Informações Criminais, submetido a seu desdém ofensivo para conseguir sua ajuda em meu caso.

Estamos sentados à mesma mesa e Abigail fala comigo a duras penas, cansada, que Jordan não está ali, e ela não sabe onde está.

— Ele devia estar aqui. Nós devíamos estar aqui juntos. Foram essas nossas instruções.

— Instruções de quem?

Ela dá de ombros. Seus movimentos corporais são espasmódicos, dolorosos.

— Foi Jordan que falou com eles.

— Com quem?

Ela dá de ombros de novo. Olha fixamente a mesa, empurrando com o dedo um canto rasgado de uma folha de papel, primeiro para um lado, depois para o outro, como se movesse o papel por um tabuleiro de jogo invisível.

— Quais eram as instruções?

— Fiquem... fiquem aqui.

— Em Concord?

— É. Aqui. Encontraram a Resolução. Em uma base. Gary, Indiana.

— Resolução. Esse é o cientista? Hans-Michael Parry.

— É. E os outros iam encontrá-lo, iam para a última fase, mas nós ficaríamos aqui. — Ela ergue os olhos, projeta o lábio inferior. — Eu e ele. Mas então Jordan saiu. Sumiu, foi embora. Eu fiquei sozinha. Depois a poeira começou a flutuar para dentro. — Ela gagueja. — E-e-ela entrou flutuando.

É assim que ela se lembra, seu tormento invisível — ela começa a olhar isto e aquilo, olhando feio os cantos da sala, esfregando a pele onde está coberta de poeira cósmica.

— E quando foi isso? Abigail? Quando ele saiu?

— Não faz muito tempo. Uma semana? Duas? É difícil porque aí a poeira começou a chegar. A entrar.

— Sei que é difícil — digo, e estou pensando, fique comigo, minha irmã, só um pouquinho mais. Estamos quase lá. — Então o grupo, quando saiu, eles foram para Gary, Indiana?

Ela fecha a cara, morde o lábio inferior.

— Não, não. Foi lá que encontraram a Resolução. Mas o ponto de reconhecimento era em Ohio. Uma central de polícia em Ohio.

Ohio. *Ohio*. Assim que ela diz, sei que é para lá que vou, assim que ela diz a palavra — é este o alvo. A última localização conhecida da desaparecida. Nico está em Ohio. Avanço em minha cadeira, quase virando a mesa com minha ansiedade.

— Onde em Ohio? Em que cidade?

Espero que ela responda, prendo a respiração, oscilando à beira da descoberta, como uma gota de água na lateral de um copo.

— Abigail?

— Eu sinto o planeta girando. Isso também está acontecendo. Me deixa tonta e enjoada. Mas não consigo parar de *sentir*. Você... pode entender isso?

— Abigail, qual é o nome da cidade em Ohio?

— Primeiro você precisa me ajudar — diz ela e estende as mãos com suas luvas de látex, cobrindo as minhas. — Eu não consigo. Estou com medo demais para fazer isso.

— Fazer o quê? — pergunto, mas já sei, sinto que está vertendo de seus olhos. Ela empurra uma de suas semiautomáticas pela mesa para mim.

— Sei o nome da cidade. Tenho um mapa. Mas você vai fazer isso e rápido.

PARTE DOIS

Homem da Cidade Azul

Sexta-feira, 28 de setembro

Ascensão reta 16 55 19,6
Declinação -74 42 34
Elongação 83,1
Delta 0,376 UA

1.

Vou explicar como sei que ela não morreu: porque ela nunca morre. Como daquela vez em que a encontrei em White Park, metida como uma fada na sombra ao lado do escorrega, depois do enterro de papai. *Você achou que eu tinha morrido também, não foi, Hen?* E ela estava com a razão, pensei, e ela tem me dado periodicamente a oportunidade de pensar o mesmo desde então. Desde o ano em que nossos pais morreram, trago este antegozo de sua ruína como uma acidez no estômago, esta certeza fria de que um dia ela também vai escorregar: um de seus amigos estúpidos e burros a envolveria em um tráfico de drogas que deu errado, ou o ferro-velho de moto que ela pilotava por aí em seu segundo ano do colégio pegaria um trecho de gelo e capotaria, ou ela simplesmente seria a criança que bebe demais na festa e é carregada para fora em uma maca enquanto os outros ficam parados feito bovinos, encarando e se balançando na luz vermelha da ambulância.

Ainda assim, repetidas vezes, ela conseguiu nadar pelas marés de sua vida, um peixe faiscando pela espuma escura, mesmo nestes últimos meses terríveis. Não foi ela, mas seu marido caloteiro, Derek, que desapareceu, sacrificou-se aos objetivos obscuros da organização maluca de Nico. E não foi ela, mas eu, que quase morri em um forte no sudeste do

Maine, baleado no braço ao perseguir um desaparecido. Foi Nico, nessa ocasião, que resgatou *a mim*, descendo pelo horizonte naquele helicóptero chocante e impossível.

Ainda assim. Apesar disso. Agora ela sumiu de novo, e o medo cresce em minhas entranhas como uma doença, o conhecimento de que ela está morta ou morrendo em algum lugar, e eu preciso me lembrar de que ela sempre, sempre ficou bem. Nem um arranhão. Ela está em algum lugar. Ela está bem.

* * *

Só uma rua leva da central de polícia para a cidade propriamente dita, e, sendo este o coração do Meio-Oeste dos EUA, esta rua se chama Police Station Road: quatrocentos metros pastoris de pavimentação suave em declive, passando sinuosa por uma cerca de fazenda e um celeiro pintado de vermelho. Tem um moinho um pouco à direita, meio afastado da estrada, tombando para a direita como se alguém tivesse tentado derrubá-lo e depois se entediasse. Houdini está deitado e tossindo no cesto do guidom. O reboque vazio chocalha atrás de nós, esperando por sua carga.

É o nascer do sol, ainda chuvisca, e com os suaves ouros e escarlates molhados de chuva das árvores, com os grilos cricrilando uns para os outros, os corvos grasnando melancólicos, por um minuto vejo-me imaginando que mundo tranquilo será este quando as pessoas sumirem, quando o asfalto for reivindicado por flores silvestres e os pássaros tiverem completo uso do céu.

Naturalmente sei que este é apenas outro sonho, outro episódio de otimismo desvairado: o mundo pós-apocalíptico virginal e pastoril, livre das cidades sujas e máquinas barulhentas da humanidade. Porque estas árvores castanhas do Meio-Oeste irromperão em chamas nos primeiros momentos de incêndio. As árvores do mundo queimarão como lenha seca. Em pouco tempo, as nuvens de cinza bloquearão o sol, impondo uma data-limite à fotossíntese, apagando toda exuberância. Os esquilos vão queimar, as borboletas e as flores, as joaninhas que rastejam na relva alta. Gambás se afogarão em suas tocas. O que está para acontecer não é o resgate do planeta por uma Mãe Natureza triunfante, um repúdio cármico da gestão doentia e arrogante da humanidade.

Nada que um dia fizemos teve alguma importância. Este evento sempre esteve nas cartas para o planeta humano, por todo o escopo de nossa história, aproximando-se, apesar do que fizemos ou deixamos de fazer.

* * *

— Ratos — digo, descendo a espiral da rampa de saída, enquanto o enorme estacionamento entra à vista abaixo de mim. — Ratos, ratos, ratos.

A SuperTarget foi tomada. Vejo pessoas com metralhadoras vagando pelo telhado da loja e, por instinto, começo a contá-las — um, dois, três, quatro... —, embora uma só pessoa com uma metralhadora no telhado de uma loja grande já seja muito. Cinco escadas de metal, aquelas escadas sobre rodas que andam pelos corredores para ajudar os clientes a ter acesso às prateleiras altas, foram trazidas para fora da loja e empurradas às entradas do estacionamento, estacionadas como torres de guarda. Tem alguém no alto de cada escada. Mais perto de mim está uma mulher de meia-idade bem equipada com camisa vermelha de softbol, uma bandana vermelha prendendo um amontoado de cabelo preto, uma metralhadora só dela.

Saio da bicicleta e levanto a mão para a mulher armada e ela também levanta a mão, depois grita: "Ei-iá", e do outro lado do estacionamento alguém em outra escada móvel — também de camisa de jérsei vermelha, embora daqui eu não consiga saber se é homem ou mulher, novo ou velho — responde no mesmo tom: "Ei-iá", depois há outro chamado e mais um, as sílabas transportadas em roda, por fim uma picape Dodge branca ronca detrás da loja, arrotando fumaça de escapamento de óleo vegetal e espalhando o cascalho do chão. A picape para cantando pneu a pouca distância de mim e eu recuo, levantando as mãos.

— Bom dia — cumprimento.

Ouve-se a estridência de retorno de um megafone instalado no teto, acima do banco do motorista. Eu me retraio. A mulher na torre da guarda se retrai. Depois, alguém começa a falar de dentro da picape e a voz sai pelo megafone:

— Este lugar... — A voz é tragada numa nova explosão de retorno, depois ouço um "Ah, droga" abafado e um ajuste do volume. — Este lugar é seu?

— Não. — Balanço a cabeça. Ele quer dizer o estacionamento... a loja... se eu, ou eu e um bando de compatriotas, talvez todos vestindo calça azul e blazer caramelo para se identificarem, como esses aqui estão todos de camisa de softbol, será que nós já reclamamos nosso lugar nesta SuperTarget? Será que declaramos ser nossa base, nosso acampamento temporário, ou pretendíamos pegar o que tem de melhor nas prateleiras para comer ou nos divertir pela última semana antes do impacto?

"Não", repito. "Estou de passagem." A mulher na escada móvel observa com leve interesse. Mantenho as mãos erguidas, por precaução.

— Ah, tá legal — diz a voz pelo megafone. — É, a gente também.

As pessoas no telhado do prédio se reuniram na beira, olhando para mim. Metralhadoras, camisas vermelhas de jérsei. Olhando de banda, vejo que perto do fundo da SuperTarget há um borrão de figuras ocupadas na área de embarque. Estão dando uma limpeza. Cargas de caixas, paletes cheios, embrulhados em plástico transparente. Não sobrou muita coisa na loja quando estivemos lá, mas o que tem agora está saindo. Sinto um lampejo de desespero. Eu só preciso daquela marreta.

— Tem um objeto aí dentro — digo. — Algo de que eu preciso muito.

— Bom... — Outra onda de guinchos do retorno. — Ah, pelo amor de Deus — diz o homem, e o barulho para repentinamente enquanto ele desliga o megafone e abre a porta do motorista, curvando-se para fora. Óculos, expressão mansa. Também de camisa vermelha, com o nome Ethan bordado acima do bolso. Uma leve pança em um corpo atlético. Ele parece o treinador de basquete da escola de alguém.

— Desculpe. Coisinha idiota. Do que você precisa?

— Uma marreta. Tem uma aí dentro. Uma Wilton com cabo de fibra de vidro. — Avanço um passo para ele, olho em seus olhos, sorrio e levanto a mão, como se estivéssemos nos encontrando em um churrasco. — Eu preciso desesperadamente dela.

— Bom, tá. Tudo bem, espera aí. — Ele coça o rosto, indeciso, levanta um dedo e volta para dentro da picape. Ouço que fala em um radioamador ou walkie-talkie. Depois ele se curva para fora e me olha, sorridente, enquanto espera pela resposta de quem decide. Ele diz sim, entendo. Se dependesse só de Ethan, eu poderia entrar. Ainda chove; uma chuva leve, constante, interminável. Passo as mãos no pelo de Houdini. Dou uma olhada na mulher na escada móvel e ela está olhando o vazio, entediada, deixando a mente vagar. Um ano e meio atrás, ela estaria verificando os e-mails em seu telefone.

O walkie-talkie berra na picape e Ethan volta para dentro, escuta por um momento, assentindo. Vejo seu rosto pelo para-brisa até que ele coloca a cabeça para fora.

— Olha, amigo. Tem alguma coisa para trocar?

Faço um inventário íntimo e rápido de minhas posses: casaco e calças, sapato e camisa. Bloco e caneta. Uma SIG Sauer P229 carregada e uma caixa de balas calibre .40. A foto de uma garota desaparecida, do anuário surrado do ensino médio.

— Na verdade, não — digo. — Infelizmente. Mas essa marreta. Na verdade ela é minha.

— Como assim, é sua?

Não sei o que dizer. Eu vi primeiro? Preciso muito dela?

— Uma coisa — digo, ouvindo minha voz seguir para um registro suplicante, mais agudo e desesperado. — É só uma coisa.

Ethan esfrega o queixo. Ele se sente mal. Todo mundo se sente mal.

— E o reboque? — Ele olha nossa amiga na torre da guarda, que parece cética. — Talvez você possa trocar com a gente por esse reboque.

Baixo os olhos para o Red Ryder amassado. Nós trouxemos de Concord. As rodas estão tortas.

— O caso é que, se eu te der o reboque, não vou poder levar a marreta até onde preciso.

— Bom, então, que droga. — O homem suspira. — Você está num... hmm... como se chama mesmo?

— Impasse? — diz a mulher da escada.

Antes que eu possa dizer mais alguma coisa, alguém grita "Ei-iá" da área de embarque, depois outro grita do telhado, em seguida o homem na escada seguinte grita também e Ethan precisa correr: volta para dentro da picape e fecha a porta, faz uma manobra rápida de retorno no estacionamento e volta ao lugar de onde veio. A mulher da bandana olha para mim de lábios cerrados e dá de ombros: *Fazer o quê?*

— Merda! — digo em voz baixa. Houdini solta seu latido catarrento de matraca e me abaixo para fazer carinho em suas orelhas.

* * *

Não sei o que vai acontecer se eu voltar sem a marreta. Cortez terá outros truques na manga ou não terá, e se ele não tiver vamos ficar à toa, bebendo um café horrível e tendo uma conversa desarticulada até a quarta-feira lá pela hora do almoço, quando a conversa parar e tudo cessar.

A cidade de Rotary é pequena, mas é maior do que Pike, onde fica a SuperTarget. É maior do que qualquer coisa por perto. Tem de ter uma loja de ferragens.

Tem um e outro pináculo de igreja, tem uma caixa-d'água que parece uma cebola gorda com a palavra Rotary pintada em caracteres com um quilômetro de altura no estilo clássico de cidade pequena. Cornisos de outono pela calçada, folhas laranja e vermelhas, galhos pingando de chuva. Sem gente, sem sinal de gente.

Tem de estar aqui: cidades como esta ainda têm lojas de ferragens, ou tinham até o ano passado, as empresas familiares, adorada pelos moradores, perdendo dinheiro todo ano. Haverá uma marreta na loja de ferragens, uma carreira delas, uma vitrine, vou pegar uma, prender no reboque e carregar de volta pela Police Station Road.

Vamos de porta em porta pela rua principal: sorveteria, pizzaria, drogaria. Um bar temático estilo *saloon* dos velhos tempos chamado Come On Inn. Ninguém em lugar algum, nenhum sinal de vida.

— Cidade azul — digo a Houdini enquanto rondamos uma sorveteria abandonada. Ele fuça uma caixa vazia de cones de açúcar, tentando meter os dentes em algo que seja comestível. Tem um armário de serviço no porão do prédio da prefeitura, térreo, de tijolos aparentes, com um fedor azedo de amônia e água suja, uma pilha de cones de segurança laranja berrantes, riscos de contagem regressiva arranhados na parede por algum zelador entediado. Nenhuma marreta. Ferramenta alguma.

* * *

Demos nomes de cores às cidades devido ao pacote de Post-Its multicoloridos que Cortez tem; são sobras de seu depósito Office Depot. Quando saímos de uma cidade, atribuímos a ela uma cor, só para registrar, só para nos divertir. Todos os graus de dissolução, as diferentes extensões a que cada cidade ou vilarejo desmoronou sob o peso de toda esta iminência insuportável. As cidades vermelhas são aquelas que fervilhavam de violência ativa: cidades em chamas, cidades sitiadas por bandos de saqueadores, tiroteios à luz do dia, os que procuram comida e os que a protegem, casas sitiadas. Só de vez em quando encontramos uma força policial organizada e ativa: vê-se gente da Guarda Nacional patrulhando as cidades vermelhas em pequenos grupos, se oficial ou extraoficialmente é difícil dizer — jovens corajosos, pedindo ordem aos gritos, disparando as armas para o alto.

Becket, nas Berkshires, era uma cidade vermelha: dez adolescentes nos seguiram em bicicletas motorizadas barulhentas, louvando o sangue como selvagens. Stottville, Nova York, era vermelha. De Lancy, Oneonta. Dunkirk, a cidade onde salvamos a pequena família do incêndio, mas a deixamos indefesa na escada do corpo de bombeiros — vermelho-vivo.

As cidades verdes eram justo o contrário, comunidades que pareciam ter chegado a algum acordo, manifesto ou implícito, de tocar a vida. Gente varrendo folhas, empurrando carrinhos, acenando um bom dia. Cães em trelas ou correndo atrás de Frisbees. Em Media, Ohio, ficamos assombrados ao ouvir a música-tema de Bob Esponja sendo cantada com vigor por mais ou menos trezentas pessoas em um parque público ao anoitecer. Depois da cantoria, todos ficaram no parque: havia um círculo de tricô, um clube do livro, uma demonstração sobre fabricação de velas e outra sobre produção de projéteis. Uma associação de tiro esportivo local organizara um sistema de caça e coleta, cruzando as matas e fazendas locais para trazer carne de caça e bovina e distribuir segundo graus de prioridade: mulheres e crianças, os idosos e enfermos.

Um sinal claro de uma cidade verde era algum sistema de coleta de lixo. Uma pira de lixo queimando nos limites da cidade, ou mesmo apenas uma caçamba ainda em uso, as pessoas jogando seus sacos de dejetos ali, deixando seus afazeres pelo benefício mútuo. Se não víamos lixo empilhado no meio-fio, Cortez e eu, quando rodávamos por certo local, sabíamos que a cidade servia para uma noite de descanso.

As cidades pretas são vazias. As azuis parecem vazias, mas não são, apenas são tranquilas ao máximo. Estão vazias, a não ser pela ocasional correria, almas nervosas disparando de um lugar a outro, alguns se sentindo mais seguros durante o dia, outros à noite. Espiando por janelas, segurando armas, repartindo o que lhes resta.

Ao meio-dia, tínhamos percorrido o centro da cidade e Houdini e eu voltamos nossa busca, com relutância, para as casas particulares. Ative-me ao protocolo de bater, esperar, bater novamente, esperar de novo, arrombar. Encontrei casas atulhadas de pequenos objetos pessoais: roupas fora da estação, chapas para waffle, troféus, o tipo de coisa que as pessoas deixam quando partem numa emergência. Mas os abrigos de ferramenta estão vazios, como as geladeiras, como as despensas e os galões de combustível. Em uma casa térrea, pequena e bem cuidada, com paredes revestidas de alumínio, eu bato, espero, bato de novo, espero de novo, arrombo e encontro um homem muito velho e mínimo dormindo em uma poltrona, com uma revista *Time* desbotada aberta no peito, como se tivesse adormecido alguns anos atrás e estivesse prestes a acordar para uma terrível surpresa. Saí de lá pé ante pé e fechei a porta furtivamente.

Cidade azul. A clássica cidade azul.

* * *

Agora são duas horas no Casio. A certa altura, o sol queimou as nuvens. O tempo passando sem parar.

A ideia vem do nada, espontaneamente, grande como uma espaçonave flutuando, enchendo o céu: *Ela morreu lá. Lá, na mata. Em algum lugar em que eu não a vi.*

Ou ela está naquele buraco e não sai porque não quer, e o que estou fazendo aqui é desperdiçando tempo até o fim.

Continue andando, Hen. Continue procurando. Faça seu trabalho. Ela está bem.

Na Brookside Drive, a seis curtas quadras do salão da American Legion, há uma pequena casa de fazenda de tijolos aparentes, parcialmente cercada por uma espécie de muro antiexplosão, uma barreira de concreto de três metros de altura. Coisa séria, como se esta modesta casa térrea fosse uma embaixada dos EUA em Bagdá ou Beirute. Concreto grosso, de face lisa, com frestas na superfície, como se fossem seteiras. Esta fortificação foi construída para resistir não ao fim, mas aos acontecimentos que levam ao fim. Ladrões. Bandoleiros na estrada.

— Olá?! — grito para as frestas. — Oi?!

O céu explode com o barulho ensurdecedor de um disparo de metralhadora. Caio de joelhos. Houdini enlouquece, perseguindo a si mesmo em um círculo amplo. Outra saraivada de tiros.

— Tudo bem! — grito para o gramado enlameado, onde me atirei. — Tudo bem!

— Ainda tenho o direito de defender minha casa — diz uma voz, embargada, rouca e um tanto insana, de algum lugar atrás do muro. — Ainda tenho direito a minha casa.

— Sim, senhor — digo novamente. — Sim, senhor, eu sei.

Este é um homem de cidade azul. Não consigo ver seu rosto, mas sinto seu medo, a raiva. Levanto a cabeça lentamente, bem devagar, e tenho uma boa visão do cano da arma, comprido e rígido como o nariz de um tamanduá, aparecendo por uma das frestas.

— Vou embora — digo —, desculpe-me pelo incômodo.

— E eu vou, saio de gatinhas, bem lentamente, o traseiro no ar e as mãos abaixadas.

Ao rastejar dali, tive de passar bem pela base do muro e vejo onde o homem que o construiu — quem o construiu — pôs um selo na pedra. É uma única palavra, colorida num vermelho escuro e sóbrio: JOY.

2.

As únicas vítimas de suicídio que encontro em Rotary estão em um jardim de inverno telado na Downing Drive: baleados, marido e mulher, um jarro de limonada na mesa de tampo de vidro da varanda entre eles, cristais de açúcar grudados pelas laterais, fatias de limão apodrecendo no fundo. O marido ainda segura o rifle, agarrado entre as mãos, arriado no colo. Faço uma leitura rápida da cena, por instinto, sem nem mesmo querer. Ele foi o atirador, matou-a primeiro, um tiro limpo, depois se matou; deu um tiro alto na face — uma primeira tentativa, um erro —, depois um segundo tiro, sob o queixo e no ângulo correto.

Sinto uma onda rápida de bons sentimentos para com o morto, a base de seu rosto é um buraco vermelho, por ter honrado seu acordo. Primeiro a mulher, depois ele mesmo, e ele cumpriu, como prometido. O jarro de limonada zumbe de abelhas, atraídas à doçura que some.

Eles não têm uma marreta. Procuro na garagem, depois até dentro da casa, nos armários. Não é um artigo doméstico comum.

Houdini e eu descemos da varanda para a Downing Drive e uma lufada de cheiro quente, subindo pela rua, nos cercou, e juro que nos olhamos, o cachorro e eu, e evidentemente ele não sabe falar, mas eu sei, dizemos um ao outro:

— Isto é frango frito?

A saliva enche minha boca e Houdini começa a girar a cabeça de um lado a outro. Seus olhos acendem de empolgação, como bolas de gude brilhantes.

— Vai — digo, Houdini dispara para a origem do cheiro e corro atrás dele. Estamos correndo por uma transversal que ainda não exploramos, uma rua comprida e estreita de uma só pista definhando para o oeste a partir da Elm Street. Outras casas pequenas fechadas, um posto de gasolina com as bombas arrancadas do chão. Enquanto corro atrás de meu cachorro, meu estômago ronca e eu rio um pouco, o refrão entrecortado do riso de um louco, pensando na possibilidade de que isto seja uma espécie de miragem de ilha deserta: um insano correndo para a visão nebulosa da água, o policial alto e faminto lançando-se atrás de um pote ilusório de frango.

A rua tem um pequeno aclive, passa por alguns cruzamentos com sinal, depois à direita tem um estacionamento — em cujo meio, o que é desconcertante, de imediato reconheço a forma de uma Taco Bell. O exterior espalhafatoso é roxo e dourado, as paredes de estuque barato, uma entre um milhão dessas pequenas estruturas especialmente construídas que brotaram nos arredores das cidades pequenas no último meio século da civilização americana. Mas não há dúvida de que ela é mexicana e barata, o cheiro agora em ondas densas em volta de mim e de Houdini. É frango frito, suculento, defumado e inconfundível. Limpo o queixo. Estou babando como um personagem de desenho animado.

Também toca música, este é outro detalhe estranho. Estamos atravessando o estacionamento da Taco Bell, lentamente, eu na frente, de arma em punho, Houdini atrás de mim no meu ritmo, aproximando-se de meus pés, e ouvimos o batidão berrando do restaurante — detrás do restaurante, ao que parece —, música áspera, guitarras indistintas, vocais aos berros.

Paro, assovio agudo para o cachorro e ele cautelosamente vem atrás de mim. Dou uma boa olhada na construção, janelas quebradas mostrando cadeiras de plástico, mesas de linóleo, porta-guardanapos. As portas da frente estão abertas e escoradas por um catálogo telefônico.

São os Beastie Boys. A música, berrando do outro lado do estacionamento. É "Paul Revere", daquele ótimo disco dos Beastie Boys. O cheiro de frango vaga para nós na brisa, junto com a música.

— Senta. — Aponto para o cachorro. — Fica.

Ele obedece, mais ou menos, fazendo pequenos movimentos nervosos enquanto me aproximo de um lado da construção pequena e suja.

— Olá? — Volto à parede, levanto a arma, contorno pé ante pé. — Quem está aí?

Ninguém responde, mas não posso ter certeza de ter ouvido alguma coisa com aquela música. Eu nunca fui muito fã dos Beastie Boys. Tive um amigo, Stan Reingold, que cismou com hip-hop por cerca de uma semana no ensino fundamental. Muitos anos atrás, soube que ele se alistou e acabou no Iraque com a 101ª Divisão Aerotransportada do Exército. Agora ele pode estar em qualquer lugar, é claro. Levo a SIG Sauer ao nível do peito, atravesso a cerca viva em um passo largo e entro na pista do *drive-through*.

Não suspeito mais seriamente que seja uma miragem. O cheiro de frango sendo preparado é forte demais, misturado com o odor arenoso de alcatrão do asfalto molhado de chuva. Talvez seja alguma armadilha, alguém atraindo transeuntes inocentes com música de festa e um cheiro delicioso, e depois — quem sabe?

Minha visão do que está ali atrás é bloqueada por um trailer gigantesco, de quase oito metros de extensão, com a traseira no fundo do restaurante, estendendo-se em perpendicular para o estacionamento. O veículo enorme e quadrado está sobre tijolos, as portas escancaradas, janelas abertas. Peças de roupa estão jogadas pelo para-brisa e no capô da frente. Tem listras vermelhas pelas laterais caramelo e a legenda HIGHWAY PIRATE em spray numa letra extravagante pelo flanco. A música vem de dentro do trailer, ao que parece. Houdini solta um pequeno latido a meus pés — ele desistiu de esperar. Abaixo-me, faço um carinho em seu pescoço e espero que ele fique em silêncio. Ele não é um cachorro muito bem treinado.

A música para, há um sopro de silêncio, e recomeça, agora Bon Jovi, "Livin' on a Prayer". Continuamos avançando, Houdini e eu, de mansinho pela lateral do trailer, e quando chego à traseira, vejo o estacionamento e tem um homem ali com uma espingarda apontada para a minha cabeça.

— Parado aí mesmo, meu irmão — diz ele. — Não se mexa e diga ao cachorro pra ficar quieto.

Eu paro e felizmente Houdini também. São dois, um homem e uma mulher, os dois seminus. Ele está sem camisa, de cueca samba-canção e chinelo, o cabelo castanho sujo em um corte mullet muito crescido. Ela veste uma saia florida larga e comprida, cabelo ruivo, sutiã preto. Cada um deles tem uma cerveja na mão e uma espingarda na outra.

— Tá legal, meu irmão, tá legal — diz o homem, estreitando os olhos para mim. Bíceps suados e grandes, testa avermelhada. — Por favor, não me faça estourar sua cabeça, tá legal?

— Não vou fazer.

— Ele não vai fazer — diz a mulher, e ela toma um gole da cerveja. — Dá pra saber. É um cara legal, né? Você é um cara legal.

Concordo com a cabeça.

— Sou um cara legal.

— Isso. Ele vai ser muito bonzinho. — Ela pisca para mim. Olho fixamente para ela. É Alison Koechner. A primeira garota que amei na vida. O corpo branco e magro, cachos rebeldes de cabelo laranja como fitas num embrulho para presente.

— Meu nome é Billy — diz o homem. — Esta aqui é a Sandy.

— Sandy — digo e pisco. — Ah.

Sandy sorri. Não é Alison. Não é nada parecida com ela. Não mesmo. O que está havendo comigo? Dou um pigarro.

— Desculpe incomodar vocês desse jeito — digo. — Não quero fazer mal nenhum.

— Que merda, cara, nem a gente — diz Billy. Sua voz é calorosa e embriagada, encharcada de riso e sol.

— Nenhum mal no mundo — diz Sandy.

Eles brindam com as garrafas, ambos ainda sorrindo, ainda segurando as armas, erguidas e apontadas. Sorrio também, sem jeito, e passa um longo tempo, todos certos das boas intenções de todos os outros, todos entretanto petrificados com as armas apontadas. O mundo é assim. Atrás de Billy e Sandy, entre seu trailer e os fundos da Taco Bell, fica o pequeno universo particular que eles criaram. Uma grande churrasqueira velha a carvão, pesada, preta e arrotando fumaça como um motor a vapor. Um aparato instável de fabricação de cerveja, um emaranhado de mangueiras de plástico torcendo-se em volta de cilindros e barris. E ali, atrás de uma cerca baixa de tela que contorna uma camada desigual de palha, tem uma tribo agitada de galinhas — correndo com seus pés estranhos de alienígena, cacarejando como foliões numa parada de rua, esperando por um show ou uma execução.

Billy rompe nosso quadro vivo, avançando um passo, e eu recuo um passo, aponto a SIG para sua cara. Ele semicerra os olhos e afasta a cabeça, numa leve irritação, como um leão esquivando-se de um mosquito.

— O caso é o seguinte, meu irmão — diz ele. — Eu tenho a cerveja e tenho a arma, tá vendo, né? Você pode pegar a cerveja e ficar por aqui um pouco, vamos até dar alguma coisa pra você comer antes de se mandar. Temos um frango na brasa agora mesmo, porque está chegando a hora do jantar. É dos grandes, né, gata?

— É — diz ela. — Claudius. — Ela sorri. Por meio segundo de confusão penso que ela está me chamando de Claudius, depois percebo que é o frango. — Três aves por dia — diz ela. — É assim que acompanhamos a contagem regressiva.

Billy concorda com a cabeça.

— É isso aí. — Depois fareja, joga para trás o cabelo de roqueiro. — Ou, opção B, você faz alguma coisa hilária, tenta roubar um de nossos frangos e a Sandy dá um tiro na sua cabeça.

— Eu? — diz ela, rindo, espantada.

— É, você. — Billy sorri para mim, como se estivéssemos nessa juntos. — Sandy atira melhor do que eu, em especial quando vai ficando tarde e eu já tô meio tonto.

— Não fode, Billy — diz ela. — Você tá sempre meio tonto.

— Até parece que você não.

Esta mulher não é nada parecida com Alison Koechner, agora isto está claro para mim. A semelhança reflui como uma maré.

— E aí, meu irmão? — diz Billy. — Birita ou bala?

Baixo a arma. Sandy baixa a arma, por fim Billy baixa a dele e me estende a cerveja, que é morna, amarga e deliciosa.

— Obrigado — digo, enquanto os dois recuam e gesticulam para que eu vá ao pátio. — Meu nome é Henry Palace. — O cachorro se arrasta atrás de mim, olhando preocupado o caráter estranho, gordo e cheio de pernas das galinhas.

Uma nova música berra dos alto-falantes, um heavy metal, algo que não reconheço. Tem duas redes penduradas em cordas entre o restaurante e o trailer, balançando-se acima de pratos de papel cheios de antigos ossos de frango. Lanternas chinesas penduradas nas árvores pelo perímetro. Os alto-falantes estão instalados do lado de fora do veículo; o motor ligado e em ponto morto, alimentando a música, as luzes, o mundo.

Pergunto-me, de passagem, como Trish McConnell está se virando na Casa da Polícia. A Dra. Fenton, no Hospital de Concord. O detetive Culverson; o detetive McGully, onde quer que tenha terminado. Ruth-Ann, minha garçonete preferida de meu restaurante preferido. Todos em algum lugar do passado, fazendo outra coisa.

— Mas é sério, cara — diz Sandy, colocando a mão na base das minhas costas. — Se sacanear com nossas galinhas, a gente estoura sua cara de lambão.

* * *

O frango é delicioso. Como uma porção educada, mas Billy e Sandy me dizem para pegar mais, então eu pego mais e dou um bocado a Houdini, que come com vigor, o que é bom de ver. Ofereço três sacos de amendoins torrados com mel como acompanhamento, que meus anfitriões aceitam com prazer, erguendo uma série de brindes entusiasmados à minha generosidade.

Eles moram aqui, "neste local específico", há cerca de um mês, talvez seis semanas, não têm certeza. É seu terceiro lugar, porém.

— Terceiro — diz Billy —, e dá pra imaginar que é o último, né? — Eles roubaram as galinhas de seu segundo lugar, uma fazenda entre aqui e Hamlin, a próxima cidade pela rodovia, para quem vem do sul. Eles estão aconchegados na rede e eu estou no chão abaixo deles, sentado com as costas no veículo, e desfrutamos os últimos amendoins.

As galinhas, diz Sandy com uma sacudida feliz do cabelo, foram "um puta presente dos deuses, cara".

— A essa altura, ainda temos dezesseis dos pequenos imperadores — diz ela. — Três frangos por dia vezes cinco dias é igual a quinze.

— Mais um frango de bônus — intromete-se Billy.

— Ah, é, tá certo, frango de bônus. — Sandy aperta seu braço. É bom ouvir esses dois; eles parecem um programa de TV, uma comédia leve. O prazer que têm um com o outro combina com o crepúsculo e a chuva fina, criando uma espécie de névoa anestesiante, e eu viro a cabeça para trás e solto o ar, só ouvindo os dois falarem, terminando as frases um do outro e rindo como crianças. Eles ficam de bobeira o dia todo, segundo me disseram, fumando cigarros, namorando, bebendo cerveja, comendo frango. Os dois foram criados aqui, por acaso, bem aqui em Rotary, Ohio, foram ao baile juntos na Cross-Country High School, mas não moraram aqui quando adultos. Ele morou "quase em toda parte", cumpriu pena um tempinho, saiu sob condicional — "oficialmente, ainda estou", diz ele e bufa. Sandy, por sua vez, fez dois anos de faculdade em Cincinnati, casou-se com um "merda de primeira", divorciou-se, terminou garçonete em algum restaurante barato nos arredores de Lexington.

Voltaram a entrar em contato nos primeiros dias da ameaça, na última primavera ou no início do verão do ano passado, quando as probabilidades de impacto eram baixas, mas aumentavam rapidamente; baixas, porém altas o bastante para começar a procura por amores perdidos e oportunidades desperdiçadas.

— A gente se achou — diz Billy. — Facebook, essas merdas. — O verão se esvaiu no outono, as probabilidades aumentavam lenta e constantemente. O mundo começou a resvalar e tremer, Billy e Sandy trocaram e-mails engraçados sobre namorar de novo, ver o mundo acabar juntos.

"Quando a porcaria chegou a 100%, a droga da internet acabou." Billy joga o cabelo para trás. "Eu não tinha a merda do número do telefone dela... Que burrice, né?"

— É — diz Sandy. — É claro que eu nunca peguei o dele também.

Ele sorri para ela, que sorri também, vira a cabeça, bebe a cerveja. Ele está contando a história e ela se mete de vez em quando, acrescenta detalhes, corrige delicadamente, fazendo carinho em seu bíceps suado. Estou consciente de uma insistente voz interior me dizendo para continuar andando, manter-me no alvo, encontrar uma marreta e voltar para aquela garagem — mas descubro que criei raízes ali, de costas plantadas no trailer, os joelhos puxados para cima, bebendo devagar a mesma primeira cerveja, vendo as cores do pôr do sol no alto das árvores. A cabeça de Houdini é um ursinho de pelúcia branco e peludo no meu colo.

— Então basicamente eu disse, foda-se — diz Billy. — Pedi demissão da Pirate e vim de carro procurar por ela. E vou te dizer uma coisa... Desculpa, cara, qual é mesmo...

— Henry — digo. — Ou... Hank.

— Hank — diz Sandy, como se ela é que tivesse perguntado. — Gosto assim. A parte maluca é que eu estava de malas prontas. Estava esperando por ele.

— Dá pra acreditar nessa porra? Ela estava esperando por mim. Diz que sabia que eu vinha atrás dela.

— Eu sabia — diz ela, assente com firmeza, um sorriso de leve embriaguez nos olhos. — Eu simplesmente sabia. — Eles meneiam a cabeça com sua boa sorte mútua, brindam com o gargalo de vidro comprido das cervejas. Observo seus pequenos movimentos, ele fazendo um cinzeiro de papel-alumínio e batendo o cigarro ali, Sandy fazendo uma versão modificada e sentada do robô de algum batidão hip-hop antigo que sai dos alto-falantes do trailer.

Fecho os olhos por um minuto e entro e saio de um cochilo. Em certo nível, naturalmente estou consciente de que minha insistência ilógica em determinadas ideias relacionadas com minha irmã — em particular minha crença obstinada não só de que ela está viva, mas de que a encontrarei e a levarei para uma cidade que nem mesmo existe mais —, que todo esse pensamento mágico se estendeu, ultrapassou o halo de luz de uma vela. Se Nico conseguiu continuar viva agarrada à ideia louca de que a crise do asteroide pode ser evitada, que a ameaça pode ser eliminada, então talvez ela tenha razão. Talvez a coisa toda não vá acontecer.

Nico está bem. Tudo vai ficar bem.

Desperto piscando depois de um ou dois minutos, sacudo uma câimbra no pescoço, pego o bloco e começo a trabalhar.

Não, Billy e Sandy não têm uma marreta. Nem britadeira a gasolina ou furadeira. O que eles têm é combustível, suficiente para manter o trailer funcionando por mais alguns dias, só para a música; eles têm cerveja, têm frangos, e isso é tudo.

Então eu penso, ora essa, e pego no bolso a foto de anuário na luva plástica da Biblioteca Pública de Concord e desdobro com cuidado, porque está começando a esfarelar pelas bordas.

Não, eles não a viram. Não viram muita gente e, sem dúvida, não viram nenhuma versão adulta desta colegial de óculos, camiseta preta e expressão irônica. Não andou ninguém parecido por aqui.

3.

O PEQUENO ACAMPAMENTO DE BILLY E SANDY adquire um glamour maltrapilho à noite; eles poupam energia suficiente para acender as lanternas e dançam juntinho debaixo dos globos amarelos, entrando e saindo da fumaça fragrante da churrasqueira. Sandy balança levemente a cabeça com o rock aos berros, os cachos ruivos, compridos e embaraçados, subindo e descendo, as mãos dele envolvendo sua cintura como um colete salva-vidas.

Eu me levanto, esfrego a poeira da calça, olho os dois sob a noite estrelada e penso em meus pais mortos. Talvez seja o desaparecimento de Nico, a procura de Nico, talvez seja só a intensidade desses dias o que me faz imaginar o que eles teriam feito com tudo isso.

Em cada setembro deslumbrante de New Hampshire, quando as folhas estão em seu primeiro resplendor de transformação e o céu desperta num azul perfeito, dia após dia, meu pai dizia algo assim: "Setembro é a rainha dos meses. Não só aqui, em todo lugar. Em todo lugar do mundo. Setembro é perfeito." Ele está diante da casa com os óculos na testa, curvado para a frente, a palma das mãos no peitoril de madeira da varanda, respirando o cheiro fresco de alguém queimando folhas algumas casas adiante. Depois minha mãe, balançando a cabeça, abre-lhe um sorriso gentil com um leve muxoxo. "Você nunca esteve em outro lugar. Passou a vida toda na Nova Inglaterra."

— Ah, claro — diz ele. — Mas eu tenho razão. — Ele a beija. Depois me dá um beijo. — Eu tenho razão. — E beija a pequena Nico.

O próximo frango chama-se Augustus e será servido à meia-noite, mas eu preciso ir. Tenho trabalho a fazer. Olho para além do trailer, para a rua, que parece muito escura.

Billy volta para aquela decrépita cervejaria de Rube Goldberg dos dois para encher sua garrafa, deixa Sandy dançando na pista, e eu descubro que tenho mais uma linha de interrogatório a fazer.

— O que você sabe sobre a polícia? — pergunto a ele.

— Como é, Hank?

Ele me olha enquanto a cerveja espuma da torneira suja para sua garrafa.

— A polícia local. Em Rotary, quero dizer. Sabe de alguma coisa sobre a polícia daqui?

— Ah, são uns completos babacas. Como todos os policiais.

Ele avalia minha expressão e bufa, espirrando a bebida pelo nariz.

— Essa não! — Ele ri, limpa a cerveja do queixo com as costas da mão. — Estou com uma sensação esquisita em relação a você, eu... — Ele se interrompe, grita para Sandy, que está dançando de olhos fechados, cantarolando "Enter Sandman", do Metallica. — Sandy, ele é da polícia!

Ela continua de olhos fechados, levanta a mão com o polegar para cima, distraída, continua dançando.

— Escuta, cara, não vai me dar flagrante por posse de bebida, tá legal? — Ele está rindo, nem acredita nisso. — Não vai acontecer de novo.

— Não sou mais da polícia — digo. — Meu cargo foi eliminado.

Billy toma outro gole grande.

— É foda, sabe de uma coisa? É o que todo mundo devia dizer. O planeta todo, cara. — Ele bufa. — Nosso cargo foi eliminado.

— E então? — digo. — A polícia daqui.

Ele balança a cabeça.

— É como eu disse, sem querer ofender, cara, mas a polícia por aqui era igual a sua clássica polícia que intimida. Era assim quando eu era adolescente, aliás, e só fica pior, tá entendendo?

— Quanto tempo eles continuaram trabalhando?

— Com os casos grandes, você quer dizer? — Billy pensa no assunto, passa no cabelo a mão molhada de cerveja. — A porra de uns dois segundos, a maioria deles. Até o chefe, Mackenzie, o cara era um porco de primeira. — Ele se vira de novo. — Ei, Sandy, lembra do Dick Mackenzie? — Outro polegar para cima de olhos fechados de Sandy. — Um porco, né? — O polegar dela fica ainda mais alto. — Porra, cara — diz Billy, virando-se de novo para mim. — Assim que a coisa começou a ficar séria, foi um foda-se geral para a maioria desses caras.

É uma história igual a que eu vi no diário com capa de couro da detetive Irma Russel — posso vê-la com clareza, a página do caderno onde ela escreveu *Jason pediu demissão*, com três pontos de exclamação. Foi assim que terminei com meu próprio emprego breve de detetive no Departamento de Polícia de Concord, Unidade de Crimes de Adultos. As pessoas saem, morrem. Uma vaga se abre inesperadamente. Um raio de esperança.

— Mas acho que alguns continuaram por um tempo — diz Billy. — Os bons. Até os tumultos.

— Tumultos? — Agora estou interessado. Estreito os olhos para me concentrar, balançando a cabeça, tentando me livrar dos leves efeitos de minha única cerveja. — Que tumultos?

— Na prisão. A penitenciária estadual.

Pestanejo.

— Creekbed.

— Isso, é isso aí. Isso foi... cara... Sandy, você lembra quando foi Creekbed?

— Maio — diz ela.

— Não. — Billy coça o rosto. — Acho que foi junho.

— Em 9 de junho — digo a ele.

— Se é isso que você acha.

Concordo com a cabeça. É o que eu acho. A última entrada de Irma Russel, 9 de junho, numa letra bonita: *Papai do céu, cuide de nós, tá legal?*

— Um amigo meu ouviu falar disso por um cara que ele conhece, um viciado em meth que estava lá, que ficou se gabando disso, ao que parece, o escroto. Pelo que disse o doidão, todo mundo que ainda anda por aí com um distintivo foi mandado para a Penitenciária Estadual Creekbed. Acho que os guardas deram no pé, deixaram as celas trancadas, sabe como é, e os prisioneiros estavam pirando lá dentro.

Começaram a pensar que todo mundo tinha se esquecido deles e eles iam morrer enfiados lá.

É verdade. Era o que aconteceria com eles — como ratos numa gaiola —, como Kevin, namorado da mãe de Cortez, o ex-fuzileiro. Todas as pessoas que serão apanhadas em algum lugar quando chegar a quarta-feira: todos os prisioneiros, todos os idosos ou incapacitados em suporte vital, ou os obesos mórbidos que não conseguem sair de casa sem uma transportadora de piano. Todo mundo, na realidade, todos nós, presos onde estamos, como a donzela em perigo daquele filme antigo, amarrada aos trilhos de um trem que vem em alta velocidade.

— Então eles tacaram fogo no lugar — diz ele.

— A polícia?

— Não, cara, os bandidos. O amigo do meu amigo e os colegas dele. Devia ter no mínimo uns duzentos lá dentro. — A cerveja de Billy acabou de novo; ele abre a torneira para completá-la. — Eles tacaram fogo nas próprias celas, só pra chamar a atenção de algum policial que ainda estivesse lá, da polícia e dos caras dos bombeiros, aqueles sei lá como vocês chamam... os caras da ambulância. Todos desceram lá. E depois acho que as coisas... bom, as coisas ficaram bem feias. — Ele olha por sobre o ombro para Sandy, depois se inclina para continuar a conversa *sotto voce*, como se quisesse protegê-la de assuntos assim, de desperdiçar um minuto que fosse com essas coisas. — Bem feias. Assim que dois deles foram resgatados, tiraram as armas dos policiais, atiraram na polícia, nos bombeiros e tudo. Trancaram os caras no incêndio, sabe como é, só por... — Ele dá de ombros. — Só porque queriam.

Ele baixa os olhos para a garrafa.

— Quer dizer, não gosto da polícia... — Ele ri um pouco. — Não quero ofender, como eu disse, mas isso... — Ele se interrompe, dá um pigarro, tenta devolver o brilho ao sorriso. — Mas então foi isso que rolou por aqui, no caso da polícia. Desde então, é cada um por si, tá sabendo?

— Sei — digo. — Claro. Eu sei.

— De onde você veio também tá assim?

— Está — digo, e posso ver Concord em chamas, o domo da sede do governo brilhando vermelho com o fogo. — Mais ou menos.

Cidades vermelhas, cidades azuis, pretas. Está quase acabado. Está quase aqui.

Registro a conversa sobre Creekbed em meu bloquinho azul: a data, a sequência dos acontecimentos. Estou pensando, enquanto escrevo, se podia haver algum cruzamento por aqui, alguma ligação com o grupo de Nico e Jordan e sua presença em Rotary, Ohio. O que sei é que Nico foi convocada a vir para cá em meados de julho, depois que aquele cientista do plano clandestino foi localizado em Gary, Indiana. Mesmo que grande parte disso seja verdade, e provavelmente não é, é difícil imaginar Jordan e seus aliados reunindo recursos e pensamento estratégico para organizar um tumulto na prisão, um incêndio terrível, só para eliminar os poucos policiais que ainda restam da central de polícia de Rotary, Ohio.

Ainda assim, escrevo. As folhas finas de meu bloco estão manchadas de novos pontos de interrogação.

Minha tristeza pela detetive Irma Russel eu condenso em cinco segundos. Dez segundos. Não é minha história.

Não é meu caso. Ainda assim, dá para imaginar, a prisão ardendo, o pessoal do resgate entrando às pressas, tiroteio, fogo, gente esmurrando as paredes da cela, gritando e queimando atrás das grossas portas de vidro.

— Ah, Billy, o que eu queria perguntar: sabe alguma coisa sobre a própria central?

— Nada.

— Quando foi construída? Se tem um porão?

— Cara, acabei de dizer que não sei nada a respeito disso. — O sorriso largo de festinha de Billy vacila. Sandy vai até a cervejaria caseira com um sorriso vago. Billy está se perguntando: quanto tempo devo dar a esse cara? Quantos minutos dos minutos que restam para o estranho com o bloco e as perguntas, que não pode dar nada em troca?

— Obrigado, Billy — digo e fecho o bloco. — Você foi de muita ajuda.

— Tá beleza, meu irmão — diz ele, afastando-se. — Preciso matar Augustus.

* * *

É hora de ir embora, agora sim. A lua está alta.

Mas fico dentro do trailer com Sandy, vendo Billy escolher e abater o último frango de seu período de 24 horas. Houdini continua do lado de fora, na beira do cercado, o queixo abaixado nas patas, olhando Billy cautelosamente enquanto ele anda entre as aves bamboleantes. Agora não resta nada. Billy tem luvas compridas e amarelas, quase até os cotovelos, e um pesado avental de açougueiro sobre o tronco despido, tufos de pelo preto brotando por cima do avental. O cercado parece novo; as traves mestras, ligando um poste a outro e esticando a tela de galinheiro, são de pinheiro, liso, regular e estreito, cortadas recentemente e medidas com precisão. Os postes em si são de concreto. Na base de um dos postes do cercado está estampado um pequeno logotipo com três letras, a única palavra JOY toda em maiúsculas.

— Ei. Ei — digo de repente. — Ei, Sandy. Aquele galinheiro.

— Legal, né? — Ela está petrificada, vendo Billy com as luvas amarelas pegar o condenado Augustus na multidão.

— Sandy, quem construiu esse cercado para vocês?
— O galinheiro?
— É, isso. Quem construiu?
— Um cara — diz ela, bocejando. — Um amish.
— Um amish?

Billy e o frango, um borrão em minha visão periférica. Minha mente está em disparada. Billy levanta a ave pelo pescoço, bem alto, como se considerasse o peso. Os olhos de Houdini acompanham a vítima, que se debate, que protesta.

O amish, diz Sandy, Billy encontrou em Rotary mesmo.

— Ele estava na cidade, basicamente colocando placas. Um bico, trabalho em concreto. Trabalho por comida, sabe como é. — Ela me olha, vê minha expressão atenta, trabalho em concreto, estou pensando, só três palavrinhas, trabalho em concreto, ela continua falando: — Na verdade foi engraçado, eu estava dizendo a Billy que tínhamos de fazer um cercado pressas coisas, e ele disse que não sabia fazer isso. Meia hora depois, esbarramos nesses caras.

— Esses caras? Era mais de um amish?

— Não. Um era amish. Um cara grandão, mais velho, barba grande, preta e grisalha. Deve ter vindo do campo, é lá que eles moram. Mas ele tinha uns estrangeiros, tá sabendo?

— Estrangeiros tipo IC.

— Era. Exatamente. IC. Os filhos da puta com cara de confusos. Quem sabe chineses? Não sei. Mas eles não diziam nada, só trabalhavam. Trabalhavam firme, aliás. Mas o amish, era ele que mandava.

— Conseguiu o nome dele?

— Sabe de uma coisa? Não. Pelo que sei, o Billy também não. Acho que só chamamos o cara de Amish pelas quatro horas que ele ficou aqui. Ele não ria, mas respondia.

Billy aperta a cara pequena e espremida do frango no alto de um engradado de madeira virado, para mantê-lo parado. O frango vira a cabeça para cima por instinto e, assim, parece estar olhando fixamente à frente, enquanto a mão grande de Billy firma o corpo redondo e contorcido. Ele desce o machado em um arco longo e abrangente, bate a lâmina no pescoço mínimo do frango e dispara sangue para todo lado. Billy vira o rosto, só por um segundo, uma expressão de puro horror e nojo. O corpo do frango salta e ele o mantém firme com as mãos. Houdini ressuscita, late como louco, vendo o cadáver do frango se contorcer, o sangue brotando do pescoço aberto.

Pego o lápis novamente e retomo com Sandy, anotando tudo, escrevendo rapidamente, todas as informações novas, progredindo veloz para o fim do bloco. O amish, do campo — o quanto no campo? — para dentro dá uns 65 quilômetros. Dois imigrantes da catástrofe na turma com ele — asiáticos, aliás —, mas você tem certeza de que ele era o chefe — ele era o chefe. Trabalho em concreto — você pediu a ele para fazer o cercado em concreto — não, ele é que sugeriu isso, ele conhece concreto, sei lá como...

Meus dedos agarram o lápis de um jeito antigo e conhecido, meu coração fazendo o que faz quando estou trabalhando, sugando informações como uma esponja, acelerando para valer. Os olhos de Sandy estão arregalados e irônicos enquanto faço que sim com a cabeça sem parar e repito suas palavras, volto para entender as coisas direito, respirando acelerado, vivendo a explosão bem-vinda de autoconfiança, uma crença em mim, de quem tem os instintos e a inteligência para fazer esse trabalho direito. Cinco anos, dez?

Noto que tenho os olhos fechados, esforço-me para pensar, depois os abro e descubro que Sandy está encarando — não, não encara, olha de lado, olha para mim com um interesse abstrato, e por um segundo breve e estranho parece que ela pode ver meu crânio, observar os pensamentos ali dentro girando, em espiral, orbitando uns aos outros em padrões.

Dou um pigarro, tusso de leve. Tem um risco de suor escorrendo por seu peito, desaparecendo no espaço entre os seios.

— Qual era o nome dela? — diz ela.
— Quem?
— A mulher. Qualquer mulher. Uma das mulheres.

Fico vermelho. Olho o chão, depois para ela. Ela me lembrou Alison Koechner, mas é Naomi que digo. Sussurro o nome: — "Naomi".

Sandy se curva e me beija, e eu correspondo, apertando-me nela, minha empolgação pela investigação capotando, acelerando, transformando-se naquela outra grande sensação, aquela sensação apavorante e revigorante — não o amor, mas a coisa que parece amor — corpos se elevando para o outro, terminações nervosas abrindo-se e procurando o outro — uma sensação que conheço, mesmo enquanto inunda minhas veias e articulações, que eu provavelmente jamais voltarei a ter. É a última vez para isto. Sandy cheira a cigarro e cerveja. Eu a beijo intensamente por um bom tempo, depois nos afastamos. A lua está alta, é cheia e brilhante, atravessando as janelas da cozinha do trailer.

Billy está ali. Observa em silêncio, segurando o frango pelo coto do pescoço, o corpo roliço girando em seu punho, o vapor se ergue do animal morto e quente. Billy tirou o avental e tem um brilho de suor no pescoço e nos músculos do ombro, o sangue salpica seu peito despido, sangue espirrado na bainha de sua cueca. Ele tem cheiro de carvão e terra.

— Billy — começo, e Sandy estremece um pouco a meu lado, bêbada ou temerosa, não sei. Que absurdo será eu morrer aqui, agora, o fim da linha, que ridículo morrer, faltando cinco dias, de um tiro de espingarda em um triângulo amoroso.

— Fique mais meia hora — diz ele. — Coma mais frango.
— Não, obrigado.
— Tem certeza? — diz ele. Sandy atravessa o pequeno espaço da cozinha do trailer, abraça Billy pela cintura, e ele a aperta enquanto estende o frango. — Acabei de depenar.

Eu poderia ficar, de verdade. Acho que eles me aceitariam. Eu poderia demarcar um espaço na terra perto do Highway Pirate, arriar bem ali e esperar a coisa rolar.

Mas não, isso não... isso não vai acontecer.

— Obrigado. Sinceramente — digo. Novas informações. Novas possibilidades. — Muito obrigado.

PARTE TRÊS

JOY

Sábado, 29 de setembro

Ascensão reta 16 53 34,9
Declinação -74 50 57
Elongação 82,4
Delta 0,368 UA

1.

Pelo que entendo, se Cortez compreende corretamente a mecânica espacial da garagem da central de polícia, e isto é uma cunha grossa de concreto metida naquele piso como uma rolha numa garrafa, então eles não podem ter feito isso sozinhos. Alguém esteve lá depois de Nico e sua gangue descerem e, supondo que todos no grupo desceram juntos, então foi outra pessoa — alguém contratado e pago para a tarefa, para deitar o lacre na tumba.

Assim, estou ciente de que um trabalho em concreto foi realizado recentemente nesta área e ciente de que um grupo de homens andou se oferecendo para bicos em geral, mas especializado em concreto.

Isto basta. Lá vou eu, rumo ao sul, pela State Road 4, no meio da noite.

— Trinta ou quarenta quilômetros — diz Billy — é onde começam a aparecer as fazendas amish, as barracas de fruta, essas coisas. Não tem como você errar. — Houdini está no reboque e minha Eveready presa com fita adesiva entre os punhos do guidom, criando uma luz irregular e sacudida pela estrada a nossa frente. Enquanto pedalo, imagino o detetive Culverson rindo de mim e de minha lógica de novato. Eu o vejo, do outro lado de nossa mesa no Somerset Diner, olhando-me com ironia muda, rolando o charuto de um lado da boca a outro. Ouço-o cutucando os furos de minha teoria como um dente frouxo.

Ele faz suas perguntas incisivas numa voz branda, revira os olhos para Ruth-Ann, a garçonete, que se junta a ele para provocar o bom e velho Hank Palace antes de sair para pegar mais café.

Mas o Somerset Diner finalmente fechou, Culverson e Ruth-Ann estão em Concord e eu não tenho outro rumo a tomar senão para a frente, então, lá vou eu, State Road 4, rumo ao sul, para o "interior". Durmo em uma parada de carros vazia, o saco de dormir enrolado abaixo de um mapa VOCÊ ESTÁ AQUI do estado de Ohio, o alarme do Casio programado para as cinco horas.

Quando Sandy pediu um nome, falei sem pensar "Naomi" — embora Alison Koechner seja a garota que amei por mais tempo e Trish McConnell a que deixei para trás, eu disse "Naomi" de imediato.

Penso nela nos momentos de silêncio, os momentos criados pela ausência da televisão, do rádio e do burburinho da companhia humana normal, os momentos que não são preenchidos pelo raciocínio investigativo ou pela agitação funda do medo.

Conheci Naomi Eddes em um caso, tentei protegê-la e não consegui. Uma noite juntos, foi o que tivemos, foi no máximo isto: jantar no Mr. Chow's, chá de jasmim e macarrão lo mein, depois minha casa, depois acabou.

Às vezes, quando não consigo evitar, imagino como as coisas poderiam ter terminado para nós. Futuros possíveis vêm à tona como peixes de águas profundas; como lembranças de coisas que jamais chegam a acontecer. Um dia podíamos ter formado um daqueles lares felizes de sitcom, alegremente caóticos, com ímãs coloridos do alfabeto formando palavras berrantes e sem sentido na geladeira, com as tarefas e o trabalho no jardim, levando as crianças até a porta pela manhã. Sussurrando conversas tarde da noite, só nós dois ainda acordados.

Não vale a pena ruminar isso.

Não é só o presente de alguém que morre quando as pessoas morrem, quando são assassinadas, ou afogadas, ou uma pedra gigantesca cai em sua cabeça. É o passado também, todas as lembranças que eram só delas, as coisas que elas pensaram e jamais disseram. E todos aqueles futuros possíveis, todos os rumos que a vida poderia ter tomado. Passado, futuro e presente queimam juntos como um feixe de gravetos.

A hipótese mais provável, porém, permanecendo tudo como está, se Maia jamais escurecesse o céu: eu teria simplesmente terminado sozinho. Como a detetive Russel, a mesa limpa, sem fotos, o bloco aberto, matando tempo. Detetive zeloso aos 40, velho sábio do departamento aos 60, velho excêntrico e manso aos 85, ainda revirando casos em que trabalhou anos antes.

* * *

Todos os mercadinhos amish de beira de estrada são iguais: caixotes de madeira rangendo, cestos vazios. Todas as frutas e legumes, é claro, foram-se há muito; o mesmo para todas as tortas e bolos; todo o mel amish, o queijo amish e os pretzels amish.

Por mais ou menos 15 quilômetros há o que parece dezenas desses lugares, e em cada um deles desço da bicicleta e procuro atentamente o trabalho em concreto. Em um lugar, postes redondos e finos escorando o telhado de madeira; em outro, uma série de elegantes degraus redondos indo das prateleiras externas ao interior de uma lojinha. Por vezes seguidas desço o corpo dolorido da bicicleta, apoio-a no estribo e me agacho para dar uma busca numa barraca abandonada de fazenda, procurando um selo vermelho que traga a única palavra JOY. Por vezes seguidas Houdini sai do reboque e cavouca perto de mim como se soubesse o que procuramos — nós dois juntos, empurrando cestos de vime vazios e chumaços de papel de recibo, finos e descartados.

Um dia fazendo isso. Quase um dia inteiro de nada, sem encontrar nada, depois é o final da tarde, e sempre que tenho de voltar à bicicleta penso que talvez tenha acabado, talvez eu não possa mais seguir em frente, mas não posso voltar, e se eu voltar sem nada? Meu corpo dói, estou morto de fome, as refeições de frango são uma lembrança distante, e todas as placas desbotadas de tortas e pretzels não me ajudam nem um pouco.

— Tudo bem — digo a Houdini, na sexta ou oitava ou centésima dessas barracas pequenas, inúteis e abandonadas na beira da estrada. — Tudo bem, e agora? — Tem Cortez, em Rotary, esperando com impaciência, sentado de pernas cruzadas em cima de uma porta secreta: *E então?* Tem o detetive Culverson, no Somerset de abençoada memória, bafejando ironicamente seu charuto. *Não quero dizer que eu te avisei, Stretch.*

Só que então lá está — uns quatrocentos metros além, na State Road 4, restando pouca luz do dia para enxergar —, lá está. Não estampado em um poste na terra, afinal, nem na base de uma escada, mas acima de minha cabeça, escrito em uma placa, bem ali em cima, em caracteres vermelhos de literalmente três metros de altura. JOY FARMS.

E então, abaixo da placa, em letras um pouco menores: FECHADA E ABANDONADA. E abaixo disto: JESUS = SALVAÇÃO.

Há outra das barracas rurais bem embaixo da placa, e alguns minutos de investigação revelam uma estrada secundária estreita que leva, perpendicularmente, para o milharal atrás dela. Paro, olho de um lado a outro, entre a placa e a estrada, e me limito a sorrir, sorrir até que minhas bochechas endurecem, só para sentir como é, só por um segundo. Depois aponto a bicicleta para a estradinha.

Após quatrocentos metros costurando por fileiras de milho, a estrada se estreita em uma trilha, e quando se estreita mais fica intransitável para o reboque, então eu saco o canivete suíço e uso a chave Allen para desacoplá-lo, deixo o reboque e continuo pedalando, entrando mais nos campos. Após dez ou quinze minutos, as nuvens se abrem e derramam chuva em minha testa. As rodas da bicicleta ficam escorregadias e bambas na trilha molhada. Estreito e enxugo os olhos, enxugo de novo, pedalando com mais cuidado, reduzo a velocidade. A trilha estreita passa sinuosa pelo milharal até que sou confrontado com uma encruzilhada, depois outra. Escolho arbitrariamente meu caminho, sentindo, depois de passar mais tempo, que estou perdido em um emaranhado de passagens de terra, a chuva agora caindo firme, confundindo meu rumo. Fico em pé nos pedais e curvo-me um pouco para a frente, tentando cobrir Houdini com meu corpo — Houdini, que de algum modo conseguiu dormir. Entro ainda mais, pela trilha de cascalho de uma pista, e fica mais difícil, a chuva agora cai aos baldes, despejando-se por minhas sobrancelhas e ensopando meu rosto, viro a cara por um minuto para os trechos encharcados de milho, e quando volto os olhos para a trilha tem um homem largo e alto de chapéu preto, montado num cavalo, bem no meio da trilha, a pouca distância, a cortina de chuva se abrindo em seu rosto, um rifle de caça erguido e apontado.

— Olá — começo, e ele dispara um tiro no ar.

Minha cara é jogada para trás pelo barulho e puxo com força o guidom para a direita, rodando a bicicleta numa guinada, saindo da estrada e batendo nas espigas de milho tombadas. Caio da bicicleta, vejo Houdini quicar para fora do cesto. Procuro me proteger com as mãos na cabeça. Mais dois tiros. Cada um deles um *cabum* alto e nítido, como se ele atirasse em mim com um canhão.

— Agora espere! — berro do chão, segurando minha cabeça pelos lados, gritando. — Por favor. — Engatinhando entre os caules e a cortina de chuva. O coração aos saltos. O cachorro se ergue, desequilibrado, encharcado da chuva, olha em volta e late.

O tiroteio parou. Estou no chão. Não fui atingido, não me machuquei, pegando chuva, meio escondido entre as fileiras. Vejo os cascos do cavalo batendo na minha direção, espirrando a água das poças.

— Vá — diz o estranho.

— Espere — digo.

— Vá agora. — Agarro a camiseta branca em que o cachorro estava sentado, tiro do cesto e agito, sinalizando a rendição, paz, espere uma droga de minuto. Os cascos ainda vêm para mim, mais rápidos, cortando as fileiras — Houdini late para o tamanho assombroso do cavalo.

— Espere... — repito, e levanto as mãos diante de meu rosto ao perceber o que está acontecendo, mas é tarde demais, cavalo e cavaleiro estão bem acima de mim e o enorme casco dianteiro forma um arco no céu, bate do lado de meu peito como um ferro. Por um segundo ou dois não sinto nada, depois de repente tudo, todo meu corpo é detonado de uma descarga de dor furiosa e estou em movimento, virando como uma panqueca, rolando rapidamente, da frente para as costas.

Bato a testa na terra, de cara para baixo, como a garota na clareira, a garota morta que encontramos, que por acaso não estava morta.

Qual era mesmo o nome dela? Lily. O nome dela era Lily. Não... era... Espere... O que foi isso... Está escuro aqui fora. Sinto gosto de terra. Estou perdendo a consciência. Posso sentir. Cerro os dentes e luto contra a escuridão. Ouço o cachorro latindo, gritando, a chuva respingando lençóis de água em volta de nós.

A dor me toma novamente e grito, mas o homem do cavalo não pode ouvir — está muito acima, Zeus na sela, e eu muito mais abaixo, minha cabeça toda colada, uma pulsação grossa de dor. Viro o corpo, pisco para o céu escuro e tempestuoso. O homem do chapéu preto, ele tem o rifle numa das mãos, as rédeas do cavalo na outra, parece a pintura de uma cena de batalha, o avanço da cavalaria, o cavaleiro vingador.

— Meu nome é Palace — tento dizer, só mexendo a boca, de língua solta, e a chuva cai na minha boca e penso naqueles perus que dizem morrer de afogamento, olhando como idiotas, de boca aberta, virada para a chuva. O cavalo, inquieto, se desloca para os lados, o homem o firma com as rédeas. Meu cachorro se esquiva de forma confusa em volta das patas do animal maior. Pontos de luz intensos explodem pelo horizonte preto de minha visão e minha boca se escancara, a chuva se despeja ali.

Atrapalho-me procurando pelas palavras e fracasso, não consigo falar. Meu agressor, o amish de chapéu preto, está dizendo "Calma, garota, calma" a seu cavalo, desce da sela e suas botas caem diante de meus olhos, na terra. Olho fixamente as botas. Sinto algo novo no lado do corpo. Uma costela quebrada. Talvez várias.

— Você deve ir embora — diz o homem, agachando-se, seu rosto preenchendo minha visão. Olhos grandes, barba preta e grossa como a alça de um capacete, raiada de grisalho.

— Eu só preciso lhe fazer algumas perguntas — falo... tento falar... não sei se falo ou não. Gorgolejo.

O homem recua, ergue-se. Junto com a arma carrega um forcado em uma alça nas costas. Um cabo de madeira comprido com três dentes pontudos, um implemento simples e brutal. Ele assoma acima de mim como Satã: a barba, o forcado, a carranca. Só preciso fazer algumas perguntas a ele. Abro a boca e ela se enche de sangue. O sangue escorre por meu rosto; minha testa deve ter-se aberto numa pedra na trilha. Isto é ruim. É um problema. O sangue no rosto de um corte em minha cabeça, sangue asfixiante para me afogar de dentro. Sangue nas facas e na pia.

O homem pega o forcado nas costas, cutuca meu peito com um dente curvo, como um policial sacudindo um bêbado. Sem dúvida nenhuma foi mais de uma costela. Posso senti-las, arranhando as entranhas como dedos afiados.

— Você deve ir embora — repete ele.

— Mas espere — consigo falar, respirando com dificuldade, olhando de baixo. — Espere. Preciso lhe fazer algumas perguntas.

— Não. — Seu cenho escurece. A chuva pinga da aba do chapéu. — Não.

— Estou procurando por um homem ou vários que...

— Não. Pare. — Ele me empurra de novo com o forcado, bem no peito, e a dor dança pela caixa torácica, entra em meu cérebro, como um raio. Imagino a mim mesmo preso na estrada, contorcendo-me, cravado no chão feito um inseto. Ainda assim falo, continuo falando, não sei por quê:

— Estou procurando alguém que fez um trabalho em concreto.

— Você deve ir embora.

O homem começa a resmungar consigo mesmo em uma língua estrangeira. Sueco? Não. Procuro me lembrar do que sei sobre o povo amish. Alemão? O homem baixa a cabeça, entrelaça as mãos e continua falando num fluxo baixo e gutural, e enquanto faz isso esforço-me para me levantar, fico tonto, caio.

O sangue agora cobre meus olhos e eu os limpo com os nós dos dedos. Curvo-me para a frente e puxo o ar horrivelmente, a garganta seca como material isolante, o estômago se contrai e relaxa. Estou me perguntando onde estão os asiáticos, seus empregados ou amigos. Balanço a cabeça para tentar clarear e sou recompensado com uma nova pulsação de dor e desorientação.

— Procuro por alguns homens que fizeram um trabalho em concreto numa central de polícia em Rotary. — Falo devagar, palavra por palavra, enquanto o sangue escorre pelos lados da boca, como se eu fosse um monstro que acabou de comer alguma coisa.

O amish não responde, continua falando com as mãos unidas. Está rezando, ou talvez seja louco, talvez só esteja falando sozinho, incorporando vozes. Parece um homem oscilando à beira de alguma coisa. É alto e de constituição forte, tem um peito largo que parece formado de vigas de madeira. Barba densa, cabelo grisalho denso abaixo do chapéu. Pescoço largo e forte. Um rosto severo e enrugado, o rosto do rei subterrâneo de uma história infantil apavorante.

A chuva desce em vagas, golpeando com força seu rosto. O forcado treme no punho cerrado.

— Por favor — digo, mas o homem baixa o forcado e, em vez dele, levanta o rifle.

— Perdoe-me — diz ele. — Jesus Cristo, perdoe-me.

Enterro o queixo no peito, afasto a cabeça do cano da arma. Ainda assim... ainda assim tenho medo de morrer. Mesmo agora. Sinto o cheiro, o fedor de meu próprio pavor, ondulando a minha volta como uma névoa.

— Jesus Cristo, perdoe-me — repete ele, e tenho certeza de que não está pedindo a mim para perdoar-lhe, não está dizendo "Jesus Cristo" para dar ênfase. Ele pede perdão a Jesus Cristo, pelo que fez, pelo que está a ponto de fazer.

— Senhor — digo, com a maior rapidez e clareza que consigo. — Minha irmã está desaparecida. Preciso encontrá-la. É só isso. Preciso encontrá-la antes do fim do mundo.

Os olhos velhos se arregalam, ele se agacha e coloca a cara bem ao lado da minha. Baixa o rifle e cautelosamente limpa o sangue em volta de meus olhos com a ponta dos dedos.

— Você não deve pronunciar essas palavras.

Estou confuso. Tusso sangue. Procuro Houdini e meus olhos o encontram a pouca distância no milharal, caindo e se levantando, caindo e se levantando, sacudindo gotas de chuva da pelagem molhada.

O grandalhão vai até o alforje, desabotoa-o e pega um saco pequeno. Esvazia o conteúdo, briquetes de carvão, e eles caem com uma série de baques de esterco na trilha de cascalho.

— Senhor?

Ele ergue o saco acima de mim e me retraio. É uma palavra arcaica, *alforje*. Quando foi que a aprendi? A palavra ficou tão estranha.

— Você não deve, não deve pronunciar essas palavras. — Ele baixa o saco em minha cabeça e fecha com força.

* * *

O amish grande e de pescoço grosso não me mata. Sofro um longo momento terrível deitado no chão, a cabeça cercada do escuro do interior do saco, esperando que ele me mate. Junto com a precipitação da chuva, ouço-o andar por ali, indo e voltando do cavalo, as botas na estrada, tinidos abafados — ele está baixando a arma e o forcado, tira coisas de sacos.

Meus braços estão amarrados frouxamente às costas, pulso com pulso. Suas mãos se metem em minhas axilas e me levantam como uma boneca quebrada, colocando-me de pé. Empurra-me numa direção e começamos a andar. Através dos canteiros, pisando em pequenos montes escorregadios de cascas apodrecidas, o roçar de caules mortos em minhas pernas e mãos.

— Por favor — diz meu captor, sempre que escorrego ou tropeço, suas mãos fortes empurrando-me com urgência nas costas. — Você deve continuar.

Estou preso dentro do cheiro denso e choco dos briquetes, a lona do saco arranha meu rosto e o couro cabeludo. O tecido rústico não é suficiente para me vendar completamente. Consigo vislumbres fugazes do milharal, lampejos de luar espiando através do tecido.

Pode ser o mesmo homem, o homem descrito por Sandy, ou pode não ser. Quantos amish parrudos de 60 e poucos anos há por aqui, de barba preta pontilhada de cinza, aqui, no "interior", protegendo suas fazendas de estranhos na estrada? Quais são as chances de que este seja o lugar certo, o homem certo, que ele possa responder a minhas perguntas? Quais são as chances de que ele esteja prestes a me dar um tiro e deixar meu corpo em um campo que não foi semeado?

— Senhor? — começo, virando um pouco a cabeça, ainda andando. Como perguntar? Por onde começar?

Mas ele solta um ruído áspero e germânico para me silenciar, como *ech*, repete o que já disse:

— Você deve continuar.

Continuo, cambaleio para a frente através da chuva fria em minha máscara de escuridão. Ouço um grito agudo e nervoso, pouco atrás de mim, na altura da cintura. Não percebi que ele carregava o cachorro. Torço-me dentro das amarras, tento separar os pulsos da corda apertada que os cerca.

— Se... — digo, e meu captor fala:
— Silêncio.
— Se atirar em mim — digo —, então, por favor... — Não consigo dizer isso. — Por favor, cuide de meu cachorro. O cachorro está doente.

Ele não escuta.

— Silêncio — diz ele. — Você deve ficar em silêncio.

Andamos por quase meia hora. Perco a noção do tempo. Estou perdido na dor de minhas costelas quebradas, a dor do corte na testa, perdido em preocupação, escuridão e confusão, errando pelos campos sob a mira de uma arma. Ainda espero que o amish pare de andar e ordene que me ajoelhe. Penso em Nico, Sandy e Billy, depois em McConnell e seus filhos na Casa da Polícia, montando quebra-cabeças, pescando para o jantar. Eu devia ter ficado com esse pessoal. Devia ter ficado com Cortez na central de polícia; com Naomi Eddes no Mr. Chow's, paquerando enquanto comia um lo mein gorduroso. Um milhão de lugares em que devia ter ficado.

* * *

— Senhor? — Enfim paramos e tento de novo: — Senhor?

O homem não responde. De onde ele está, a alguns metros, um barulho novo, um chocalhar de corrente. Estreito os olhos, consigo distinguir formas obscuras através do saco.

Ele nos leva a uma construção — uma casa? Fico parado na chuva, tremendo, esperando. Depois, o rangido distinto de uma porta enferrujada sendo aberta. Uma porta imensa. Não é uma casa. Um estábulo.

Ele me agarra novamente pelas axilas, firme, mas sem rudeza, levanta meu corpo e me joga para a frente pela porta. O cheiro é imediato e inconfundível: esterco de cavalo e feno quente e velho. Ele deita meu corpo ferido e exausto no chão e amarra minhas pernas, como fez com os pulsos.

— Senhor? — Viro a cabeça aos arrancos, procurando seu rosto através da aniagem. Ele está em movimento de novo. De volta à porta. — Não quero tomar sua fazenda, não quero comida. Está me ouvindo? Não sou esse tipo de gente. Senhor?

— Perdoe-me — diz ele, baixo, quase aos sussurros, e é o mesmo de antes: não está falando comigo. Não é meu perdão que interessa a ele. Cambaleio em roda, um animal assustado, cego e amarrado. Começo a tossir e sinto o gosto de minha própria saliva e o calor do interior do saco.

— Não me deixe aqui — digo. — Por favor, não faça isso.

— Eu lhe trarei comida — diz o homem. — Se puder. Talvez eu não seja capaz.

Agora um pânico quente, pânico, medo e confusão: sinto-me como um homem preso numa caverna, nos escombros de um prédio desmoronado. Se o velho me deixar aqui, então acabou, minha investigação termina agora e jamais saberei o que aconteceu com minha irmã. O asteroide se inclinará para a Terra e me pegará debilitado, encapuzado e faminto em um estábulo dilapidado.

O homem se aproxima e se ajoelha a meu lado, eu me retraio ao sentir algo apertado em minha cabeça. É a lâmina de uma faca — ele corta o saco de meu couro cabeludo, descascando como âmnio na cabeça de um recém-nascido. O mundo é revelado, só um pouco mais visível do que quando eu estava encapuzado. Um estábulo iluminado pela lua, escuro, quente e com teias de aranha. Cheiro de cavalos e bosta de cavalo. Respiro três vezes, longamente, ofegante, e encontro a cara do homem, olho firmemente em seus olhos.

— Não pode me deixar aqui.

— São apenas quatro dias — diz ele, apontando o céu.
— Apenas quatro dias.

Ele coloca o cachorro gentilmente a meu lado. Houdini de imediato começa a lamber a água suja de uma poça.

— Tenha misericórdia — digo ao homem. Ele passa a mão pelo rosto, avalia-me, eu prostrado na terra.

— Isto é misericórdia — diz ele e sai. O chocalhar de uma corrente, cerrando a porta do estábulo. O esmagar alto das botas do amish pelo milharal, cada vez mais baixo à medida que ele se afasta.

2.

O SILÊNCIO DO CAMPO. A escuridão do campo.

Não durma, Henry. Não durma.

Isso é o mais importante. O mais importante é simplesmente manter-se acordado. A segunda coisa é manter tudo em perspectiva. Sobreviver desafiando as circunstâncias, pelo que descobri, é quase sempre uma questão de manter tudo em perspectiva. Da última vez em que me vi em situação semelhante, abandonado desse jeito, não fui apenas escoiceado por um cavalo, fui baleado. Levei uma bala de um atirador de elite no alto do braço direito, um tiro que rompeu a artéria braquial e isso foi ruim, foi definitivamente péssimo. Fiquei sangrando em uma torre, vendo o dia desaparecer na noite, até que minha irmã surgiu para me resgatar em um helicóptero, justo um helicóptero, as hélices girando contra o pôr do sol, aquele monstro barulhento baixando para me pegar.

Desta vez ela não virá. É claro que não — eu é que deveria estar resgatando *a minha irmã*.

O primeiro passo é fácil. Agora que não sou obrigado a uma marcha forçada por um campo na chuva, agora que a máscara foi retirada de meus olhos e posso me concentrar, preciso de cinco minutos para afastar os pulsos o suficiente, ter acesso aos nós com os dedos longos, desfazer os nós e soltar as mãos. Mais alguns minutos e minhas pernas também estarão livres, posso me levantar e cambalear pelo estábulo.

Onde eles conseguiram, penso de repente. Aquele helicóptero. O pensamento perturbador aparece como aconteceu em ocasião anterior, flutuando espontaneamente para a vida como um fantasma risonho... Se eles são esses débeis mentais miseráveis, os amigos de Nico, se são fracassados delirantes perseguindo sua ilusória hipótese de frustrar o asteroide como crianças brincando de se vestir de adultos — então, onde conseguiram um *helicóptero*? Onde conseguiram de fato o acesso à internet que Jordan me permitiu usar naquela última noite em Concord; a mesma noite em que ele ficou me dizendo, presunçoso e sarcástico, que havia mais na história do que eu poderia saber. Mais do que *Nico* poderia saber...

Deixa pra lá. Anda, Palace, deixa pra lá. Continue concentrado. Agora não importa, evidentemente. Agora preciso continuar trabalhando. Preciso sair desse estábulo.

Ando por ali, algumas voltas tontas, cheirando nos cantos como um animal, sentindo o lugar. É um estábulo, apenas isso, um estábulo como outro qualquer. Grande, cheio de correntes de ar e abandonado, talvez com 10 metros por 20, dividido em três partes: estações de alimentação em uma ponta, onde os animais recebiam lavagem ou aveia, depois, no meio, a área menor para armazenar feno. Paredes construídas com tábuas de madeira, velhas porém sólidas, com junções bem-feitas. Teto inclinado. Suportes na parede onde antigamente penduravam as ferramentas. Uma escada para um sótão, seis degraus de madeira plana subindo.

Paro e respiro, tapando o nariz com a mão. A umidade fétida do lugar dá a impressão de que tem mais alguém preso ali comigo, uma presença funesta e pegajosa acompanhando meus passos.

Se um dia algum animal morou aqui, como se pode presumir, há muito tempo foi levado para abate. Muito feno, porém, vi pilhas dele, velho, mofado e estalando em fardos e montes frouxos.

Só existe uma entrada, a grande porta dupla, que sei que foi acorrentada por fora. E posso dizer daqui que o trio de janelas mínimas, deixando a luz da lua entrar no nível do sótão, também é pequeno demais para acomodar um homem adulto — por mais magro e desesperado que esteja para se espremer por ali.

— O que mais, detetive? — Minha voz é cansada também, gasta e cinzenta. Dou um pigarro e tento de novo. — O que mais?

Não há mais nada. Houdini cedeu ao sono e está deitado, enroscado em si mesmo, ao lado de sua pequena poça. Experimento a porta, só por tentar. Seguro a maçaneta e sacudo, ouço o tilintar sarcástico da corrente do outro lado.

Afasto-me da porta. Sob o odor denso do estábulo, sinto meu cheiro; dias de suor, medo, um leve odor de frango assado e carvão.

Havia um estábulo na margem da propriedade rural de meu avô, quando eu era adolescente, um dos vários anexos que não estavam mais em uso. Algum Palace ancestral, nas névoas da história de New Hampshire, teve cavalos, mas só o que restou quando minha irmã e eu descobrimos o lugar — na época ele se tornou um de seus inumeráveis esconderijos —, só o que restou foi feno velho, ferramentas enferrujadas, os odores terrosos de esterco e de animais suados.

Eu a encontrei ali uma vez, bebendo o uísque que ela havia afanado de meu avô, no dia em que ela deveria estar fazendo as provas do SAT.

Sorrio sozinho agora, no escuro do estábulo amish. Um detalhe sobre Nico, ela jamais pedia desculpas. Nunca mentia.

— Você não devia estar fazendo o SAT? — perguntei a ela.

— Devia.

— Então, o que está fazendo?

— Bebendo uísque no celeiro. Quer um pouco?

Eu não queria um pouco. Arrastei-a para casa. Voltei a matriculá-la para o exame, levei-a de carro eu mesmo.

Esconde-esconde, a nossa vida toda.

Houdini está acordado, farfalhando pelo feno, perseguindo um camundongo, batendo inutilmente no chão. Observo o pequeno mamífero escapar das garras de meu cachorro atrapalhado, vejo que ele desliza pela abertura minúscula abaixo da base da ripa. Coloco-me de quatro ao lado do cachorro, cheiro o buraco. Um sopro de ar frio vindo de fora; o cheiro da grama da fazenda. Mas é um buraco de camundongo. Um mero círculo sujando o chão.

Olho fixamente o buraco.

Levaria muito tempo, mas eu posso fazer. Me dê um mês, talvez. Me dê um ano. Me dê um ano e me dê uma pá, e eu posso dar o fora daqui, me espremer e sair do outro lado, ofegante como um prisioneiro foragido. Basta que me deem tempo.

Volto à porta e jogo um ombro ali, ela não cede nada, só estremece e me lança para trás, e eu caio no feno com minhas costelas quebradas aos gritos. Levanto-me com dificuldade, tento de novo e a dor é ainda pior — e mais uma vez, de novo. Imagino Cortez em Rotary, trabalhando no piso lacrado, enquanto eu trabalho nesta porta acorrentada de celeiro, nós dois empurrando sem parar, e seria qualquer coisa se ele de algum modo estivesse do outro lado desta porta, eu conseguisse passar justo quando ele arromba também e caíssemos um por cima do outro como bufões.

Afasto-me da porta, recurvado e respirando com dificuldade, meu suor pingando da testa na terra e no feno. Enquanto isso, Houdini é inteiramente vencido pelo camundongo. Ele corre perto de seu focinho e Houdini o vê, seus olhos úmidos vacilam enquanto o bicho dispara por ele.

* * *

Subo lentamente, estremecendo a cada passo, as pontas de minha costela apunhalando os pontos sensíveis de meus pulmões ou intestinos. Depois meto a cabeça por cima da beira do sótão e o que tem ali é um universo particular, o segundo paraíso oculto com que dou em dois dias. Quatro fardos de feno arrumados em semicírculo, em torno de um banco de madeira com três pernas. *Banco de ordenha*, anuncia uma parte remota de minha memória. *Aquilo ali é um banco de ordenha.* Consigo lutar com meu corpo espancado e desajeitado pelo resto da subida para examinar o pequeno rádio transistor colocado no banco. Um retângulo de metal e plástico com uma face circular de tela por cima do alto-falante, antena como um rabo endurecido, projetando-se em um ângulo agudo para o alto.

Levanto o rádio, sinto o peso das pilhas em seu interior. Tento ligar — nada —, é um peso para papel. Desligo. Recoloco no banco.

Consigo enxergar um pouco melhor aqui em cima; estou mais perto da fila de janelas mínimas e a lua fica mais alta e mais luminosa. No piso coberto de feno do sótão, aninhado de face para baixo ao lado de um dos fardos, está um pequeno espelho de mão. Pego e examino meu rosto no vidro sujo e embaçado: um velho emaciado e descarnado, olhos vermelhos e fundos. Meu bigode cresceu demais, o resto da barba sai irregular, como mato em um penhasco. Eu pareço louco, licantropo. Baixo o espelho.

Tem guimbas de cigarro em um pequeno copo de madeira. Como um copo de dados, de um jogo de tabuleiro. Viro as guimbas na palma da mão. Cigarros comprados em loja, genéricos, enrolados à mão. Meses de idade. Ressecados pelo calor do sol do verão. Velhos e esfarelados.

Dou uma olhada no piso principal. Houdini dorme. Nenhum sinal do camundongo. Sou o único ainda acordado, bem aqui no alto; examinando meus domínios — o rei sofredor do estábulo velho e assombrado.

Acomodo-me em um dos fardos de feno, reprimo com ferocidade um novo impulso de cansaço. Um rádio morto, um monte de cigarros velhos, um espelho sujo. Aqui era o esconderijo de alguém, o lugar privativo de alguém, em alguma época, há não muito tempo. Uma jovem amish sozinha no escuro do estábulo, fumando cigarros escondida e ouvindo música proibida de algum lugar distante.

Não consigo evitar, estou imaginando uma garota parecida com Nico. A Nico adolescente quando estava no ensino médio, dando suas escapulidas, seus próprios devaneios românticos, tomando a bebida ardida de meu avô no estábulo. É como disse Cortez, a meu respeito, sobre a garota naquele dia do problema do tigre, *tudo para você faz lembrar a sua irmã*.

Tenho uma ideia, uma ideia terrível, mas assim que penso nela sei que é o que vou fazer. Só o que posso fazer, na realidade, a única opção disponível.

Houve um incêndio na prisão. Na Penitenciária Creekbed. A história rápida e insuportável que Billy me contou. Os prisioneiros ficaram indóceis e desesperados porque o mundo os abandonara, deixara-os aprisionados, esperando, esquecidos até o fim.

Minha ideia terrível é radiante e brilha.

Não posso ficar três dias aqui, com a fome aumentando, enlouquecendo da espera. Não posso sofrer quatro noites e três dias, depois ainda morrer sem saber onde ela está ou por quê.

Tenho de fazer isto agora e o resultado será apenas o que acontecer, e ponto final.

— Como você vai acender, criança? — pergunto ao fantasma da menina no palheiro. — Como você acendia seus cigarros?

Não demoro a encontrar. Tocos retorcidos e pretos de fósforos, como árvores queimadas e minúsculas, cercando a terra abaixo do fardo. O resto do fósforo está ali perto, duas caixas pela metade enfiadas juntas embaixo de uma das pernas do banco. As caixas de fósforos são antigas como os cigarros, os palitos esfarelados e quebradiços. Mas experimento um e ele se acende de imediato.

Olho a luz dançante do fósforo até queimar meus dedos e o apago, soprando. Talvez seja precipitação minha. Talvez tudo seja uma alucinação, talvez eu esteja sonhando tudo isso: um problema no córtex pré-frontal, neurônios em desvario. Nico está bem. Eu estou bem. Fui aposentado precocemente da força policial de Concord, no final do ano passado, porque sucumbi a uma predisposição genética à doença mental, dirigindo o Impala do departamento pela calçada, gritando com estranhos sobre um objeto interestelar do tamanho daquele que matou os dinossauros.

Mas não foi assim. Não é assim.

Está lá fora. Agora mais perto. Mais perto do que o sol; mais perto do que Vênus. Nosso vizinho mais próximo, o autor de nossa destruição. Acelerando de acordo com a terceira lei de Kepler: quanto mais se aproxima, mais rápido fica. Um jogador correndo para o gol, um cavalo rompendo num galope quando sente o cheiro do estábulo.

Preciso sair daqui.

Desço a escada e pego Houdini embaixo do braço, carrego o pobre cachorro doente, que não reclama, luto para levá-lo ao sótão e baixá-lo no chão. Abro facilmente uma das pequenas janelas com o pé, um golpe falso de caratê com o lado forte de meu corpo. Antes que consiga pensar muito nisso, jogo o cachorro pela janela e ele late ao cair do outro lado, seu corpo pegando, como eu pretendia, o monte de arbustos abaixo. Ele raspa a superfície desigual da sebe, tomba para a frente e cai com um baque em um trecho de lama. Olha para mim, confuso.

Faço uma saudação para o cachorro, acendo outro fósforo da caixa e ateio fogo ao feno.

* * *

Acontece muito mais rápido do que pensei que seria, o feno seco e velho e as tábuas de madeira, muito mais rápido do que eu, em minha precipitação e desespero, tenha contemplado. Um foguinho desperta novas chamas pequenas para todo lado, as chamas pequenas aumentam juntas e ficam grandes, dançando para cima, alcançando as vigas. Retiro-me, cambaleio para trás, erro a escada e caio rolando do sótão no chão de terra duro, fico estatelado, viro-me e me afasto o mais rápido que posso do fogo crescente no alto, meus sapatos pretos vencendo a lama do chão do celeiro.

De imediato me arrependo de meu plano. Agacho-me em um canto, olhando apavorado o alto, vendo as brasas em chamas flutuando sobre a beira do mezanino, flutuam e depois chovem. É literalmente uma chuva de fogo, disparando faíscas e pequenos pedaços retorcidos de feno pela beira do sótão. O preto e o cinza do estábulo no meio da noite explodiram em vermelho, e tudo isso foi um erro — melhor passar fome e morrer num estábulo do que queimar. Corro à porta e a esmurro com força, as pesadas vigas de madeira produzem um baque surdo contra meu punho, enquanto o piso do celeiro se transforma em fogo a minha volta, novas gotas de chamas, agora parece o chão do inferno, partes do chão ardendo para todo lado.

O calor urge, lascas caem do telhado, que começa a rachar acima de mim. Se der certo, se alguém aparecer, verá agora — não ficará mais brilhante, não vejo como. Está uma fornalha aqui dentro, estou aqui em uma fornalha. No último instante, seguro como um maníaco a maçaneta da porta do estábulo, puxando, sabendo que é inútil, mas puxando, e a dor nas mãos é imediata, intensa e escaldante, e ouço um grito distante e estranho — um guincho, um chamado, um grito. Sou eu? Sou eu gritando? Penso que sim, penso que estou gritando.

3.

Desta vez, não saio nadando da inconsciência, não há sonhos furtivos com Nico. Simplesmente estou desperto, olhando da esquerda para a direita em um quarto pequeno. Estou numa cama. O quarto é bege, gelo. Uma porta de madeira. A cama é coberta por uma manta xadrez, bonita e simples.

A primeira coisa que faço é tossir. Sinto na garganta gosto de fumaça e cinzas. Tusso novamente, mais alto, com violência, meu corpo se joga para cima, tusso tanto e tão alto que minha barriga dói. Quando me recupero, consigo respirar normalmente três vezes, percebo que ainda estou vestido, camiseta, sapatos e calça comprida. Totalmente vestido debaixo das cobertas como um garotinho cujos pais carregaram, adormecido, do carro para casa.

Tusso mais uma vez, procuro perto de mim um copo de água e encontro uma jarra e um copo. Sirvo-me e bebo, depois sirvo o resto da água e bebo também. É um quarto de dormir. Estrutura da cama de madeira, mesa de cabeceira de madeira e quatro paredes sem decoração. Cortinas de musselina branca e simples, abertas em uma janela de madeira simples, amarradas com cordão. Sinto o gosto de fumaça nos pulmões, sinto-me pesado com ela, como se houvesse um incêndio dentro de minha boca e no esôfago que foi apagado com espuma molhada e grossa. Também há uma nova dor desagradável na palma das mãos — baixo os olhos e vejo que as mãos têm curativos grossos, mãos de múmia. Por baixo dos curativos, elas ardem e picam. Solto um gemido, tentando rolar de leve o corpo, para um lado, depois o outro, para sair do desconforto. Parece que agora eu devia estar morto.

Quando meu avô disse "Cave um buraco", ele estava no sanatório, bem no finzinho, a derradeira coisa que ele disse antes de morrer, o último acontecimento de sua vida. Eu estava sentado a seu lado esperando, como estivemos há meses. A respiração de meu avô rolava para dentro e para fora em rodas enferrujadas, entrava e saía, cada uma surgindo com mais dificuldade do que a anterior. Seus olhos estavam fixos no teto, as faces encovadas, o corpo contorcido. Nenhum de nós frequentava a igreja, mas eu sentia que precisava perguntar, como adulto responsável: ele queria que eu trouxesse alguém? "Alguém?", disse ele, embora tenha entendido o que eu quis dizer, mas pressionei, cumprindo com minhas obrigações, tentando que tudo saísse segundo os procedimentos. "Alguém", eu disse. "Um padre. Para os últimos sacramentos." Ele riu, com esforço, um riso baixo e ofegante. "Henry", disse ele. "Cave um buraco."

Mexo-me na cama. Parece melhor agora — um pouco melhor. Consigo me mexer.

Lá está meu paletó esporte. Bem dobrado ao pé da cama. Eu me ergo, vacilo um pouco, abro o casaco e visto. Meu pequeno tesouro ainda está no bolso interno: a foto da jovem Nico. A guimba de American Spirit. O garfo de plástico. Meu bloco, quase totalmente preenchido. A única coisa que falta é a SIG. Todo o resto está em seu lugar.

Pego a jarra, viro para trás e bebo as últimas gotas da água. Não há espelho no quarto, nem fotos, nem quadros. O Casio diz 5:45, mas a informação parece abstrata; incompleta. São 5:45 de quando? Quanto tempo fiquei apagado? É uma relação desconfortável a que a gente desenvolve com o sono em uma época dessas, parece que, toda vez que os olhos se fecham, podemos acordar no último dia do mundo.

Levanto-me e saio da cama, aliviado ao descobrir que consigo andar com pouca dificuldade. Tusso novamente a caminho da porta, experimento a maçaneta e descubro que está trancada pelo outro lado, como eu tinha o pressentimento de que estaria — mas, assim que a sacudo, alguém grita no outro cômodo:

— Ele acordou! — Uma voz de mulher, aliviada, até alegre. — Louvado seja Deus! O rapaz acordou.

O rapaz. Sou eu? Um arrastar de cadeira, depois outro. Duas pessoas lá fora, sentadas no corredor, esperando por mim. Uma vigília. A segunda voz, eu reconheço.

— Fique parado. Quieto. — O velho, pescoço grosso, barba. O rangido de suas botas aproximando-se da porta. Ouço a tranca se abrir num estalo e recuo um passo, de coração apertado. Lembro de suas mãos em minhas costas no milharal, empurrando-me para a frente. A porta se abre um pouco, deixando entrar uma lasca de luz do corredor. Ele está ali, meu agressor da estrada, casaco preto, corpo largo, do lado de fora da porta.

É a voz da mulher, porém, que penetra no cômodo.

— Amigo — começa ela. — Precisamos perguntar. Está doente?

— Eu... — Fico parado no quarto silencioso, confuso. Estou doente? Evidentemente, não estou bem. Fui queimado.

Tenho fumaça em meus pulmões. Fui escoiceado por um cavalo e tenho um corte em minha testa. Estou com fome, exausto e esgotado. Mas estou doente?

— Amigo? — repete ela, a voz de uma mulher no início da velhice, firme, maternal e insistente. — Precisa nos dizer. Nós saberemos.

Olho para meu lado da porta.

— Desculpe-me — digo. — Não entendo.

— Ela quer saber se você sofre da peste.

As palavras do velho são lentas e resolutas. Ele quer ter certeza de que eu o compreenda. Mas não entendo. Acho que não.

— Desculpe-me — digo. — O quê?

— Se você está corrompido pela doença, como muitos outros.

Corrompido pela doença. Uma expressão de outra época. Alforje. Banco de ordenha. Corrompido pela doença. Toco as bochechas com as mãos de múmia, de certo modo esperando encontrar bolhas ou vergões, alguma nova forma bíblica de sofrimento escrita em meu rosto. Mas é o mesmo rosto que tenho, afinado pela viagem, bigode basto, a barba por fazer rebelde pelo queixo.

O homem volta a falar:

— Ficamos aqui isolados da doença. Precisamos saber se você foi afetado.

Lentamente, baixo a mão do rosto, enquanto minha mente dispara, tentando compreender. Corrompido — afetado. Começo a assentir, começo a pensar que entendo a situação aqui e já estou tentando imaginar como passar por isso, como conseguir o que preciso e sair.

Dou um pigarro.

— Não — digo e tusso. — Não, senhor, não, senhora, não estou afetado. Agora posso sair do quarto, por favor?

* * *

Se existe algum povo amish no estado de New Hampshire, nunca topei com ele, e assim todo meu conceito dos amish é da cultura, da versão de desenho animado: chapéus pretos, barbas pretas, carroças puxadas a cavalo, velas e vacas. Agora ela abre a porta, uma velha de vestido roxo desbotado e gorro preto, e ao lado dela o velho, uma presença igualmente formidável à luz do dia: alto, de corpo largo numa camisa branca, calça preta e suspensórios. Barba apreciável cercando o rosto, preta com riscos de cinza. Testa larga e nariz grande, olhos cautelosos e fixos acima de uma boca cuidadosamente firme. A mulher, enquanto isso, tem a mão grudada na boca na alegria sobressaltada de que estou vivo, estou bem, como se eu fosse seu filho há muito desaparecido.

— Agora venha — diz ela num tom caloroso, acenando para que eu avance —, venha. Venha ter com todos.

Eu a sigo pelo corredor de piso de madeira iluminado pelo sol e ela está falando baixo em inglês o tempo todo, agradecendo a Deus e resmungando orações, mas não o velho — ele está apenas um passo atrás de mim e, quando o olho, me encara sem dizer nada, sério, seu silêncio um alerta mudo. Calma, rapaz. Fiquemos em paz.

A casa tem cheiro de canela e pão, quente, acolhedora e calma. Passamos por três portas, duas delas abertas, revelando quartos arrumados como aquele em que estive, uma bem fechada com a luz aparecendo por baixo.

Nosso destino é uma cozinha ampla, ensolarada, cheia de gente sorridente com roupas simples e todos suspiram de alívio assim que entro com o casal mais velho.

— Ele está bem! — grita um garotinho de no máximo 8 anos, depois a mulher atrás dele se curva e o abraça pelo pescoço, dizendo: "Louvado seja Deus", e a sala apinhada explode em comemoração, todos gritando e batendo palmas. "Ele está vivo!", gritam eles, e se abraçam apertado. "Graças a Deus!" Homens mais velhos, mais novos, meninas e mulheres, uma legião de crianças tagarelando de calças compridas ou vestidos simples e longos, todos se abraçando e me olhando com empolgação e um fascínio franco, as mãos adejando junto do corpo ou erguidas para as vigas do teto. Todos entoam as boas-novas aos outros, repetindo as palavras "Vivo!" e "Acordado e passa bem!", a notícia de minha boa saúde jogada alegremente como arroz num casamento. Os homens apertam minha mão, um depois do outro, jovens, de meia-idade e um vovô ancião debilitado. As mulheres não se aproximam, mas têm sorrisos calorosos, baixando a cabeça em orações murmuradas.

Fico parado ali, calado e confuso, como um *idiot savant*, emudecido entre o tumulto, sem saber o que fazer. Depois de mais ou menos um minuto levanto lentamente a mão embrulhada, de palma para eles, dando uma espécie de aceno desajeitado, e a abaixo. É estranho, muito estranho, há um inegável caráter de *Além da Imaginação* nessa história toda, eu ali, um deus de visita baixado em uma terra alienígena.

— Agora, vamos nos sentar! — exclama a velha alegremente, aquela que foi me buscar, elevando a voz entre o grupo, enxotando a tribo toda para a sala de jantar adjacente. — Vamos comer.

Deixo-me ser guiado pelo alvoroço até uma cadeira; estou sorrindo para todos, exagerando meu cansaço e confusão, mas prestando toda a atenção — observando o velho, vendo que ele me observa, minha mente agitada, rodando e estalando. Estou me perguntando sobre os dois asiáticos, os trabalhadores imigrantes silenciosos que Sandy descreveu. Eles são o segredo, é no que estou pensando, um dos segredos de meu novo amigo. Onde quer que estejam, não são convidados para almoçar.

Todos se arranjam em volta de mesas circulares na longa sala de jantar adjacente à cozinha. Guardanapos são abertos nos colos e a água é servida de jarras de madeira em copos. As mulheres, com suas toucas, xales e vestidos na altura dos tornozelos, os homens com camisas brancas e simples, sem botões, sapatos pretos, barbas. Todos sorrindo para mim, ainda, de toda a sala, olhando-me em minha exaustão e desalinho.

O almoço é servido: uma refeição parca, fatias de pão, legumes cozidos e coelho, mas é comida. Procuro tabular as pessoas, classificar as relações: o velho, meu captor; três homens no final dos 40 ou 50 anos, que seriam seus filhos ou genros, uma geração mais novos, a mesma barba e paletó, a mesma face severa, ainda não grisalha e enrugada. E mulheres desse grupo de meia-idade, as esposas e amantes — cinco delas? Oito? Filhas e noras, entrando e saindo da cozinha, trazendo travessas e pratos, servindo a água das jarras de madeira, sussurrando sorridentes entre si, endireitando as toucas e golas de um número aparentemente infinito de crianças pequenas. Uma delas, olhos brilhantes de 6 ou 7 anos com grandes orelhas engraçadas, está boquiaberta para mim, eu me viro e aceno a mão com o curativo grosso e digo "Oiê". Ele sorri como um louco, afasta-se e corre de volta a seus irmãos e primos.

Todos por fim estão sentados e, subitamente, sem nenhum anúncio ou sinal que seja evidente para mim, a sala cai em silêncio, todos fecham os olhos e baixam a cabeça.

Estamos rezando; devemos estar rezando. Fico de olhos abertos e observo todos na sala. Consigo ver o canto mais próximo da cozinha, onde há uma batedeira de manteiga, revestida de madeira e sólida, o cabo se projetando da tigela, gotas pelas laterais mostrando uso recente. Ovos na bancada em uma tigela de madeira. É como se eu encontrasse afinal uma saída de emergência — você só precisa voltar no tempo a uma aldeia colonial, onde a morte de nossa espécie ainda está quatrocentos anos no futuro.

Uma das meninas, descubro, faz o mesmo que eu: uma adolescente de faces coradas e cabelo louro-arruivado com tranças simples, observando a mesa com um olho aberto enquanto todos os outros rezam. Ela me pega olhando, fica vermelha e olha a própria comida. Eu sorrio também. Nunca se pensa realmente no povo amish como um povo, eles são uma categoria estranha e sobrenatural, e costumamos amontoá-los na cabeça, como pinguins. E agora eles estão aqui, estas pessoas específicas com seus rostos humanos específicos.

O velho dá um pigarro, abre os olhos para dizer "Amém", e a sala ganha vida de novo. Conversas leves e alegres, o tilintar abafado dos talheres, o farfalhar de guardanapos. Embora eu sinta dor no corpo, embora me esforce para engolir, cada dentada é deliciosa, quente e saborosa. E então, enfim, o velho baixa os talheres cuidadosamente ao lado do prato e me olha com uma franqueza de dar nos nervos.

— Agradecemos ao bom Senhor meu Deus por você, amigo. Estamos felizes por estar aqui e você é bem-vindo.
— Resmungo um "Obrigado", assentindo cautelosamente. Ele me abandonou para morrer de fome. Ele me depositou encapuzado e cheio de medo no estábulo e me amarrou ali para morrer.

Ele me encara calmamente, enfrentando-me, tranquilo — como se me desafiasse a contradizer: em quem eles acreditariam?

— Ninguém usava o estábulo sul havia vários meses, desde o começo dos problemas — diz alguém na outra ponta da mesa, uma matrona de meia-idade de cabelo escuro, uma das filhas ou noras. — E o pai o manteve trancado.

O velho de barba preta assente para o detalhe. O estábulo sul, estou pensando. Os problemas, estou pensando. Eles querem dizer esta peste ilusória, referem-se a um problema diferente daquele dos outros. O título "pai", estou entendendo, é tanto honorário como literal. O homem que me baleou na trilha é o patriarca respeitado, o sábio mais velho desta família ou reunião de famílias. Os outros baixam a cabeça levemente quando ele fala, não como se o venerassem, mas como sinal de deferência.

— Você, amigo — diz ele agora, virando-se para mim, falando devagar e calmamente. — Como será, eu me pergunto, que você subiu e entrou no estábulo sul pela janela e acendeu um fósforo para fumar cigarro ou ter luz, e jogou um fósforo fora com tanto descuido? Foi o que aconteceu?

A mesma expressão de desafio, fria e clara.

Tomo um gole de minha água, dou um pigarro.

— Sim, senhor — digo, cedendo a ele, apelando a uma trégua. — Foi o que aconteceu. Acendi um fósforo para enxergar e joguei fora sem nenhum cuidado.

O pai assente. Um murmúrio atravessa a mesa, os homens trocando sussurros, assentindo. As crianças, em suas mesas separadas, praticamente perderam o interesse, estão comendo e tagarelando indolentes entre elas. O único enfeite na sala é um calendário de parede, aberto em setembro, o desenho de um carvalho quase sem folhas, as últimas caindo na terra.

— E se podemos perguntar, senhor, está fugindo da pandemia?

Isto vem de um dos mais novos, uma figura robusta com barba e rosto que combinam com os do pai.

Respondo-lhe hesitante.

— É isso mesmo. Sim. Viajei de minha cidade natal para escapar dela.

— A vontade de Deus — murmura ele, e os demais repetem, baixam os olhos para os pratos:

— A vontade de Deus.

O pai agora se levanta, ergue-se em toda a sua altura e coloca a mão nos ombros de um dos filhos.

— Foi pela graça de Deus que Ruthie viu o fogo da janela de seu quarto, bem de longe, e acordou a casa.

Todos os olhos se voltam para a garota que vi trapaceando durante a oração. Seu rosto vai do vermelho-rosado ao rosa intenso. Algumas crianças menores estão rindo.

— Obrigado, minha jovem — digo a ela e falo sério, mas a garota não responde, mantém os olhos apontados para seu prato de legumes cozidos.

— Responda a nosso hóspede, Ruthie — diz a avó com gentileza, assentindo para a menina. — Nosso hóspede agradeceu.

— Graças a Deus — diz Ruthie, e os outros aprovam com a cabeça, os homens, as mulheres e até as crianças menores, resmungando num coro irregular "Graças a Deus". Calculei o número de pessoas na sala em 35: seis homens adultos e sete mulheres, mais 22 crianças indo do início da infância ao final da adolescência. Eles não sabem. Olho o velho, olho a sala, esta família feliz e silenciosa, e sei que eles não sabem. Essas pessoas não sabem nada do asteroide.

Você não deve pronunciar essas palavras, ele me dissera. Quando falei que tinha de salvar minha irmã antes do fim do mundo, ele dissera *Você não deve pronunciar essas palavras*.

Eles não sabem e dá para ver isso nos seus rostos pacíficos de amish, é um vigor de felicidade que não se vê mais. Porque naturalmente uma pandemia seria uma absoluta calamidade, um vírus letal assaltando a Terra, e você se reuniria com sua família e se isolaria do mundo até que acabasse, mas acabaria — ela teria um fim. Uma pandemia segue seu curso, depois o mundo se recupera. Estas pessoas, nesta sala, não sabem que o mundo não se recuperará e vejo isto, enquanto elas terminam o almoço, dizem outras orações e se levantam, rindo, para tirar os pratos. Posso sentir, uma sensação que nunca tive oportunidade de perceber até que desapareceu, a presença incolor e inodora do futuro.

— Gostaria de falar com nosso hóspede a sós — diz o velho abruptamente. — Vamos dar uma caminhada pela fazenda.

— Atlee — diz sua mulher, a velha. — Ele está cansado. Está ferido. Deixe que ele coma e volte para a cama.

— Obrigado, senhora, mas estou me sentindo bem.

Não é verdade; parece que fui atropelado por um caminhão de lixo. Meu corpo dói pelos lados sempre que engulo ou respiro fundo, e minhas mãos, nos últimos dez ou quinze minutos, começaram a arder de novo por baixo dos curativos. Mas quero informações, e falar a sós com este Atlee é o único jeito de conseguir.

— Mas obrigado pela refeição e por tudo, Sra. Joy.

Os olhos da velha se arregalaram de surpresa e uma animada onda de risos percorre a sala.

— Não, meu jovem — diz ela. — Nosso sobrenome é Miller. Joy é... — Ela se curva para a filha inexpressiva sentada a seu lado e elas trocam sussurros.

— Joy é um acrônimo — diz a filha. — Um estilo de vida. Precisa pensar primeiro em Jesus, depois nos Outros, e por fim em Si mesmo, *Jesus, the Others, Yourself.*

— Ah — digo. — Oh.

Atlee me pega pelo cotovelo.

— Agora — diz ele em voz baixa. — Vamos caminhar pela fazenda.

4.

O CABO DO FORCADO DE ATLEE MILLER bate no cascalho do caminho enquanto nos afastamos da casa. Ele fica em silêncio por um, dois minutos. Apenas nossos sapatos no cascalho, o *chunk-chunk* ritmado do forcado no caminho.

Estou prestes a dizer alguma coisa, tentar algo, quando ele começa.

— Você e eu andaremos lado a lado até onde o caminho faz uma curva, bem ali — diz ele. — Continua para lá, cerca de quatrocentos metros à esquerda, de volta à estrada do condado, à nossa antiga barraca da fazenda. Na curva, eu entrarei à direita, seguindo pela margem da propriedade, voltando a casa. Você deve continuar.

As mesmas palavras ele usou quando estávamos juntos na tempestade, quando ele me empurrava para a frente. *Você deve continuar.* O mesmo tom firme, sério e sem inflexão de antes. Ele não me olha quando fala, apenas anda, rápido para o velho que é, passadas largas com o forcado. Quanto a mim, faço o melhor que posso, manco um pouco, estremecendo de meus ferimentos, mas acompanho como posso — nesse meio-tempo percebendo, apesar de meu desconforto físico e da ansiedade desta situação, que a fazenda amish à luz do sol, raiada da chuva de fim de dia, é a coisa mais bela que já vi: campos verdes, cercas brancas, milho amarelo. Um rebanho de ovelhas saudáveis saltitando em círculos pequenos em seu curral.

— Seu cachorro — diz o homem bruscamente, apontando, e lá está Houdini, aconchegado como um fantasma atrás de um abrigo, olhando para fora. O coitado do cachorro doente e confuso. Ele me vê e mantém a cabeça erguida para me fitar com os olhos lacrimosos. Parte para mim, depois corre de volta para trás da pequena construção de madeira. Sei como ele se sente. Não estou preparado para ir embora, não posso.

— Sr. Miller, posso fazer algumas perguntas rápidas?

Ele não responde. Anda mais acelerado. Quase deixo cair meu bloco azul na terra quando me atrapalho para tirar do bolso.

— Pode confirmar que o senhor fez uma obra para um grupo de estranhos, na central de polícia em Rotary?

Ele mantém os olhos à frente, mas vejo — uma onda de surpresa, de confirmação, tomando suas feições, depois desaparecendo.

Pressiono.

— O que o senhor fez lá, Sr. Miller? Fez algum trabalho em concreto por lá?

Um olhar de lado e acabou. Estamos ficando sem estrada. Ficamos sem tempo.

— Sr. Miller?

— Direi a minha gente que você decidiu voltar — diz ele. — Você está tomado de tristeza por aqueles que ama e decidiu se arriscar com a peste.

Fecho a carranca. Manco para acompanhar seu ritmo. Não, estou pensando. *Não*. Não sei o que está acontecendo aqui, mas não vim de tão longe só para continuar, para mancar de volta à barraca de legumes e à minha bicicleta abandonada, de volta aonde comecei.

— Contarei a eles — digo. — Vou voltar escondido e contar a eles.

Agora ele responde — agora ele responde de imediato.

— Não vai. Não pode.

— É claro que posso.

— Eu tornei isto impossível.

— Como?

Ele para de falar, só balança a cabeça, mas isso é bom. É disto que precisamos. Só o que se precisa é de uma conversa. Esforço para obter informações de que se precisa, para conseguir o que se quer de um suspeito ou uma testemunha — só o que você precisa é que uma conversa comece, depois você dá forma, pressiona.

— Sr. Miller? Como está fazendo isso?

Só uma conversa. Isto é trabalho policial, é metade dele bem ali. Volto, mudo de estratégia, tento de novo.

— Como isso começou?

Estamos em uma cerca. Paro, recosto-me em um poste, como se quisesse recuperar o fôlego, e ele para também.

— Não falo mais no concreto — digo, levanto as mãos numa falsa rendição. — Eu prometo.

— Era um domingo — diz ele e meu coração cintila. Uma conversa. É metade dela. Ele está falando, ouço-o falar. — O culto seria na casa de Zachary Weaver. Um ou dois homens chegaram cedo e ajudaram a preparar o serviço. Os outros chegaram mais tarde. Eu cheguei cedo naquele dia. Na casa dos Weaver, tudo estava em tumulto. Alguém ouviu uma transmissão de rádio. Havia... lamentação. Aflição. — Ele balança a cabeça e olha o chão. — E eu sabia, compreende? Eu entendi, num estalo, o que precisaria fazer. Consigo ver nos olhos deles, dessas pessoas, a mudança que se abateria sobre eles. Já estava acontecendo, compreende?

Ele não espera por uma resposta. Não interrompo.

— Fui à varanda, vi minha família vindo de nossa casa e tomei esta decisão num estalo, foi simples. Eu simplesmente... agitei a mão... assim... eu acenei... — Ele para no caminho e levanta a mão, empurrando o ar: voltem, parem, virem-se. — Saí da casa de Zachary Weaver e acompanhei minha família de volta a nossa casa e lhes contei tudo isso. A história que você ouviu.

— A doença — digo. — A pandemia.

— Sim.

Ele diz isso baixo, esta única palavra, *Sim*, para sua barba, e pela primeira vez desde que nos conhecemos enxergo algo além daquela seriedade pessoal grave em seu rosto — uma onda de tristeza e autorrecriminação.

— A peste. A doença escarranchada na terra. — Sua expressão fica mais sombria. Ele detesta a própria mentira. Devora-o, eu vejo. — E reuni minha gente e lhes falei que a situação era grave e que devíamos continuar isolados, até de nossos amigos e de nossa igreja. E disse que será uma época difícil, mas temos Deus, e com a graça de Deus sobreviveremos.

E ele continua, progride, o fluxo constante de sílabas graves. Como se agora que concordou em me contar parte de sua história, sinta-se compelido a contar toda. Como se parte dele estivesse esperando esses meses todos por alguém a quem contar esta história, alguém para dividir o fardo de suas realizações. Ele esteve sozinho em uma ilha deserta com seu ato desesperado de consciência, lutando com sua decisão medonha e o trabalho que exigia dele, em exílio na própria casa, sozinho pelos meses difíceis. As únicas pessoas com quem precisou falar não falavam inglês. Ele conta de reunir sua gente em volta da mesa da família, pedindo e recebendo promessas solenes de todos, dos mais velhos aos mais novos, de permanecer na segurança das próprias terras até que a doença passe. Descreve que Deus lhe deu assistência, na forma de uma turma faminta e esfarrapada de IC, que de algum jeito conseguiu sair de suas terras asiáticas para a Terranova e de lá para este bolsão do Meio-Oeste dos EUA. Eles se entenderam muito bem para fazer arranjos, uma troca — Atlee lhes proporciona abrigo em barracas e alpendres em um campo árido do outro lado da State Road 4, e em troca eles fornecem mão de obra, lealdade e discrição. Eles trabalham sob suas ordens, dividem os despojos, andam pelo perímetro da fazenda Joy à noite, guardiões invisíveis.

É um arranjo precário. Ele sabe disso. Um dia, um de seus filhos ou filho de seus filhos romperá a promessa, sairá da fazenda e descobrirá a verdade. Ou alguém de fora, um ladrão, louco ou refugiado ultrapassará a cerca para o mundo particular.

— Não pode durar para sempre — diz Atlee. — Mas nem precisa. Só mais alguns dias.

Agora estamos chegando perto, perto daquela curva na estrada. O sol está a meio caminho de sua queda do meio-dia à noite, outro dia sendo queimado, descartado.

— São tempos difíceis, senhor — digo. — Todos temos de tomar decisões difíceis. Deus lhe perdoará.

Ele olha duramente o chão por um segundo de frieza e quando levanta a cabeça estou esperando cólera — como me atrevo a falar por Deus, como posso fazer isso? —, mas, em vez disso, ele está chorando, seu rosto velho e enrugado dissolvido em uma tristeza de criança. E ele diz numa voz oca:

— Acha mesmo? — Aproxima-se de mim e me segura pela camisa. — Acha que isso é verdade?

— Sim — digo —, é claro. — E ele me envolve em seus braços e chora em meu ombro. Não sei lidar com isso, sinceramente não sei.

— Porque sinto que deve ser verdade, que Deus quis isso para mim. Cheguei à casa dos Weaver antes do culto, mas podia ter sido uma das crianças na escola. Podia ter sido um dos pequenos que voltou da cidade com esta informação horrível. Mas caiu sobre mim, compreende, porque era eu que podia protegê-los disto, mantê-los na graça divina.

Ele se afasta de mim, olha em meus olhos com urgência.

— Você entende que não dirigimos automóveis porque eles podem nos levar para mais perto do pecado. Sem carros, sem computadores, sem telefones. Distrações da fé! Mas esta coisa... esta coisa que vem pelo céu. Teria acontecido assim. — Ele estala os dedos. — Teríamos caído em lamentações e das lamentações ao pecado. Todos nós. Todos eles.

Ele sacode seu forçado para a fazenda, sua família, seus encarregados.

— O perigo para este mundo não é o que importa, entende isso? Você entende? Este mundo é temporário... sempre foi temporário.

Ele está atingindo uma espécie de clímax, sacudindo-se de retidão e dor.

— Deus ordenou que eu os protegesse. Para que todos os pecados sejam meus. Não entende que Ele quis isto para mim? — Mais uma vez, com fervor: — Não acha que é o que Ele queria?

Ele não fala retoricamente, precisa de uma resposta e contenho meu primeiro impulso, quero dizer que não imagino o que Deus quer, não mais do que você, depois continuar, apontar o narcisismo covarde nas sombras de sua revelação, nesta performance de humildade: *Fiz o que fiz porque tenho o fardo da compreensão das intenções da mão invisível.*

Não digo nada disso. Não haveria motivo para assim fazer, da perspectiva de minha investigação em andamento, nenhum motivo para virar a carroça de maçã do complexo sistema de crenças deste homem, afastar-me do mundo que ele construiu. Chego mais perto e lhe dou um tapinha nas costas, mais ou menos, sem nada sentir através do curativo na mão e da espessura áspera de seu paletó de lã. Espero que minha mente em galope encontre algo inteligente a dizer. Agora chegamos à curva na estrada e é intenção do velho que eu continue em frente, e se eu for deixarei para trás minha última chance de encontrá-la, de colocar os olhos em Nico antes do fim.

— Desculpe-me, meu amigo — diz ele. — Eu sinto muito. — Seu estado emocional mudou de novo, agora ele está purificado, acalmado, virando a cabeça para a terra. — Você não partiria, não teria ido embora, e senti que não tinha alternativa.

— É bem verdade. — Seguro suas mãos. Seguro-as entre as minhas. — Eu estava em segurança o tempo todo. Não corria perigo.

Miller enxuga os olhos com os grandes nós dos dedos, coloca-se em toda a sua altura.

— O que quer dizer?

Sinto bem no fundo, por baixo de meus ferimentos e do cansaço, um brilho mercurial de alegria. Eu o peguei. Pressiono. Insisto.

— Eu me referia à fuga do celeiro. Deus queria que eu tivesse sua ajuda para encontrar minha irmã. Viajei pelo país coberto por Sua proteção. Jamais corri perigo.

Ele baixa os olhos por um momento, fecha-os e murmura. Outras orações. Orações demais. Depois olha para mim.

— Tem uma fotografia dela?

* * *

Ela está lá. Em Rotary, na central de polícia. Isto foi há quatro dias. Quarta-feira, 26 de setembro; quarta-feira, um dia antes de eu e Cortez chegarmos. Meu estômago aperta. Preciso saber se ele tem certeza da data e ele tem, o Sr. Miller vem contando atentamente o tempo — contando atentamente cada um dos biscates que faz e dos produtos que recebe por eles —, contando atentamente tudo. Ele se lembra do trabalho na central de Rotary e reconhece de imediato o rosto de Nico.

Peço a ele para ir mais devagar. Peço para começar do início. Pego meu bloco e lhe digo que preciso do dia todo — ele poderia ir mais devagar e me dar o dia todo?

Atlee saiu naquela manhã, como fazia todo dia, deixando seu pessoal com as advertências rigorosas de sempre de continuar na propriedade. Em Pike, entre aqui e Rotary, conheceu um jovem de cara comprida e expressão nervosa que se apresentou simplesmente como "Tick". O homem lhe prometeu uma caixa de refeições embaladas em troca de uma pequena obra na central de polícia de Rotary.

— O que quer dizer com refeições embaladas?

— Comida do Exército — diz Atlee. — Ele chamou de alguma coisa.

— REE? — digo.

Ele assente.

— Parece isso mesmo. Sim, REE.

Escrevo *Rações de Excedente do Exército... Exército?... Homem de cara comprida, "Tick"?...* E gesticulo para ele continuar. Atlee concordou em fazer o trabalho, e ele e Tick foram juntos à central de Rotary, chegando aproximadamente às duas e meia. Ele foi sozinho porque Tick descreveu um trabalho simples: lacrar o patamar de uma escada com uma laje de concreto feita sob medida para este fim.

Quando chegaram a Rotary, Tick disse a Atlee para esperar, disse que não demoraria mais de quinze ou vinte minutos, e Atlee falou que estava tudo bem, embora não estivesse lá muito satisfeito em ficar por ali. Tinha outras coisas que precisava fazer, sempre havia outras coisas a fazer. Mas ele esperou, de pé, os braços cruzados, pouco além da porta, dentro da central de polícia, tentando manter-se longe da chuva e afastado de um grupo de jovens, homens e mulheres, que transferiam caixas e bolsas de um gramado para uma escada de metal, entrando em um porão.

Além de Tick, Atlee se comunicou diretamente apenas com um deles, um homem que parecia ser o líder: um sujeito atarracado, mais velho que os outros, cabelo espesso, olhos castanho-escuros atrás de óculos de aro de chifre.

— Conseguiu o nome deste homem?

— Astronaut.

— O nome dele era Astronaut?

— Imagino que não fosse. Mas é assim que o chamavam.

Escrevo. *Astronaut*. Dois círculos em volta dele e um ponto de interrogação.

Este Astronaut estava tranquila mas inquestionavelmente no comando, diz Atlee, dando as ordens e mantendo o grupo ocupado enquanto eles enrolavam sacos de dormir e fechavam bolsas de viagem, empilhavam caixas de comida e garrafas de água, subindo e descendo a escada. Havia caixas também, grandes engradados quadrados que pareciam pesados e tiveram de ser carregados lentamente por duas pessoas na descida dos degraus. O conteúdo das caixas, Atlee não sabe. Minha mente voa para todo lado. Uma metralhadora — armas, munição — combustível — equipamento de computação — material de construção...

Cheguei à penúltima página de meu bloco azul fino. Firmo as mãos. Estou imaginando essas pessoas: o Tick nervoso de aparência estranha, Astronaut com os óculos e o cabelo espesso. Os garotos, em idade universitária como Nico, subindo e descendo a escada de metal feito formigas, carregando sua comida, sua água e o que houvesse naqueles engradados.

Atlee calcula que eram 14 pessoas neste grupo: oito mulheres e seis homens. Pergunto como eles eram, ele dá de ombros e diz "Eram gente", e me ocorre que pode ser assim que o povo amish nos parece também: nós, com nossas roupas não pretas e nossos acessórios e cortes de cabelo profanos, será que todos parecemos iguais? Mas eu o pressiono, consigo os detalhes do que ele se lembra.

Havia um garoto de tênis azul berrante, ele se lembra disso, um garoto alto e corpulento. De uma mulher ele se lembra particularmente, afro-americana, de uma magreza incomum. Descrevo a garota adormecida, Lily, e ele não se lembra de ver nenhuma asiática, mas não pode ter certeza. Descrevo Jordan, amigo de Nico da Universidade de New Hampshire. Basta descrevê-lo para provocar uma ebulição de fúria em minhas entranhas; eu o imagino, desdenhoso, um transmorfo, escondendo camadas de segredos por trás de óculos escuros e um sorriso irônico.

Mas Atlee não reconhece a descrição; não se lembra de ninguém particularmente baixo, ninguém de óculos escuros. Mas uma pessoa — de uma pessoa ele se lembra nitidamente. Ainda tem a imagem clara — camiseta preta surrada, expressão obstinada, óculos propositadamente fora de moda —, e peço-lhe para olhar novamente e ele concorda, olha de novo, assente mais uma vez.

— Sim.
— Tem certeza absoluta?
— Sim.
— Esta mulher, ela estava no grupo?
— Eu a vi — diz Atlee — e a ouvi falar.

Depois de ter esperado por mais de uma hora que o grupo terminasse de guardar as coisas e as transferisse, Atlee foi ficando cada vez mais impaciente para fazer seu trabalho e acabar com ele. No caminho para lá, notou um celeiro na Police Station Road, entre a central e a cidade, e pretendia parar lá ao voltar para casa e procurar o que tivesse de útil — ração animal, talvez, ou ferramentas, ou propano. Mas agora as quatro horas se aproximavam e seus clientes lerdos ainda transferiam as coisas para cima e para baixo, e ele estava perdendo a luz do dia.

Então Atlee vai perguntar ao Astronaut quanto tempo mais vai levar e o encontra, na frente da garagem, falando com uma garota.

— Era ela — ele me diz, apontando a foto. — Sua garota.

Eles estavam conversando, Nico e Astronaut, aos sussurros, na ponta de um corredor longo que atravessa a central de polícia. Ambos fumavam cigarros e estavam discutindo.

— Espere. Discutindo sobre o quê?
— Não sei.
— Como sabe que era uma discussão?

Atlee abre um leve sorriso.

— Somos um povo gentil. Sabemos como é uma discussão.

— O que eles estavam discutindo? — Mal consigo ouvir minhas próprias palavras, meu coração bate alto demais; o sangue dispara para a cabeça como água fria numa caverna. Sinto que estou lá, surpreendendo-os, reunidos em conversa naquele corredor estreito. Será que já estava manchado de sangue, com dois rastros sobrepostos entrando e saindo da copa?

— Não sei dizer qual era o assunto, mas posso afirmar que a garota era a mais zangada dos dois. Balançava a cabeça. Metia a mão no peito do homem, assim, com um dedo. O homem, Astronaut, ele diz que a situação é o que é. A garota diz, discordo.

Solto um riso ofegante. Atlee me olha, perplexo. É *claro* que ela disse isso. Esta é minha irmã, esta é Nico, rejeitando teimosamente a declaração mais incontroversa da simples verdade — *A situação é o que é. Discordo.* Esta é Nico, de cima a baixo e até a medula. Posso *vê-la* dizendo isso. Posso ouvi-la. Agora estou muito perto dela. Sinto a proximidade.

— E... tudo bem. Tudo bem, o que mais eles disseram?

— Nada — diz Atlee, e balança a cabeça. — Dei um pigarro para que eles me vissem parado ali. Tinham me dito meia hora e agora eu já havia esperado um tempo três vezes maior. O homem pediu desculpas. Era muito educado. Modos muito gentis. Perguntou se eu podia voltar às cinco e meia. Garantiu-me que a essa hora eles teriam concluído sua mudança para baixo e o pedaço de concreto estaria esperando por mim, para ser colocado.

— E foi isso que aconteceu?

— Sim. Saí para dar uma busca naquele celeiro como pretendia e voltei na hora marcada.

— Às cinco e meia.

— Sim.

— E todos tinham desaparecido e o pedaço do piso de concreto estava esperando?

— Sim. Junto com a comida que tinham me prometido. Como você a chamou.

— REE — digo distraidamente e mordo o lábio por um momento. — Você não despejou o concreto?

— Não — diz ele. — Estava construído quando cheguei lá.

Não anoto nada disso, estou ficando sem papel, mas acho que vou me lembrar. A cronologia, os detalhes. Vou me lembrar.

— E então, às cinco e meia, todos eles tinham sumido?

— Sim.

— Eles foram para baixo?

— Ora. Não sei. Mas eles sumiram.

E acaba, fim da história, fim do dia 26 de setembro. Atlee e eu ficamos juntos num silêncio pensativo, encostados numa cerca no escuro, nos limites da Fazenda Joy.

Depois de um último instante lado a lado, Atlee afasta-se da cerca e me entrega sem dizer nada a única coisa que faltava em meus bolsos, minha pistola do departamento. Ele não tem mais nenhuma informação a me dar, porém há uma coisa que ainda preciso. Descrevo meu pedido e ele prontamente concorda — diz-me aonde preciso ir e com quem falar. Pega meu bloco e escreve no verso. Baixo a cabeça, agradecido. Sinto uma tristeza verdadeira por este velho, o manto que deitou sobre si, a tarefa hercúlea de fazer acreditar que o mundo ainda é mais ou menos o que foi. Ele fez como um agente do Serviço Secreto, saltando em câmera lenta, atirando-se no caminho da informação.

À medida que passo pelo fim da cerca e começo a me despedir, Atlee Miller me faz parar, ergue o forcado no nível do ombro.

— Você disse, creio, que esta garota é sua irmã.
— Sim.

Ele me olha de novo, aparentemente decidindo alguma coisa.

— O homem, Astronaut. Gentil, como eu disse. Educado. Mas no cinto, um cinto de operário, tinha uma pistola de cano longo, uma faca serreada e um martelo.

A expressão de Atlee é fixa e séria. Um arrepio vaga sobre mim como neve.

— Ele não tirou o cinto, nem usou. Mas estava ali. Foi o que notei nele, neste homem, o líder desse grupo — diz ele. — Um homem calado, mas com a mão sempre no cinto.

* * *

Vejo Houdini na saída, ainda naquele ponto lamacento que ele escolheu atrás do abrigo. Enlameado, praticamente inerte, cabeça tombada, dormindo. Duas crianças amish estão por perto, brincando em um trecho de terra batida. Houdini vai gostar disso, quando acordar, vai gostar de ouvi-los rindo. Acontece como Atlee descreveu, num estalo — não chamo o cachorro. Nem mesmo chego perto o bastante para acordá-lo. Passo silenciosamente de cabeça baixa, olhando para trás uma vez, e continuo.

Não é fácil, porque ele é um bom cachorro, tem sido bom para mim e eu o amo, mas o deixo neste lugar grande e verdejante, que tem cheiro de animais e relva, em meio a essas pessoas que cuidarão dele até uma boa velhice, pelo menos no entender das duas partes.

* * *

— Espere, por favor.

Uma voz de menina, alta o suficiente para ser ouvida. Paro, viro-me e ali está Ruthie, aquela que peguei trapaceando nas orações, dos grandes olhos azuis e o cabelo louro-arruivado em tranças. Uma das mais velhas das meninas amish risonhas, mas agora ela não ri. Expressão grave, faces coradas de correr, seu vestido preto e simples sujo na bainha. Ela me pegou na bifurcação do caminho, onde a fazenda vira para a estrada. Olhando para mim, atenta, seus dedos ansiosos procurando minha manga.

— Por favor. Preciso lhe perguntar. — Ela olha uma vez, nervosa, para a casa. Quase digo "Me perguntar o quê?", mas isto seria só para ganhar tempo. Sei exatamente o que ela quer dizer assim que começa a falar.

O rádio, no alto do estábulo. Uma criança inocente no escuro da noite do sótão, ouvindo música proibida e desfrutando um raro sopro de independência, uma trégua das tarefas e responsabilidades com os irmãos, quando ela ouve a notícia desconcertante e a princípio fica confusa, mas aos poucos compreende o que significa, o que tudo aquilo significa.

Fingindo desde então. Simulando. A pobre jovem Ruthie sabe de Maia, assim como o avô ela sabe, mas não contou a ele. Sem querer que ele saiba que ela sabe, sem querer que ele saiba que ela sabe que ele sabe. Esconde-esconde no fim do mundo.

Mas aqui está ela. Parada e esperando por mim. Seus dedos me segurando.

— Quanto tempo resta?

— Ruthie — digo. — Eu sinto muito.

Ela aperta mais minha manga.

— Quanto tempo *resta*?

Eu podia lhe dar uma moratória: na realidade há um plano em ação. O Comando Espacial do Departamento de Defesa, eles pensaram em alguma coisa. Uma explosão próxima, de uma distância segura, uma detonação nuclear no raio de um objeto do asteroide, liberando raios X de alta energia o suficiente para pulverizar parte de sua superfície... Vai ficar tudo *bem*.

Mas não posso fazer isso, então digo o mais rapidamente possível, arranco o band-aid:

— Três dias. — E ela respira asperamente e assente com coragem, mas cambaleia para meus braços. Eu a seguro e abraço seu pequeno corpo a meu peito, beijo delicadamente o alto de sua testa.

A voz de Cortez, cantarolando em meu ouvido. *Tudo faz você lembrar a sua irmã.*

— Eu sinto muito — digo a ela. — Lamento de verdade.

São apenas palavras, porém. Só um amontoado de palavras mínimas.

PARTE QUATRO

Vá Fazer Seu Trabalho

Segunda-feira, 1º de outubro

Ascensão reta 16 49 50,3
Declinação -75 08 48
Elongação 81,1
Delta 0,142 UA

Tudo está exatamente como antes.

A sede do Departamento de Polícia de Rotary parece um barco cinza ancorado nas trevas. A entrada de carros, uma ferradura rudimentar de cascalho. Dois mastros, duas bandeiras sitiadas. Aproximo-me no silêncio do nascer do sol, os sapatos de trabalho esmagando o cascalho, como um homem da montanha de volta à civilização após um longo exílio na floresta, só que a civilização desapareceu. É apenas um prédio municipal opaco, plantado como uma ruína no meio de um gramado coberto de mato. Chove de novo. Choveu intermitentemente a noite toda.

Dormi de novo por cinco horas no meio da noite no acostamento da estrada, na mesma parada do VOCÊ ESTÁ AQUI, meu casaco dobrado como um travesseiro, a pistola do departamento de polícia na dobra do braço.

Agora é manhã, e enquanto saio da estrada para a grama eu os sinto, eu os percebo — praticamente os ouço embaixo de meus pés, fuçando em sua toca subterrânea, a toca do porão que eles cavaram e tomaram, o labirinto que ocuparam. Minha mente construiu mitologias em torno de todos eles, cobriu seus nomes com auras malignas. Tick, cara comprida e estranha. A garota negra muito magra, rabugenta e cruel. Astronaut, com seu cabelo preto basto e o cinto de armas. Todos eles agora estão relacionados em caneta preta no meu bloco azul. Suspeitos. Testemunhas, embora eu ainda não saiba do quê. Estão todos ali embaixo, correndo como aranhas, e eles pegaram minha irmã.

Agora é segunda-feira. Manhã de segunda-feira; 9:17, de acordo com o Casio. Faltam dois dias. Estou quase na porta da central quando ouço um arranhão agudo e repentino pouco acima de mim. O telhado. Dou um salto, afastando-me da porta, saco a arma e grito "Polícia!".

Um velho hábito. Não consigo evitar. Meu coração dispara. Silêncio... dez segundos... vinte... Eu recuando lentamente, um passo largo de cada vez, tentando conseguir me situar onde possa ver o que está no alto.

Depois o barulho de novo, um arranhão e um farfalhar, e então um novo silêncio.

Tento outra vez, mais alto:

— Se tem alguém aí em cima, mostre-se imediatamente. — O que vou dizer então? *Tenho uma arma.* Todo mundo tem a droga de uma arma.

"Polícia", digo, mais uma vez, e uma saraivada de pedras e terra solta voa do céu na minha cara e na minha cabeça. Pedrinhas mínimas quicam no meu couro cabeludo, o pó entra nos meus olhos.

Resmungo, cuspindo os fragmentos da boca, e olho para cima.

— Ah, não! Policial! — É Cortez, só a cara dele, grande, feia e me olhando de esguelha, aparecendo pela beira do prédio. — Eu não te vi aí!

Ele ri enquanto baixo a arma. Eu tusso e cuspo no gramado uma massa de saliva com terra. Um truque sujo, infantil, de certo modo desproposital para o homem. Só o que consigo enxergar de Cortez é a metade superior. Ele está deitado no telhado do prédio, o tronco estendido sobre a beira, as mãos grandes pendendo dali. A mão direita está aberta, mostra a palma, onde ele acaba de soltar a terra com as pedras. Sua outra mão está cerrada. Atrás dele, o céu é um tecido de nuvens cinzentas e desoladoras.

— O que está fazendo aí em cima?

Cortez dá de ombros.

— Matando tempo. Zanzando. Investigando. Encontrei painéis solares aqui em cima, aliás. Ligados a carregadores de bateria. Não sei o que sua irmã e os coleguinhas têm lá embaixo, mas está tudo carregado.

Concordo com a cabeça, tirando a terra de meu bigode com a ponta dos dedos, lembrando-me da descrição de Atlee de engradados pesados, descidos pela escada um de cada vez. O que tem nos engradados? E então essa pergunta provoca outra, a pergunta que não posso responder, da qual não consigo me livrar: onde eles conseguiram o helicóptero?

Espanto-a como se fosse uma mosca, trinco o queixo. Concentre-se no que tem para fazer.

— Cortez, pode descer daí? Precisamos trabalhar.

Ele fica onde está, apoia o rosto em uma das mãos, como se relaxasse em um gramado de verão.

— Cortez, eles estão lá embaixo. Falei com o homem que baixou a cunha. Parece que este era o plano alternativo, o plano B. Eles perceberam que toda a história do cientista e da explosão próxima era um conto de fadas e foram para o subsolo.

— Ah — diz ele. — Fascinante.

Cortez abre a outra mão e joga uma nova chuva de pedras e terra na minha cara. Uma lasca pequena e afiada pega o canto de meu olho.

— Ei. — É só o que tenho tempo para dizer antes de Cortez se atirar do telhado, todo o corpo de uma só vez, voando de braços estendidos, caindo em cima de mim como um morcego gigante. Agarra-me por trás e torce minha cabeça, enfia minha cara no chão lamacento. Os braços de Cortez são fortes, ele sempre foi muito mais forte do que aparenta, ele é uma mola bem retesada. Eu me debato, levanto a boca do chão para dizer "Pare com isso", e ele força, o joelho plantado nas minhas costas. Não sei o que está acontecendo, isto está em algum lugar entre a luta infantil e ele realmente tentando me machucar, tentando quebrar minhas costas.

— Eu também tinha meu balde lá em cima — sibila Cortez —, o balde em que estive mijando. Ia jogar tudo na sua cabeça escrota e idiota de policial, mas isto é melhor. — Ele torce meu pescoço com força para um lado, aperta minha cara mais fundo na lama. — Mais íntimo.

Estou deitado ali, cuspindo e me perguntando em que ano de minha futura carreira policial teórica eu desenvolveria a habilidade de ocasionalmente ser aquele que surpreende o cara, em vez de ser o cara que é apanhado de surpresa. Na Next Time Around, à mercê de Abigail, ela engrinaldada de armamento como uma árvore de Natal. Atlee me fazendo marchar pela mata. O homem invisível em Rotary, atrás do muro reforçado de concreto, o cano da metralhadora. Parece uma piada, eu pareço um personagem de desenho animado. Todo mundo pulando no detetive Henry Palace!

— Achei que éramos amigos — rosna Cortez. — Não éramos amigos?

— Sim.

De algum modo consegui torcer as costas e estou de frente para ele, mas agora Cortez agarra minha cara, dedos que parecem cordas, abertos por meu maxilar e as bochechas como uma máscara de hóquei. Lama e terra ainda grossas na minha garganta.

— Cortez... — consigo falar, através de seus dedos, e ele aumenta o aperto.

— Pensei que nós fôssemos *parceiros*.

De repente entendo. Do que ele está falando.

— Me desculpe — digo.

A garota, a cela, a chave. Tudo parece fazer muito tempo: aquela decisão rápida, trancando-a e jogando as chaves por ali. Os dias entre uma coisa e outra foram agitados.

— Eu sou, Cortez — digo. Seus olhos são fendas furiosas, buracos cortados de uma máscara. — Me desculpe.

— Você só estava fazendo o que pensou que era certo, não é isso? — Concordo com a cabeça, o máximo que posso com seus dedos como tentáculos envolvendo firmes meu rosto. Ele então os aperta. — Você sempre faz o que acha certo. É assim que você se define. Não é?

— É. — Minha voz sai abafada e distorcida. — É verdade.

— Argh. *Policial.*

Ele cospe a palavra como uma maldição, um insulto — *policial* —, mas então, de repente, solta-me e se levanta rindo, um riso vitorioso e alto de valentão. Afasta-se porque pensa que a conversa acabou, mas não acabou, eu me coloco de quatro e me atiro como um lutador em seus joelhos, derrubando-o, caio nele como uma árvore e agora estou por cima de Cortez, num átimo, e meto um murro furioso na cara dele.

— Ai — diz ele. — Porra.

— Como você soube? — Seguro sua camiseta suja de terra. Minha mão dói de bater nele, a palma arde e grita fogo, dobrada firmemente dentro de meu punho.

— Como eu sabia do quê? — Mas ele está sorrindo, lambendo a gota de sangue que brota no lábio inferior. Ele sabe o que quero dizer.

— Como sabia que tranquei a porta da cela? — Ele olha enviesado. Eu me curvo. — Como?

O sorriso fica maior, mostrando todos os seus dentes tortos, antes de desaparecer repentinamente. Sua expressão fica sincera — confessional. Ainda estou por cima dele, prendendo-o no chão.

— Eu me senti sozinho — diz ele. — Tenho estado muito sozinho. Meu tempo está se esgotando, entendeu? — Sua voz baixa a um sussurro mórbido. Os olhos são poços petrificados. — Pensei que podia me divertir um pouco. Ela e eu. — Ele lambe os lábios. — Você teria feito o mesmo.

— Não.

— Sim, Henry, meu garoto. Garoto solitário. Olhe em seu coração.

— Não. — Viro a cara, mas ele ergue a cabeça para mim e sussurra, bem no meu ouvido:

— Ei. Idiota. Ela está acordada.

Solto Cortez, levando-me de um salto e corro. Ah, meu Deus. Ah, não. Ele está rindo no chão, morrendo de rir enquanto arremeto para a entrada, os risos e gritos a minhas costas.

— Ela está acordada desde a noite passada. Ela acordou gritando, mas não me deixou entrar! — Sua voz alegre, cheia de prazer, eu segurando a maçaneta e abrindo a porta. — Ela está muito aborrecida, Henry, meu querido. Muito aborrecida. — Ele se diverte com minha aflição, gritando atrás de mim enquanto corro. — Nem acredito que você me bateu!

* * *

Lily está encostada na parede do fundo da cela, tremendo, os braços envolvendo o corpo, segurando-se com força. O coto umbilical da intravenosa pende de seu braço, onde ela a arrancou. E também arrancou a atadura do pescoço, e sua ferida está em carne viva, rosa e brilhando como uma joia estranha e grotesca.

— Quem é você? — diz ela com ferocidade, e respondo:

— Meu nome é Henry. Sou policial. — Ela grita:

— O que você *fez* comigo?

— Nada — digo. — Nada.

Ela me encara com medo e em desafio, como se fosse um animal doente e eu estivesse ali para sacrificá-la. Ela aponta o dedo trêmulo para o saco de soro pendurado no teto atrás de mim.

— O que é isso?

— Solução salina, é só isso. Cloreto de sódio a 90% — respondo, e depois, quando vejo o pavor da descrença em seus olhos: — *Água*, Lily, é água com sal, para reidratar você. Você precisava de fluidos.

— Lily?

— Ah, sim, eu... — Por que a estou chamando assim? De onde tiramos esse nome? Não consigo me lembrar. Não importa. Ela está boquiaberta para mim. Aturdida, confusa. Meus dedos estão brancos onde seguro as grades.

— Eu fiz xixi — diz ela de repente.

— Ei, isso é ótimo. Muito bem. — Como se falasse com uma criança, só soltando as palavras. — Isto significa que você está melhorando. — Tentando manter a calma; mantê-la calma. — Eu a coloquei aqui, está bem? Você estava dormindo. Mas estava em segurança. Você está bem. Você vai *ficar bem*.

Não é verdade — ela sabe que não é verdade —, nada vai ficar bem — não é assim. É claro que não. Sua palidez é mortal, ela treme violentamente, no rosto uma mistura lastimável de medo e assombro.

— O que aconteceu?

— Não sei — digo. — Estou tentando descobrir.

— Onde estou? — Ela lambe os lábios secos e olha em volta. Não sei por onde começar. *Você está na central de polícia. Está na bacia do rio Miskingum. Está na Terra.* Não sei o quanto ela sabe. Pergunto-me como está minha aparência. Eu queria ter feito a barba. Queria ser menor. Sinto cheiro de terra e incêndio.

— Você estava lá em cima — digo por fim.

— Onde estão os outros?

Minha nuca formiga. Os outros. Tick, Astronaut, a garota negra e o garoto dos tênis azuis berrantes.

— Não sei onde eles estão.

— Quem é você?

— Meu nome é Henry Palace.

— Henry — ela sussurra, e depois: — Palace. — E olha para mim, seus olhos se arregalando ao percorrerem meu rosto.

— Henry, Henry — diz ela e me olha firmemente, bem nos olhos. — Você tem uma irmã?

* * *

Acontece como da última vez: eu atrás do cachorro e Cortez atrás de mim, os três correndo para o corpo da garota na clareira, mas agora sou eu correndo atrás de Lily, que não é o nome dela, quebrando galhos e arbustos com os pés, que batem na terra, espinheiros rasgando as pernas de minha calça como espíritos vingativos tentando me apanhar e me fazer cair. Como da última vez — a mesma rota —, descendo um declive para o oeste, a partir da central de polícia, pela linha do regato — mas então Lily quebra para a esquerda e eu a sigo, ela atravessa uma pequena ponte de corda, eu a sigo sem parar. Esconde-esconde. Atravessando a mata. Chove. Meu coração galopa no peito, saltando à minha frente.

Isso é bom, penso como um louco, este longo momento só correndo. A parte antes de chegarmos lá, aonde quer que estivermos indo. Minha pulsação é um ronco do mar nos ouvidos. O sol, um círculo amarelo-claro através de espessas nuvens de chuva. Vamos correr para sempre. Porque eu sinto, ah, cara, eu sinto — sinto o que vem por aí.

Lily para de repente em uma fila baixa de arbustos e suas costas se enrijecem, a cabeça vira de leve para a esquerda e para baixo, todo seu corpo se encolhe como se ela visse seja lá o que for. Mas sei o que é, eu já sei. Um aperto no peito, como se alguém o tivesse amarrado com um cinto. Uma ardência nos pulmões, pela corrida. Eu já sei.

Ando lentamente. Passo pela figura estacionária de Lily, atravesso uma camada baixa de arbustos, entrando numa pequena campina, uma abertura nas árvores. Tem um corpo no meio da clareira. Cambaleio para a frente por cima de raízes de árvores, tropeço em meus pés estúpidos. Jogo-me para a frente, endireito o corpo, depois me agacho, ofegando, ao lado do corpo.

É ela, sei que é ela. Está de cara para baixo, mas é ela.

Lily está no perímetro atrás de mim, gemendo. Viro o corpo e simplesmente é *ela*, não tenho nem um segundo de incerteza, nem o mais leve alívio momentâneo: o rosto é imediata e inquestionavelmente o de Nico. Jeans, camiseta de manga comprida, sandálias caramelo como as que Lily usa. Ela lutou também, antes de ser cortada: hematoma abaixo do olho, arranhões nas faces e na testa, um fio fino e ferruginoso de sangue sob o nariz. Ferimentos de briga de bar, nada grave, só que você baixa os olhos só um pouquinho e ali está o pescoço — aberto, feio, rosa-avermelhado e preto —, mas vou em frente e ignoro tudo isso, vou em frente e tomo sua pulsação — é ridículo, ela está fria e parece de cera, mas coloco dois dedos na área côncava e macia pouco abaixo do maxilar inferior, pouco acima da linha vermelha e brutal da ferida, coloco os dedos no lugar, observo um minuto passar no Casio e não tem pulsação porque ela está morta.

Seu rosto vira gentilmente para um lado e os olhos estão fechados, como que adormecida. Ela está em paz, alguém diria, as pessoas sempre dizem coisas assim, mas é uma declaração imprecisa — os pensamentos estrondeiam por minha cabeça, a tristeza me sufoca ao subir pela garganta —, ela não está em paz, está morta, ela estava em paz quando ria de algo inteligente dito por alguém, ela estava em paz quando fumava um cigarro, ouvindo Sonic Youth. Ela gostava dessas coisas dos anos 1980 e 1990, música de rádio universitária. Hüsker Dü, os Pixies. Aquela música sarcástica dos Replacements sobre a comissária de bordo.

Tem terra em seu rosto. Limpo com o polegar. Alguns fios de cabelo estão colados pela testa como fraturas delicadas. Por toda a vida, Nico foi muito bonita e sempre tentava fingir que não era. Tão bonita e tão irritada com isso.

Olho o céu, o sol cinzento e cintilante e depois para além dele, imaginando que posso ver o $2011GV_1$ em sua localização atual. Agora está perto, a poucos milhões de quilômetros, nosso vizinho mais próximo. Dizem que nas duas últimas noites conseguiremos vê-lo a olho nu, uma nova estrela, um alfinete dourado no firmamento preto. Dizem que só pouco antes do impacto o céu se iluminará intensamente, como se o sol tivesse rompido a própria pele, depois o sentiremos, mesmo do outro lado do planeta nós o *sentiremos*, o mundo todo vai tremer com o golpe. Dizem que serão ejetados destroços suficientes do local de impacto para encher a atmosfera da Terra em questão de horas.

Eu me levanto e me afasto trôpego, coloco as mãos na testa e cravo os dedos lentamente no rosto: cravo em meus olhos, arranco as bochechas, escavo os dedos pelo ridículo bigode de policial, desfiguro os lábios e minha boca, rasgo colérico os sulcos do queixo. Os passarinhos tagarelam entre si numa árvore próxima. Lily, a garota, seja lá qual for seu nome, ainda está nos limites da clareira, chorando sem dizer nada, um gemido espectral e dissonante.

Continue agora, detetive, insiste o detetive Culverson, reconfortante, porém firme. *Vá fazer seu trabalho.*

Dou a volta e me aproximo de novo, dando-me um empurrão, e olho o corpo como qualquer outro, a cena do crime como qualquer outra cena de crime.

A garganta está cortada, assim como a de Lily. O rosto está coberto de arranhões e hematomas leves, assim como o de Lily. E o cabelo: falta uma mecha atrás, pouco acima da nuca. Ela teve cortes de cabelo feios nos últimos anos — meio punk, curto, picotado — é difícil dizer. Mas acho que foi arrancado. Balanço a cabeça, passo a mão em meu próprio cabelo curto. Exijo um sumário das descobertas e ele vem na voz da Dra. Alice Fenton, legista-chefe do estado de New Hampshire, outra velha conhecida: *temos uma mulher caucasiana, 21 anos, sinais de luta, inclusive ferimentos de incisão nos dedos, palma das mãos e braços; causa da morte, perda maciça de sangue por laceração traumática nas estruturas da garganta, infligida com uma faca ou outro objeto afiado portado por determinado agressor.*

Mordo o lábio. Olho o seu rosto, os olhos fechados. O que mais?

Esta clareira é menor do que aquela onde encontramos a primeira vítima, a que sobreviveu. A ravina onde a encontramos era bonita e circular, cercada de pinheiros. Este lugar é mais irregular pelas bordas, menor e mais irregular, cercado não por árvores da floresta, mas por arbustos baixos e feios, duro de espinheiros.

Porém, os mesmos desafios comprobatórios aqui, o mesmo terreno inútil, grosso de lama. Procurar pegadas é uma causa perdida.

Levanto-me de novo. Minha cabeça gira com estrelas. Descrevo um círculo estreito. O que mais?

Calma, Palace, diz o detetive Culverson, *calma*, diz a policial McConnell, e eu digo a meus fantasmas para se calarem, digo-lhes que fiquem quietos um minuto porque não posso me acalmar, não vou... não há *tempo*.

Lily ainda está à margem do campo, gemendo e se sacudindo.

— Ei — digo a ela. Aproximo-me rapidamente. — Ei. Você está bem?

Ela balança a cabeça e limpa a boca com as costas da manga.

— Não — sussurra, mal mexendo a boca. Avanço um passo, para mais perto, assim posso ouvir. Ela fala: — Não sei o que aconteceu.

— Como assim, não sabe?

— Eu me lembro de correr. Pela mata.

— Do quê?

— Só... é só disso que me lembro. Correr.

— De quem?

Ela começa a falar mas não consegue, não sai palavra nenhuma, sua boca fica aberta e o maxilar treme.

— De *quem*, Lily?

— Eu não *me lembro*. — As mãos vão para a frente da boca. — Eu precisava. Não tinha jeito. Eu precisava. Era só... correr. — As palavras escapam uma por uma de trás da barreira das mãos, cada pequena sílaba envolta em sua própria bolha. — Correr... correr... correr...

Pergunto a ela de novo — de quem — do que — por que você estava correndo, mas ela acabou, ela estacou, parou como um relógio. Suas mãos baixam para longe da boca petrificada e o rosto é inexpressivo, encarando à frente. Olho em seus olhos como janelas estreitas, como se pudesse enxergar através deles se me esforçasse bem, ver dentro do teatro escurecido de sua mente, ver o que aconteceu com minha irmã projetado dentro dos olhos de Lily.

O nome dela não é Lily. Ainda não sei seu nome. Preciso saber seu nome.

Preciso saber de tudo.

O agressor encontra as duas mulheres na copa.

Encurrala as duas e ataca a primeira vítima. Supondo que está morta, persegue a outra, a vítima número dois, persegue-a até o bosque. E não posso evitar, estou pensando no bom e velho Billy, no trailer, Billy com seu avental ensanguentado, segurando pelo pescoço um frango condenado.

Enquanto isso, a vítima número um está ferida, porém viva, e se coloca de pé com dificuldade e sai dali, anda pelo corredor, respingando sangue. O agressor tem mais sucesso com a vítima número dois. Ele a alcança aqui, neste campo; corta sua garganta até a traqueia e ela morre de verdade. A vítima número um, enquanto isso, está cambaleando por aí até desmaiar em outra clareira nestas matas encharcadas de sangue.

O assassino volta, ofegante, a faca pingando sangue, anda pelo corredor até a copa e depois... some.

O porão. Preciso descer àquele porão.

Viro-me para voltar, encontrar Cortez, retornar ao trabalho, mas então paro.

Entradas e saídas, sussurra Culverson. *Termine a cena.*

Ele tem razão, o problema é que tenho consciência, com o choque da clareza, de que não é ele quem tem razão, sou eu, *sou eu* que está lembrando que é coisa de novato liberar uma cena de crime sem pensar nas entradas e saídas. É ele que estou ouvindo, mas na verdade sou eu — sempre que ouço uma voz me dizendo para fazer alguma coisa, a voz mansa do detetive Culverson, de minha mãe, de meu pai, de Fenton ou de Trish McConnell. A certa altura, a gente precisa admitir que está sozinho.

Agora contorno o perímetro da cena de crime, lentamente, na chuva. Procuro por um local quebrado nos arbustos, onde a vítima ou o assassino tenham pisado, procuro por provas de um terceiro e o que encontro em vez disso, jogada inofensivamente ao lado de uma moita na extremidade da clareira, é uma mochila com o logotipo do Batman.

Olho maravilhado a mochila por alguns segundos, depois afasto a terra e abaixo-me para pegá-la. De imediato me é familiar, até reconfortante, o peso, a sensação das alças. É a *minha* mochila, de quando eu era criança. Quarta, quinta série. Evidentemente a certa altura Nico pegou emprestada de mim, evidentemente estava usando aqui, levando-a para onde ia, mas em minha tristeza e confusão é uma visão desnorteante e mágica: um objeto foi metido numa máquina do tempo no início do verão de meus 9 anos e apareceu aqui, no bosque, no dia e na hora em que encontro minha irmã morta. Trago a mochila cautelosamente até o nariz, como se ela ainda pudesse ter o cheiro de borracha para lápis, sanduíches de mortadela, adesivos arranhe e cheire.

Não tem. Tem cheiro de terra e de mato. É volumosa no alto, porém leve, o volume é irregular. Puxo o zíper e caem sacos e mais sacos de pipoca, fritas e chocolates: Lay's, Cheetos, Kit Kats e barras de cereais.

— Eu sabia — digo a Nico. Dou uma espiada no corpo, no corpo dela, balançando a cabeça. — Sabia que foi você.

Ela pegou todo o conteúdo daquela máquina automática, é o que parece, até os pequenos e ruins que ninguém jamais quer, os wafers Necco, pastilhas de hortelã e pacotinhos de chicletes Wrigley's. Consigo imaginá-la passando os braços finos pelo interior da máquina, repetidas vezes, fazendo um gancho com um cabide para se certificar de pegar tudo. O velho truque. *De nada, gorduchos!*

Enterrados abaixo de todo o chocolate e fritas estão os outros pertences de Nico. Shorts e blusas. Algumas armas, uma caixa de balas presa por uma tira de fita adesiva. Dois walkies-talkies — não apenas um, um par. Calcinha e sutiã. *A revolução dos bichos.* A capa de chuva, bem enrolada e presa por um elástico. Uma lanterna de plástico vermelha, que ligo e desligo. O fundo da antiga mochila do Batman é forrado de camadas e mais camadas de fita adesiva grossa para impedir que se abrisse e deixasse cair tudo.

Enxugo as lágrimas com as costas da mão.

Ela ia embora.

O resto deste clube ridículo há muito tempo desistiu de sua ideia fundamental ridícula, admitiu com apenas uma semana restante que aquele cientista militar picareta estava morto, ou ainda preso, ou não ia aparecer. Godot, afinal, não ia chegar.

Mas não Nico. Não a teimosa da minha irmã mais nova. Ela não teria aceitado o óbvio.

A situação é o que é, disse o Astronaut, e ela disse *Discordo*.

Mesmo quando os outros estavam prontos para partir para o plano B, escapulir para o subsolo, lacrarem-se ali e taparem os ouvidos, minha irmã mais nova incorrigível e cabeça-dura escapulia com uma mochila cheia de junk food, partia para uma estação militar a quase 650 quilômetros de distância para localizar o execrável Hans-Michael Parry como se fosse o Pé-Grande, agarrá-lo e subjugá-lo.

Ela ia sair para salvar o mundo totalmente sozinha, se era o que precisava fazer.

Eu me permito rir, só um pouquinho, mas não por muito tempo, porque o plano dela não deu certo, porque alguém não queria que ela fosse. Alguém a seguiu na saída, ela e Lily, e cortou a garganta das duas, abandonando-as à morte.

Enquanto coloco a mochila do Batman no ombro, encontro uma última prova, ao lado do corpo, projetando-se da lama. Uma vareta fina de plástico preto moldado, curva numa ponta e irregular na outra, como se estivesse quebrada.

É a haste de uns óculos de sol. Puxo da lama. Seguro por um bom tempo em minha palma e coloco cuidadosamente no bolso. A chuva escorre por meu rosto.

Ainda não sei de nada, não verdadeiramente, ainda tenho quase tudo a saber sobre o que aconteceu com Nico.

Mas isto, este pedaço de plástico, eu sei o que *isto* significa.

* * *

"A aceitação da perda não é o destino... é a viagem."

Isto me foi explicado por um psicólogo especializado em luto, que se recuperar da morte inesperada de um ente querido "não é um evento isolado que acontece num momento específico", mas um "processo" que se desenrola por todos os lentos anos de uma vida inteira. Estive com um desfile destes psicólogos em minha adolescência, representantes de competência variável da comunidade de cura: especialistas em luto, terapeutas, psicólogos infantis. Meu avô me levava e se sentava com franca impaciência na sala de espera, fazendo palavras cruzadas, um American Spirit atrás da orelha esperando ser aceso. Seu ceticismo lançava uma nítida mortalha sobre todos os esforços para me deixar bem.

"É preciso tempo para se curar", sempre anunciavam esses especialistas. Meus pais tinham morrido; os dois. Uma parte de mim foi arrancada. "A cura acontecerá com o tempo."

Agora não há tempo, é evidente. Não vou me curar. Isso não vai acontecer.

Pego Nico nos braços e a abraço com força para levá-la pelo bosque, de volta à central.

— Tudo bem — digo gentilmente a Lily, a garota, seja qual for seu nome. — Tudo bem, agora vamos.

QUARTA-FEIRA, 22 DE AGOSTO

Ascensão reta 18 26 55,9
Declinação -70 52 35
Elongação 112,7
Delta 0,618 UA

— Então é uma comunidade de apoio.

— Sim. Não. Bom... comunidade de apoio faz parecer que é para criminosos ou viciados em drogas — digo. — Esta é para policiais.

Abigail parece cética. Rumina a ideia por um minuto, os olhos inquietos por trás de sua máscara para alergia. Ela ainda não está inteiramente convencida, mas parece ter deixado de lado a ideia de que eu meteria uma bala em sua cabeça. Acho que já nos entendemos quanto a isso.

— E se todos eles me odiarem?

— Ninguém vai odiar você.

Avalio minha resposta enquanto falo. Alguns a odiarão. O policial Carstairs vai odiá-la porque ela não é policial; o policial Melwyn a detestará porque ela vem de mim, e eu o estive importunando por deixar o lampião da varanda aceso a noite toda. O policial Katz gostará dela porque é jovem e bonita. A maioria não vai odiar, mas ficará cautelosa porque é uma estranha e porque é patentemente louca — mas a essa altura a maioria das pessoas está louca de um jeito ou de outro.

— Você vai se dar bem — digo a ela. — Haverá espaço para você, porque estou indo embora. Night Bird vai cuidar dos detalhes.

— Night Bird?

— Ela é ótima. Você vai ver.

Enfim Abigail levanta-se, abre um saco de lixo preto gigantesco e começa a jogar coisas ali dentro, roupas, armas, livros, escova de cabelo e saco de dormir. Solta o pente de seus vários armamentos, deixando apenas a pistola na bainha da panturrilha, guardando todo o resto em uma mala de rodinhas.

Enquanto ela faz as malas, eu folheio um documento de quarenta ou cinquenta páginas que Abigail me entregou junto com um mapa para Rotary, Ohio, que saiu de uma mala de fundo falso. O documento está marcado com CONFIDENCIAL em carimbo vermelho, como nos filmes. Meus olhos percorrem parágrafos densos, abundantes em detalhes impenetráveis e as letras gregas de equações complexas: distância orbital ótima, relação de velocidade de impacto (km/s) com liberação de energia cinética (GJ), relação de campo de energia (kt) com velocidade de massa e densidade inicial, centro do alvo contra centro de movimento de massa.

Penúltima página: CONCLUSÕES. Última página: PROTOCOLO. Não consigo ver sentido em nada disso.

Na última página em branco do documento CONFIDENCIAL escrevo a cronologia que consegui arrancar de Abigail, estruturando a narrativa. Em meados de julho, Jordan diz a Abigail que Hans-Michael Parry, vulgo Resolução, foi localizado em Gary, Indiana; ele diz que logo as várias "equipes" se reunirão em Ohio, na central de polícia de uma cidade pequena chamada Rotary. Mas então, logo depois de 21 de julho — depois de Jordan ter colocado Nico naquele helicóptero, ela e outra garota decolando do Butler Field na UNH —, ele diz a Abigail que receberam novas instruções. Jordan e Abigail devem ficar em Concord porque sua designação foi alterada para "equipe de apoio".

E então, subitamente, na manhã de 13 de agosto, Jordan desaparece. Nenhum sinal de crime, mas ele também não deixa um bilhete, nem novas instruções. Simplesmente "some", diz Abigail, se para Rotary ou numa nova aventura, ela não sabe.

Ele simplesmente *some*, e desde então ela ficou sentada ali sozinha, olhando os cantos, sentindo a rotação terrestre no ouvido interno e sufocando na poeira cósmica.

Agora ela parece mais lúcida, mais calma, como se simplesmente ter um lugar definido aonde ir permitisse que andasse com firmeza em seu mundo oscilante. Ela vai à porta da loja e não olha para trás.

Na saída, na prateleira de cima de uma cômoda, estão óculos de sol Ray-Ban. Já os vi — os mesmos óculos feios que Jordan usava quando o conheci, na Universidade de New Hampshire.

Eu os pego, viro devagar entre os dedos.

— Jordan esqueceu os óculos dele — digo.

— Esse troço? — diz Abigail, e bufa. — Tá de sacanagem comigo? Ele tem uns mil trecos desses.

PARTE CINCO

Isis

Segunda-feira, 1º de outubro

Ascensão reta 16 49 50,3
Declinação -75 08 48
Elongação 81,1
Delta 0,142 UA

1.

— Fiz café. Quer uma xícara?
— Não.
— Tem certeza? Não é gourmet nem nada, mas é café. Já é alguma coisa.
— Não, obrigada. — A garota levanta a cabeça, olha-me rapidamente, uma ave assustada, e baixa a cabeça. — Tem chá?
— Ah, droga, não. Lamento. Só café.
Lily não diz mais nada. Está sentada na beira do colchão fino da cela de detenção, olhando as próprias mãos cruzadas no colo. A educação e paciência que estou mostrando a ela, o comportamento controlado e até despreocupado é tudo artifício, uma estratégia que pretende atingir um objetivo. O que sinto por dentro é que fui estourado — como todas as coisas que por tanto tempo têm me definido, todos os meus hábitos, lembranças e idiossincrasias, tudo que construí em torno de qualquer cerne que exista em mim, tudo isso foi transformado em reboco, agora explodiu e estou observando a poeirada vagar na atmosfera e se acomodar lentamente no chão. A questão agora é se existiu alguma coisa por baixo de tudo isso, ou se eu sempre fui papel machê, uma cabeça de dragão num desfile, tudo adorno exterior e nada por dentro. Acho que resta algo, uma pedra quente

e dura como a que se vê brilhando no chão após um incêndio. Mas não tenho certeza. Não sei.

Estou recostado na parede do fundo da detenção, no lado dos mocinhos, bebendo de minha garrafa térmica com uma calma exagerada. Mais adiante no corredor, na garagem, há um matraquear ocasional, Cortez triturando aquela cunha de concreto com uma britadeira movida a diesel. O corpo de minha irmã está na sala de despacho, enrolado em uma lona azul enrugada.

— E aí, por que não começamos por saber seu nome certo? — digo. — Não é Lily, é o máximo que sei. — Rio um pouco, e parece oco, então paro.

A garota olha as próprias mãos. A britadeira soa novamente, rosnando pelo corredor. Até agora o interrogatório vai muito mal.

— Queria poder deixar você em paz, queria de verdade. — Falo devagar, o mais lentamente a que posso me obrigar. — Você passou por muita coisa.

— Passei? — Ela ergue a cabeça, uma pergunta genuína, depois seu dedo corre pelo pescoço, onde me permitiu recolocar a atadura. — Acho que sim.

Imagens mentais num clarão estroboscópico: duas garotas, loucas de medo. Sandálias caramelo escorregando nas folhas. Passos pesados correndo pelo bosque atrás delas. Nico, de cara para baixo, o sangue jorrando do pescoço. Pisco, dou um pigarro. Falo muito, muito lentamente.

— Sua mente está processando o trauma. É difícil. Mas o caso é que estamos numa parada dura, por assim dizer, na questão do tempo.

Ela assente mais uma vez, sua cabeça pequena subindo e descendo nervosa, as mãos torcendo-se no colo.

— Na verdade — diz ela com brandura. — Será que posso... Você disse, sobre o tempo... — Ela me olha e baixa a cabeça. — Quanto tempo mais?

— Ah — digo. — Claro. — Ela não sabe por quanto tempo ficou inconsciente. Ela não sabe. — Hoje é dia 1º de outubro, manhã de segunda-feira. São mais dois dias.

— Tudo bem. Tudo bem. — Ela lambe os lábios secos, nervosa, empurra uma mecha errante do cabelo preto para trás da orelha pequena, um gesto simples que recende a quem ela é, uma garota no final da adolescência ou início dos 20 anos, uma garota que se perdeu em algo terrível e estranho.

— Então eu sinceramente... — Sorrio mais uma vez, tento fazer o sorriso parecer humano. — Sinceramente quero entender o que aconteceu.

— Mas eu não sei. Não me lembro. É como se tudo isso... Sei lá. — Ela me olha, assustada, toca a atadura grossa no pescoço. — Está tudo preto.

— Mas nem tudo, não é?

Ela balança a cabeça, quase nada, um movimento mínimo.

— Não a sua vida toda?

— Não — ela fala, levantando os olhos. — Não a minha vida toda.

— Tudo bem, então. Vamos começar pelo que você se lembra, está bem?

— Tudo bem — sussurra ela.

Não está bem. Não está nada bem. O que quero fazer e o que eu faria se desse certo é levantá-la e sacudi-la pelos pés até que as informações saíssem voando como moedas de seus bolsos. Mas é assim que o processo funciona. Lentamente. A essa altura, é impossível saber que parte de suas não lembranças tem origem em amnésia literal, que parte vem do medo atávico de reviver os horrores por que passou. A tática necessária em qualquer caso é conservar a paciência, um movimento sutil e firme em meio ao nevoeiro, na direção da verdade. Você constrói a confiança: aqui estão as coisas que nós dois sabemos. Aqui estão as coisas de que vamos falar. Você orienta. Persuade. Pode levar horas. *Dias*.

Passo pelas grades, para o lado dela da sala, coloco meu café cuidadosamente no chão e me ajoelho como se fosse propor casamento.

— Você tinha esta pulseira no bolso, com uns pingentes — digo. — Os lírios. Por isso chamamos você de Lily. — Hesitante, ela a pega em minha mão e aperta na palma, dobrando com força os dedos em volta da pulseira.

— Meus pais me deram.

— A-ha.

— Quando eu era pequena.

— Entendi. Tudo bem. Mas então... qual *é* o seu nome?

Ela diz alguma coisa, no fundo da garganta, baixo demais para eu ouvir.

— Como disse?

— Tapestry.

— Tapestry?

Ela assente. Funga um pouco, enxuga uma lágrima no canto do olho.

Sinto um brilho fraco de conhecimento na escuridão entre nós, a primeira lampadinha se acendendo em uma fileira de luzes de Natal.

— E Tapestry é um apelido? — digo. — Um codinome?

— É. — Ela levanta a cabeça e abre um sorriso fraco. — Mais ou menos as duas coisas. Todos temos um.

— A-ha.

Todos eles têm um. Tapestry. Tick. Astronaut. Será que Jordan tem um desses apelidos/codinomes?, eu me pergunto. Abigail tem? O olho roxo de Tapestry, percebo, está bem no início do seu processo de cura, desbotando do roxo-escuro para um rosa hematoma claro. Ela tem... o quê? Tem 19? Talvez 20. Essa garota parece um beija-flor. Ela lembra um beija-flor.

— Foi Astronaut que deu a vocês os codinomes? Astronaut é...

O fim da pergunta é "o líder, não é?", mas antes que eu consiga chegar lá, ela puxa o ar asperamente e suas pálpebras se fecham como persianas.

— Nossa — digo, levantando-me. Dou meio passo para a frente. — Oi?

Ela fica sentada em seu silêncio. Posso ver, ou imaginar que vejo, seus olhos se movendo por trás das pálpebras, como dançarinos atrás de uma cortina.

Devagar, detetive, mais devagar. Crie confiança. Tenha uma conversa. Tudo isso foi amplamente abordado nos manuais. Nas diretrizes-padrão de envolvimento de testemunhas do FBI; em *Investigação criminal,* de Farley e Leonard. Imagino os livros na prateleira de minha casa, a fila arrumada de suas lombadas. Minha casa, em Concord, arruinada pelo fogo. De súbito, do fundo do corredor, vem uma explosão determinada de trinta segundos da britadeira, *ca-da-dunc, ca-da-dunc, ca-da-dunc*, seguida por uma contraexplosão alta, depois o grito exasperado de Cortez: "Ah, caralho! Porra caralho! Porra!", e a garota ergue a cabeça, surpresa, dá uma gargalhada e eu aproveito o momento, rio também, curvo-me para ela, balanço a cabeça, divertindo-me.

— Ah, olha — digo, suspirando. — Meu nome é Henry. Eu já te disse isso?

— Disse. Sim. Henry Palace. Meu nome verdadeiro é Jean — diz ela. — E eu acho... — Ela me olha e esfrega os olhos injetados. — Na verdade, eu podia... Tem alguma água? Algum problema nisso?

— É claro, Jean — digo. — Claro que não tem problema.

* * *

A britadeira é propriedade de Atlee Miller. Estava escondida na barraca de frutas e legumes, como se revelou, onde os limites da fazenda dão na rodovia. A máquina leve estava escondida ali junto com uma série de outras máquinas especializadas, cuja existência suscitaria perguntas desagradáveis de sua família: como um sofisticado equipamento de rádio, por exemplo, como artilharia pesada. Estes objetos estavam sob a guarda de um jovem solene de nome Bishal, com quem tive uma conversa rápida e tensa antes de dizer a senha que Atlee me dera e pegasse meu bloco com a assinatura dele.

A britadeira é "um cachorro velho", avisou Atlee, mas também me garantiu que funcionava com algum estímulo. Ele não disse que o melhor estímulo envolve gritar "caralho porra" quando falha, mas confio que Cortez sabe o que faz, cavando por lá. Nós dois seguimos rotas paralelas em nossa investigação, nossa altercação anterior ficou para trás. Nós dois perfuramos — ele a resistência densa da pedra e eu a psique desta pobre garota ferida.

Jean começa a falar e fala por algum tempo, às vezes em longos surtos, mas principalmente em rápidas explosões ansiosas, com frequência parando e recomeçando, cortando frases pelo meio, como se temesse falar demais, dizer algo errado. Fragmentos. Em suas maneiras e aparência, ela não se parece nada com Nico — tímida e hesitante, ao passo que minha irmã era atrevida e franca —, mas às vezes, só pelo fato de existir, de ser uma garota em idade universitária que foi tragada neste mundo de Alice do Fim dos Tempos, ela me lembra muito minha irmã e tenho de parar de falar por um segundo e segurar a boca, ou me arrisco a desmoronar no chão.

— Eu estava em Michigan — conta-me Jean, agarrada ao copo de papel com água morna. — A universidade, sabe? É de lá que eu venho. De Michigan. Meus pais são de Taiwan. Meu sobrenome é Wong. Eles queriam que eu voltasse para casa. Quando o... quando isso começou. Para casa em Michigan, quero dizer. Não Taiwan. Eles me disseram para largar a faculdade, ir para casa e rezar. Somos católicos. Nasci em Lansing.

Não estou escrevendo nada disso. Meu bloco está completo e de qualquer modo é melhor não escrever, não chamar ainda mais a atenção dela para o fato de que aquela não é só uma conversa banal. Escuto porque preciso, para mostrar empatia e gerar confiança, mas não me importo um milímetro com seus ancestrais, seu credo, sua família. Sou um ponto de interrogação apontado para uma resposta.

— Eu não queria, mas, só... só ir *para casa*. Rezar. Eu queria... — Ela dá de ombros, morde o lábio. — Sei lá.

Em meados de janeiro, a Universidade de Michigan encerrou sua existência com uma última reunião da comunidade na quadra principal para entoar a canção de guerra e fazer um brinde em latim. Mas Jean Wong continuou no campus por todo o início da primavera, zanzando por ali, inquieta. Assim como estava pouco interessada em se meter numa igreja com os pais e recitar salmos em mandarim, também lhe repugnava as opções dos últimos meses, exploradas pelos antigos colegas de turma: todos os círculos de tambores e "sexperimentação", a caravana de ônibus semiorganizada indo para o sul, para o Golfo do México, com travesseiros cheios de drogas e cereais matinais saqueados do refeitório estudantil. Ela estava principalmente zangada, diz ela, e confusa.

— Eu queria... sei lá.

Falo mansamente:

— Você queria *fazer* alguma coisa em relação a isso.

— Sim. — Ela levanta a cabeça e repete a frase num tom de zombaria. — Fazer alguma coisa em relação a isso. Que idiotice. Agora, quer dizer. Pensando bem agora.

Por um tempo, Jean fica vagando por Ann Arbor. É brevemente recrutada para uma missão no Ártico, sendo arregimentada por um jovem e enérgico empreendedor que alega que a polaridade do mundo pode ser alterada com a combinação certa de ímãs. Quando isto se desfaz, ela se muda com estranhos que criam uma cooperativa "sociedade de conservas e enlatados", para armazenar uma quantidade enorme de produtos em conserva para o amanhã. Mas nada daquilo parece muito real, nada parece útil. Por fim, Jean se vê em uma reunião política misturada com festa no porão de uma casa em Pattengill, bebendo vinho da banheira em um copo de plástico vermelho, ouvindo um homem de pé numa mesa de centro explicar que tudo aquilo era uma "fraude", uma "armação", que o governo podia "parar com aquela coisa *assim*, se quisesse".

Jean estala os dedos como o homem da mesa de centro e mentalmente vejo Nico estalar os dedos, tentando me convencer da mesma história. Experimento uma onda de melancolia, sentindo sua presença na sala conosco, sua entonação enfática, sabendo que na realidade ela está morta do outro lado do corredor, no Despacho, enrolada em uma lona.

O cara da mesa de centro na festa em Pattengill era um jovem com "cabelo crespo e doido" e sapatos azuis berrantes. Usava uma espécie de capa coberta de estrelas amarelas cintilantes. Era chamado de Delighted — tinha um nome só, diz Jean em voz baixa. Como Madonna. Ou Bono.

— Continuamos conversando com ele depois da festa. Eu e uma garota, Alice, eu a conheci fazendo a outra coisa. O lance dos picles. A gente acabou... na verdade, a gente acabou se mudando pra casa dele. Eu, ela e alguns outros. — Ela morde o lábio e não pergunto se Astronaut era um dos outros, ele, das maneiras calmas e as ferramentas no cinto, porque não quero que seus olhos se fechem de novo.

Em vez disso, oriento-a a descrever as atividades dela e de seus novos companheiros de casa: dar mais festas, mais discursos, imprimir panfletos para convencer mais pessoas de que o governo estava mentindo sobre a ameaça do asteroide. Jean só falará até aí, mas presumivelmente este braço do alto Meio-Oeste evoluiu depois para a mesma brincadeira de mau gosto de Nico e seus amigos da Nova Inglaterra: cometer vandalismo urbano; acumular armas pequenas e carregá-las em bolsas de viagem; por fim escalando para invasão de bases militares, como a aventura que colocou o marido de Nico, Derek, preso na estação da Guarda Nacional de New Hampshire.

A única coisa que me incomoda é o alcance geográfico da organização. Quando Nico me contou que havia um braço do seu coletivo no alto Meio-Oeste, desprezei o assunto, pensando ser mais bazófia, conversa fiada; Nico estava sendo ludibriada ou tentava me enganar. Mas ali estava Jean confirmando ter sido recrutada para este grupo numa festa de porão na Universidade de Michigan, há muitos meses e a quilômetros de distância de quando Nico entrou, na New Hampshire. É outro aspecto desta história que fala de certo nível de capacidade, uma escala de operações que se choca incomodamente com minha imagem mental de Nico e seus amigos bobalhões brincando de revolução em uma loja vintage de Concord.

Não sei o que fazer com esse tipo de informação. Não sei onde colocar.

— Jean — digo abruptamente —, precisamos pular mais à frente.

— O quê?

— Um dia surgiu um plano para localizar um ex-cientista do Comando Espacial dos Estados Unidos chamado Hans-Michael Parry, que alegava estar de posse de um projeto de desvio da trajetória do asteroide por meio de uma explosão. Não é verdade?

— É — diz ela, assustada.

Pressiono.

— Seu grupo ou um grupo afiliado encontraria Parry e o libertaria, levando-o para a Inglaterra, onde ele poderia orquestrar essa explosão. Não é?

Uma pausa estupefata, depois um "é" baixo. Ela coloca o dedo mínimo no canto da boca e rói a unha, como uma criança nervosa.

— E ele foi encontrado, não é? Em Gary, Indiana? E todos iriam se reunir aqui, em Rotary, esperar pela chegada dele.

— Foi tudo tão *idiota*. — Esta é a segunda vez que ela diz essa palavra e agora seus olhos faíscam de raiva por toda essa estupidez. — Ficamos aqui. Esperando, esperando, só... *esperando*.

Ela para nesse ponto e vejo sua mão voltar mecanicamente ao pescoço, à ferida, os dedos se mexendo pelas bordas da atadura. Parece sentir que estamos mais perto do coração desta conversa, dos acontecimentos da quarta-feira, 26 de setembro — a lama, as facas, a violência no bosque atrás da central —, e esta proximidade a atrai e repele, como um buraco negro.

Obrigo-me a continuar com gentileza, devagar, chegar lá com o tempo. Pergunto sobre as pessoas com quem esteve e ela responde, introduzindo outros codinomes bobos: não havia só Delighted, tinha também Alice, que a certa altura mudou para Sailor; tinha "um cara muito sorridente, bem novinho, chamado Kingfisher". Tinha uma garota de nome Surprise e um homem chamado Little Man, que "na realidade era superalto", então era uma espécie de piada. Ha-ha. Todos eles despencaram do Michigan em zigue-zague em uma longa viagem de furgão, saindo da rota para pegar algumas pessoas em Kalamazoo, saindo de novo por uma tonelada de engradados de um armazém em Wauseon, a oeste de Toledo. Curvo-me para a frente.

— E o que havia nesses engradados?

— Na verdade, não sei. Eu não... nunca vi. Ele disse... para eu não olhar.

— Quem disse?

Nenhuma resposta. Ela não dirá o nome dele; nem mesmo se permite pensar nele. Vejo que aparece e perdura em seu rosto, de novo, seu terror palpável deste homem, do líder.

— Deixa pra lá — digo —, continue. — E ela continua. Ela e seu grupo se uniram a outro, aquele que incluía Nico, no final de julho. As pessoas chegavam e saíam. Enquanto descreve a atmosfera no gramado da central de polícia nos últimos dois meses, esperando por aquele cientista indefinido, o rosto de Jean se ilumina, seu corpo se solta visivelmente. É como se ela falasse de uma festa ao ar livre, uma espécie de acampamento da conspiração do asteroide: todos se conhecendo numa boa, fumando, fazendo cachorro-quente, paquerando.

Um cara em particular, ela diz despreocupada, era "totalmente apaixonado" por Nico.

— Ah — digo, de repente mudando de ideia, de repente querendo ter meu bloco, algum bloco, qualquer coisa. — Que cara?

— Tick.

— Tick. — Aparência estranha. Disposição nervosa. — Era recíproco?

— Ai, não. — Jean faz uma careta, solta um bafo mínimo de gargalhada de clube da Luluzinha. — Sem interesse nenhum. Ele parecia um... um cavalo, sério. Além disso, estava meio que ficando com outra garota, Valentine. Mas ele sempre dizia umas gracinhas para Nico.

— Valentine?

— Era o codinome dela. Tanto faz. Era muito bonita. Negra, muito alta.

Atlee a viu. Já sei dela e agora posso dar um nome à descrição. É tão estranho começar a sentir que conheço essas pessoas, esse mundo, o último em que minha irmã viveu antes de morrer.

— Que gracinhas Tick dizia?

— Ah, meu Deus. Pois é. Adão e Eva? Tipo assim, sabe como é. Se o plano não desse certo. Se a gente tivesse de se entocar. Ele e Nico iam ser como Adão e Eva. Era... um nojo.

— Um nojo — digo. Fecho bem os olhos para capturar a informação, manter tudo arquivado. — Olha, tenho uma pergunta para você. Nico tinha um codinome?

— Ah — diz Jean, e ri. — Ela não usava muito. Achava meio idiota. Mas o codinome dela era Isis.

— Isis? — Meus olhos se abrem. — Da música de Bob Dylan?

— Ah. Não sei. É daí que vem?

— É. É daí que vem.

Saboreio este pequeno factoide agradável por um momento, meio minuto, antes de insistir na parte difícil. Agora vai ficar cascudo, mas precisa ser assim. O tempo está passando. Não há outro rumo a tomar nesta conversa senão em frente.

— E, então, Jean. Hans-Michael Parry nunca apareceu. E uma decisão foi tomada. — Olhei em seus olhos. — O Astronaut tomou uma decisão.

— Estou cansada — diz Jean. Ela baixa seu copo tão rápido que ele vira e a água transborda. — Agora quero parar.

— Não. — Ela se retrai. — Só precisa escutar. Escute. Parry não apareceu. E depois que todos perceberam que não ia acontecer, o Astronaut tomou a decisão de se transferirem para o subsolo. Mudar tudo lá para baixo. Jean?

Ela abre a boca para responder, mas de súbito a britadeira ronca pelo corredor e seu rosto se contrai de medo, ela fecha a boca assim que a máquina cai em silêncio de novo.

— Jean? Qual era o plano dele?

— O plano dele — diz ela, depois estremece, com violência mas lentidão, como uma encenação teatral de um dar de ombros: seu rosto e depois o pescoço, em seguida as costas, depois o tronco, uma onda de revulsão descendo pela extensão de seu corpo. — O *plano* dele.

— Lily?

— Meu nome não é esse.

— Ah, meu Deus, Jean. Desculpe.

— Eu não queria que ela fosse. Disse a ela para não ir.

— O quê?

— *Nico*. Íamos descer, estávamos acabando de transferir tudo para baixo, e ela diz, ela diz, tipo "Vou dar o fora".

— Ia tentar encontrar Parry sozinha.

— Isso — diz Jean. — Isso mesmo.

— E isso foi a que horas?

Ela levanta a cabeça, confusa.

— A que horas?

Sei que foi depois de Nico e o Astronaut terem a discussão no corredor e antes de Atlee fechar o piso às cinco e meia.

— Não foi lá pelas cinco horas?

— Não sei.

— Digamos que foi às cinco horas. Ela te disse que ia embora e você fez o quê?

— Pois é, eu disse a ela que era loucura. — Ela balança a cabeça, e por um momento vejo refletida em seus olhos esta exasperação incrédula que eu mesmo senti mil vezes, tentando dizer a Nico alguma coisa que ela não queria ouvir.

— Simplesmente... é inútil. Eu disse, por que você vai querer ir embora por nada e ficar sozinha, quando podemos ficar todos juntos? Pelo menos isso, sabe? Ficar juntos.

— Mas ela foi assim mesmo.

— Foi. Levamos tudo para baixo e não pensei que ela realmente fosse embora, mas depois todo mundo ficou falando... ela foi embora. Ela foi embora.

— E você foi atrás dela?

— Eu... — Ela para, franze a testa, seus olhos se enchem de confusão. — Eu... fui.

Levanto-me.

— Jean? Você foi atrás dela.

— Fui. Tinha de ir, entendeu? Eu precisava. Ela é minha amiga.

Eu a estou levando ao máximo que ela pode ir nesta lembrança, seguro sua mão e a levo pelas pedras escorregadias para a água perigosa.

— Você precisava impedir sua partida, mas havia mais alguém. Alguém foi atrás de *você*. Jean?

— Não me lembro.

— Sim, você se lembra, Jean. Sim, você se lembra.

Sua boca se reabre e os olhos se arregalam, depois ela balança a cabeça de novo, olha fixamente o ar entre nós.

— Não me lembro.

Ela lembra, está vendo alguma coisa — alguém —, vejo acontecer em seus olhos. Inclino-me e a seguro, mas ela se contorce para trás, afasta-se.

— Jean, continue falando. Jean, fique comigo. Você foi impedi-la, mas alguém foi atrás de vocês.

Mas ela se foi, está perdida, cai na cama e lança as mãos no rosto, e estou dizendo:

— Jean! Jean. Alguém surpreendeu vocês fora da central. Com uma faca.

Ela solta um gritinho, uma explosão aguda de ar, depois aperta a mão na boca. Eu a seguro de novo, agarro-a pelos ombros e a levanto, e minha casca de frieza, minha falsa calma de policial, está derretendo, queimada pelo calor: não suporto isto, preciso saber.

— Alguém foi atrás de vocês e as atacou com a faca, e matou minha irmã.

Ela balança a cabeça violentamente, a mão ainda tapa a boca, como se houvesse um demônio ali dentro, algo tentando escapulir e destruir o mundo.

— Foi o Astronaut?

Olhos bem fechados, corpo tremendo.

— Ou foi um estranho? Um homem baixo, de óculos escuros? Boné?

Ela afasta o corpo de mim, dá as costas. Queria poder pegar uma foto dele — deitado na cama, Jordan sorrindo com seus Ray-Ban idiotas, ver a expressão de Jean ao olhar esta foto. Mas é tarde demais, ela desapareceu, foi-se, afastou a mente do que não está disposta a ver. Sua mão está agarrada à boca, o corpo virado de lado, e ela fica deitada ali no colchão fino, muda, apavorada e inútil.

— Ah, essa não — digo.

Chuto a cama e ela quica com a garota.

— Essa não, essa não, essa não.

2.

"Isis", NATURALMENTE, é a segunda faixa do álbum de 1976 *Desire*, e por um breve período, quando eu tinha 15 ou 16 anos, era minha música preferida de Bob Dylan. Foi mais ou menos nessa época que Nico descobriu um diário em que eu registrava cuidadosamente minhas vinte melhores de Dylan, cada uma delas anotada com o ano e os músicos da faixa. Nico achou algo hilariante na meticulosidade deste determinado exercício e correu pela casa, morrendo de ir, jogando o bloco para cima e pegando como um chimpanzé.

Estranho pensar nisso agora, pensar em quem eu era na época, que em qualquer época "Isis" era minha música preferida de Dylan. Agora provavelmente nem mesmo é minha música preferida do *Desire*. Mas não há motivo para Nico ter tomado conhecimento disso, e acho que é pelo menos possível, acho que talvez seja até provável, que ela tenha escolhido o codinome porque a certa altura sabia, de algum modo, que eu descobriria. Que ela deixaria não como um marcador, um farelo de pão do tipo siga-me, como o garfo torto na máquina de venda automática ou a guimba de American Spirit, mas como uma espécie de presente.

Ou ela fez assim só por diversão, porque vários aspectos de minha personalidade a faziam rir, e isso também, a essa altura, é uma espécie de presente.

Ando pelo corredor da detenção até a salinha da detetive Irma Russel e abro o final de seu diário pesado com capa de couro, arranco 16 folhas e dobro com cuidado para formar um caderno, depois passo uma boa meia hora registrando tudo que Jean teve a dizer antes de puxar a tomada, apagar, escurecer. Como a garota chegou ao grupo; os nomes e idades aproximadas e aparências de seus companheiros e colegas de conspiração; como seu rosto ficou sombrio e desvairado à menção do nome Astronaut. Que ela percebeu que Nico tinha ido embora, correu atrás dela...

Quando termino de escrever, quando escrevi até dar com o muro do fim da história, volto pelo corredor ao Despacho, assim posso me sentar ao lado de Nico. Ela riria de mim por tudo isso. Diria para eu relaxar, voltar e pegar umas cervejas com os caipiras, comer mais frango.

Aperto o botão de ligar do Rádio Comando e a sala se enche de oração: um coro gospel cantando sobre a terra prometida em camadas exuberantes de harmonia, transmitida a Deus e ao mundo numa faixa de 600 MHz. Imagino uma igreja em algum lugar, as portas bloqueadas, cortinas com blecaute nas janelas, uma congregação faminta e feliz cantando sem parar até chegar o dia. Até a terra prometida. Aperto SCAN e encontro alguém alegando ser o presidente dos Estados Unidos da América, anunciando com orgulho que a coisa toda não passou de um teste da resistência do povo dos EUA e — a boa notícia — fomos aprovados no teste. Agora está tudo bem, pessoal. Está tudo ótimo.

Mudo de estação. Mudo novamente. Vozes vacilantes, explosões de estática, *"NÃO BEBA A ÁGUA DA BACIA DO RIO MUSKINGUM"*, depois um adolescente bêbado e extasiado:

"Não sei onde vocês estão, seus filhosdaputa, mas nós, os filhosdaputa todos daqui, estamos na loja Verizon do Crestview Hills Mall em Crestview Hills, no Kentucky, caralho! Se alguém estiver procurando uma balada, pega a porra da I-75..."

É tolice ficar ouvindo estranhos. Eu devia poupar a bateria; devia poupar meu tempo. Aperto mais uma vez o botão SCAN, a última, encontro uma voz baixa e urgente e tenho de me aproximar do alto-falante para ouvir.

"Repito, estou em meu carro, dirigindo para o sul na rodovia 40, se você pegar isto e ainda me ama, estarei em Norman lá pelas cinco amanhã, amanhã... Repito, estou no carro, na estrada, e eu te amo. Eu, hum..."

A voz se cala, a torrente do vento na estrada. Espero um momento, prendendo a respiração, depois desligo, justo quando a britadeira enfim recomeça, firme e certa na extremidade do corredor onde está Cortez. Ele a consertou. Ele conseguiu.

Ainda é difícil entender, é duro de acreditar que foi nisto que o mundo se transformou. Que isto, de todos os mundos e épocas possíveis em que eu podia ter nascido, podia ter sido um policial, que este é o mundo e a época que arrumei.

— A gente se lascou, Nic. — Volto a minha irmã, olho mais uma vez seu rosto, a carne brutalmente atacada do pescoço. — A gente se lascou.

Começo a puxar a lona que cobre sua cabeça, mas paro, só seguro ali como um lençol. É o ferimento. É o pescoço. Talvez eu não tenha olhado com muita atenção na mata, talvez estivesse distraído, ou só agora tive a experiência de me sentar e olhar Jean por meia hora, observando-a falar, olhando seu pescoço. Lá fora, na mata, à primeira vista, ficou claro para mim que os dois ferimentos eram iguais: duas garotas, garganta cortada, vítima um e vítima dois, ferimento um e ferimento dois.

Mas não é assim. A lesão de Nico é pior — muito pior. O que naturalmente faz sentido, porque ela morreu e Jean não. Curvo-me para perto, acompanho a linha do ataque com a ponta do dedo. Olhando mais atentamente, vejo que não é um corte, é uma massa de cortes, um aglomerado de lacerações sobrepostas, formando um V rudimentar abaixo do queixo da vítima, apontando para baixo. Com a outra ferida havia sangue, havia o rosado em carne viva do músculo exposto, mas aqui e agora, nesta segunda vítima, a lesão fica mais funda do que isso — abaixo de todo o sangue da jugular e as camadas retalhadas da garganta está a cor de concha do osso, o tubo bege da traqueia. A profundidade do ferimento e sua desordem sugerem que ela estava lutando, mexendo-se o tempo todo, tentando se defender, livrar-se do que acontecia.

Fecho os olhos para me lembrar do ferimento de Jean, aquele que fiquei olhando fixamente enquanto ela contava sua história aos tropeços, um corte menos desordenado — um único talho, sugerindo pouca luta ou nenhuma, ao contrário dos hematomas e lacerações no seu rosto.

Aí — então — levanto-me, ando num círculo estreito — então ela revidou, Jean luta, mas é capturada e subjugada. Digamos um comprimido ou mais, digamos que o agressor empurra algo para dentro de sua boca, tapa o nariz com as mãos e a obriga a engolir.

Não — pare —, eu paro, bato a mão na parede, raciocine mais rápido, Palace, pense melhor. Estamos em um cenário acelerado, a vítima dois — Nico — já está correndo para a mata, eu sou o assassino e preciso alcançá-la, não posso deixar que ela vá. Bato nela com alguma coisa. Derrubo-a. Jean está no chão — inconsciente? —, pego-a com um único corte rápido e tranquilo no pescoço, depois estou correndo atrás da vítima dois, atrás de Nico Palace, apressado e sem fôlego em seu encalço pela mata.

Mas eu examinei o corpo de Jean enquanto ela dormia, quando ainda era Lily, examinei seu couro cabeludo procurando trauma por instrumento rombudo, tenho certeza disso.

Mas ela, ela estava *parada*. Comprimidos, ou uma injeção, ou o golpe de um martelo do lado da cabeça, ela não estava se mexendo quando foi cortada, e Nico sim.

Descubro que estou arquejando, andando de um lado a outro, apavorado. É lá fora, lá em cima, o coração negro do céu, aproximando-se rapidamente.

Concentre-se, Palace, não consigo, mas preciso. Continue.

O assassino alcança a pobre Nico na segunda clareira, cai por cima dela, prende-a no chão, e ela está apavorada, consciente, ela se contorce, ele a agarra por trás e corta seu pescoço até que se abra.

Estou tremendo, como se estivesse lá, como se estivesse na cena, como se cortasse ou fosse cortado.

Tem mais uma coisa também. Viro-me, afasto-me da janela, olho para ela mais uma vez, enxugando as lágrimas, sentindo a mão da faca se fechando e abrindo. Tem mais uma coisa.

Entre a desordem e o sangue coagulado do ferimento, há algo — eu me abaixo —, curvo-me para a frente, pego minha trena e resmungo minhas desculpas a Nico, depois de tudo que ela sofreu, murmuro um "puxa vida", depois "puta merda", puxo para trás pequenas partes da pele lacerada, um décimo de centímetro de cada vez, e continuo descobrindo — cortes menores dentro dos maiores, linhas pequenas como pernas de inseto. Passo a lente de aumento pelo pescoço e confirmo que esses cortes menores têm intervalos regulares, espaçados em incrementos de meio centímetro pela linha do ferimento.

Incisões paralelas e superficiais na margem superior e inferior da pele do ferimento. A Dra. Fenton diria que não existe certeza de nada, que a certeza é para crianças e mágicos, mas estas incisões superficiais e paralelas nas margens superior e inferior da pele do ferimento indicam fortemente que a arma usada foi uma lâmina de serra.

Saio de rompante da sala de despacho, ando apressado pelo corredor, de mãos estendidas para os lados como um animal de asas estendidas, voando pelo corredor até a cozinha a fim de confirmar minha lembrança instantânea das facas no suporte atrás da pia. Faca de carne; faca de descascar; cutelo. Sem serra.

De volta ao Despacho, faço um relatório a Nico, explico sobre seu ferimento, as incisões superficiais e paralelas e o que significam. Lembro a ela, além disso, que a única lâmina serreada de que tenho conhecimento, no contexto desta investigação, é a faca de serra notada por Atlee Miller, pendurada no cinto do Astronaut.

— Policial.

— Sim.

— Você está bem?

Cortez. Expressão hesitante, olhos estreitos. Olhando-me como se eu não estivesse nada bem.

Dou um pigarro.

— Estou ótimo. Abriu?

— Você não me parece nada bem.

— Eu estou. Vai nos colocar lá embaixo?

Ele não responde. Está olhando a lona.

— Palace — diz ele. — É ela?

— É. É ela.

Conto tudo a ele rapidamente, só um esboço.

— A garota adormecida, cujo nome é Jean Wong, originária de Lansing, Michigan... Sua lembrança do incidente em questão é muito desigual, essencialmente vazia, mas ela conseguiu me levar diretamente ao campo na mata onde localizei o corpo. Causa da morte, um ferimento profundo no pescoço com uma lâmina serreada. É isso... é isso que temos. Isso.

Paro abruptamente. Sei bem o que estou fazendo ao falar desse jeito, muito acelerado, na dicção nítida e ligeira de policial, estou estendendo palavras em volta de minha tristeza como um perímetro, como cordão de isolamento de cena do crime.

Cortez assente, solene, ajeita o rabo de cavalo. Espero que ele pergunte novamente se estou bem, assim posso lhe dizer que estou e podemos seguir em frente.

— A morte — diz ele, em vez disso. — É o pior dessa merda.

— Vai nos colocar lá embaixo?

— Vou. Consegui.

— Tá. Tudo bem, ótimo.

Ele recua pela sala de costas em vez de se virar, e, enquanto estou ali, vejo que por algum motivo peguei uma das facas, tenho comigo a faca de carne manchada de sangue da copa. Seguro firmemente o cabo em minha mão. Olho por um segundo, depois a coloco no cinto, por dentro, junto de minha coxa, como um caçador.

3.

Então o grupo vai para o subsolo, mas Nico foge, Jean corre atrás dela e o Astronaut corre atrás das duas, alcança-as, mata as duas, uma por uma.

Isto foi na última quarta-feira, em algum momento depois das quatro e meia da tarde, provavelmente mais perto das cinco. Eu, meu cachorro e meu valentão chegamos lá pelas três horas da madrugada de quinta. Horas. Uma margem de horas. Não consigo me esquecer disso. Não consigo.

É o Astronaut, ou é Jordan, e ele está usando a faca do Astronaut.

Ou é Tick, ou Valentine. Ou nenhuma das anteriores.

Em nove entre dez vezes, no andar habitual das coisas, uma pessoa é assassinada não por um estranho, mas por um amigo ou parente, marido ou esposa. Existem exceções — minha mãe foi uma delas —, e nada disso é o correr normal das coisas. Agora vivemos em um mundo de lobos, cidades azuis, cidades vermelhas, gente zanzando pela área rural em busca de segurança, amor ou emoções baratas. Nico e Jean podiam muito bem ter saído incólumes de sua sociedade de picaretas e acabar agredidas por algum monstro que rondava a paisagem, alguém que sempre quis cortar a garganta de duas mulheres e aproveitou a oportunidade antes que desaparecesse, rindo, na mata. Muita gente usa óculos escuros. Muita gente porta facas de serra.

— Pronto, policial?

— Sim — digo a Cortez. — Estou.

Estamos lado a lado, de mãos nos quadris, olhando a escada de metal que desce, como previmos, do meio da garagem da central de polícia. A abominável cunha de concreto que a escondia foi reduzida a uma pilha de entulho, que Cortez arrumou em uma lona ao lado do buraco resultante, uma pirâmide de pedras desiguais. Ele transpira como um louco do esforço que fez, a camiseta ensopada, o rabo de cavalo desgrenhado e colado de suor, descendo pelas costas. Espiando o escuro, lambendo os lábios.

— Tá legal — diz ele. — Tá legal, tá legal, tá legal. A gente desce ali, o primeiro desafio será passar pela porta blindada.

— Porta blindada?

— As pessoas que constroem bunkers fazem assim: instalam uma privada, um gerador e uma porta blindada. — Ele está colocando uma lanterna Rayovac de cabeça, apertando as tiras. — Além disso, é claro que fiquei aqui em cima com a britadeira por quase uma hora.

— E ninguém subiu.

— Porque eles não ouviram.

— Através da porta blindada.

— Estrelinha dourada para você, policial.

Ele me passa uma segunda lanterna de cabeça e coloco as tiras por minhas orelhas e o couro cabeludo, estremecendo quando o velcro do fecho roça o corte na testa.

— Só se pode perfurar uma porta blindada se você tiver uma bomba nuclear montada no ombro, mas com toda cer-

teza você pode arrombar as trancas. — Sua lanterna pisca.
— Bom. Eu posso.

Cortez fala acelerado, sorrindo como o diabo, os olhos faiscando de empolgação, pronto para agitar. Há uma nova intensidade no homem, uma emoção de ter quebrado o piso e uma agitação nervosa por descer — quase como se o caso fosse dele e eu é que o estivesse acompanhando para dar uma ajuda. Ele está louco para ver o que tem ali embaixo, o que virá depois. Sinto o que ele sente também, preciso saber, tenho de saber, e quando olho o escuro do poço da escada, para além da borda do halo de minha lanterna, vejo o rosto de Nico, de olhos fechados, a massa vermelha escura e brutalizada de seu pescoço.

Cortez desce primeiro, o calcanhar da bota pesada tinindo no primeiro degrau de metal; eu, um passo atrás. A escada de metal estreita estremece sob nossos calcanhares.

— Oi.

Uma voz tímida, de trás, de onde viemos. Jean está parada à porta que sai da garagem para o corredor. Cortez e eu paramos ao mesmo tempo e viramos a cabeça, nossas lanternas se cruzam no rosto pequeno e preocupado de Jean como holofotes em uma fuga de presídio.

— Vocês vão descer?

— Sim — digo. — Vamos.

— Você deve ser Jean — diz Cortez. — É um prazer conhecê-la.

Ela se remexe à porta, de um pé para outro, estremecendo, abraçando-se com força. Veste calça preta e uma camiseta vermelha que dei a ela da mochila abandonada de Nico, e por cima disso um de meus casacos extra, que pende nela como o hábito de um monge. Ela adeja por ali, indócil, como se quisesse ir embora, mas não conseguisse. Como se fosse um fantasma, capturado no canto obscuro da garagem, preso por sua maldição a determinado raio de movimento.

— Posso ir? — diz ela.
— Por quê?
— Eu só... quero ir.

Volto a subir, saio do buraco.

— Lembra de alguma coisa, Jean? Tem algo que possa nos contar?

— Não. — Ela balança a cabeça. — Não. Não tenho. — Ela cruza os braços, fareja o ar cinzento e denso da garagem. — Eu só quero ir.

— Bom — começo, mas Cortez fala ao mesmo tempo:

— Não. — Olho para ele, que meneia a cabeça. — De jeito nenhum. — Antes que eu consiga preparar um argumento, o que não tenho certeza de fazer, Cortez fala acelerado, cochichando suas objeções: — A, esta garota tem no máximo 50 quilos; B, ela está desarmada; e C, claramente ela não está em um grau saudável. Você me entende. Não precisamos dela.

— Ela esteve lá embaixo. Pode nos servir de guia.

— É um buraco no chão — diz Cortez. — Acho que vamos nos entender lá.

Olho para Jean, que olha para mim suplicante, balançando-se nos pés. Ela não quer ficar sozinha, é só isso. Está tão pálida, parada ali na luz fraca, que é praticamente transparente, como se eu pudesse virar a cara, olhar de novo e ela sumisse, escapulisse da existência.

— Escute, policial — diz Cortez, abandonando os sussurros, os olhos fixos na escada fina que descia. — Não vamos lá para jogar pingue-pongue na sala de recreação. Nada disso é uma festa surpresa que armei pra você.

Ele tem razão. Sei que ele tem razão.

— Jean — digo com brandura.

— Não, é... — Ela vira a cara. — Tudo bem. Tá legal.

— Voltaremos logo — digo a ela, o que provavelmente não é verdade e: — você vai ficar bem. — E é claro que isto também não é verdade.

— Não pode salvar todo mundo, meu garoto — diz Cortez, enquanto vejo Jean sair da garagem e talvez voltar à cela de detenção que de algum modo tornou-se seu lar, ou talvez ela corra para a mata, aproveite suas chances no mundo alquebrado até que ele acabe. Ou talvez esteja farta, talvez já tenha o bastante, e, quando voltarmos, nós a encontraremos aqui em cima, enforcada em um lençol, de olhos esbugalhados e lábios azuis como Peter Zell.

Descemos. Lá vamos nós.

Cortez desce primeiro e eu o sigo para o escuro.

Ele está assoviando, baixinho, "hi-ho, hi-ho", e eu acompanho seu assovio e o barulho dos saltos da bota nos degraus de metal, minha lanterna pegando visões semi-iluminadas de suas costas e da parte de trás dos sapatos, até que ele chega ao fundo, para e diz "Hum".

Não tem porta blindada. Saímos do último degrau para um piso de cimento; paredes de cimento; um corredor comprido de porão. É frio, dá para perceber, tranquilamente dez graus mais frio do que em cima; frio, escuro e inteiramente silencioso. Cheiro de pedra antiga, mofo e água estagnada, e por baixo disso um odor mais recente, uma acidez, como de algo queimando em algum lugar próximo. Olhamos o espaço vazio com os fachos sobrepostos de luz amarela das lanternas no escuro.

Não é nada. Simplesmente não é nada. Levo um ou dois segundos para identificar a sensação que sobe furtivamente para meus ossos enquanto estou parado ali, olhando aquele corredor vazio, silencioso e comprido. É decepcionante, isso é que é, uma decepção fria e baixa, porque parte de mim *imaginou*. A certa altura, sem querer, permiti que algumas bolhas fracas de esperança se formassem e subissem. Por causa de tudo — não só a droga do helicóptero, mas tudo isso: o alcance geográfico impressionante deste grupo, da Nova Inglaterra ao Meio-Oeste; a capacidade da internet, Jordan invadindo com indiferença um banco de dados do FBI com uma conexão discada enquanto o resto do mundo está em rápido retrocesso para a Idade da Pedra; aquelas misteriosas caixas pesadas que Atlee Miller viu sendo trazidas para cá na tarde de quarta-feira.

Uma parte idiota de mim esperava encontrar um zumbido de atividade. Um cientista picareta do governo de jaleco branco gritando ordens. Preparativos de última hora para o lançamento. Painéis bipando e telas tomadas de mapas, um mundo embaixo do mundo, zumbindo, preparando-se para a ação. Algo saído de James Bond, algo de *Guerra nas estrelas*. *Alguma coisa*.

Mas não há nada. Frio, escuro, um cheiro ruim, teias de aranha e terra. Embaixo da escada tem uma porta de madeira barata, aberta para uma sala mínima: caixas de fusíveis, esfregões, uma caldeira preta e bojuda, silenciosa e enferrujada.

Onde estão as *pessoas*? Onde estão meus amigos Sailor, Tick e Delighted, onde estão os brilhantes revolucionários, a vanguarda do futuro? Para onde as aranhas fugiram?

Cortez, por sua vez, não se deixou abalar. Vira-se para mim na luz estranha e oscilante das lanternas e seu sorriso animado e espectral ainda está ali. Seu rosto parece ter sido recortado e recomposto.

— Quem sabe? — diz ele, lendo meus pensamentos. — Talvez tenham saído para comprar leite.

Aos poucos, meus olhos se adaptam à escuridão. Olho de um lado a outro do corredor.

— Tudo bem — digo. — Como quer fazer isto?

— Vamos nos dividir.

— O quê?

Viro-me incisivamente para ele e nossas duas poças de luz se unem, e vejo que seus olhos estão arregalados e faíscam. Sem dúvida nenhuma está acontecendo alguma coisa com ele, eu vi no alto da escada, uma nova ansiedade ganhando vida em sua cabeça, assumindo o palco central.

— Eu vou por aqui — diz ele, como o xerife em um faroeste, aponta o polegar para o escuro e parte.

— Não. Espere. O quê? Cortez.

— É só gritar. Só fazer Marco Polo. Não se preocupe.

Não me preocupar?

— Cortez?

Isto é loucura. Vou atrás dele, mas ele é rápido, tragado pela escuridão circundante. Ele tem algum plano, segue alguma estrela que não consigo enxergar. Uma onda de pânico sobe de meu estômago, uma onda de medo, angústia profunda, antiga, da infância. Não quero ficar aqui embaixo sozinho.

— Cortez?

4.

Dou dois passos largos e cautelosos pelo piso cinza, as costas firmes contra o concreto áspero, minha luz subindo e descendo diante de mim como se eu fosse um peixe-pescador. Minha arma está na mão direita. Olhos investigando, tentando se ajustar. Passando por um limbo, pelo negativo de um fotógrafo, acendendo a luz. Algumas lâmpadas penduradas e nuas, sem função, no teto, em meio a um emaranhado de canos arriados e enferrujados. Um piso de pedra exposto, irregular, rachado em linhas compridas pela fundação. Teias de aranha e aranhas.

O layout do porão da central de polícia é muito parecido com o de cima, um longo corredor interrompido por portas. Há um número um pouco menor de portas ali embaixo, mais espaçadas. É como se este mundo daqui fosse a versão defunta do mundo de cima, a imagem especular e decadente do que está no alto. Como se o prédio tivesse morrido e sido sepultado ali, no subsolo.

Em algum lugar pelo corredor ouço o rangido de uma porta, um passo: o aço do salto da bota em concreto. Outro passo, depois um farfalhar baixo de risos.

Sussurro incisivamente:

— Cortez?

Nenhuma resposta. Foi ele? A porta range de novo, ou talvez seja uma porta diferente. Viro-me devagar, 360 graus, vejo meu semicírculo de luz oscilar pelo escuro, mas não o encontro. Do que ele estava rindo? Qual é a graça? Não sei se ele ainda está em algum lugar no corredor, na outra ponta dele, escondido na sombra, ou se escapuliu por uma das portas.

Há um arranhar, acima da minha cabeça, algo pequeno ali, garras mínimas raspando os interiores enferrujados dos canos. Paro por um bom tempo, em posição de sentido, ouvindo o camundongo, toupeira ou o que for, sentindo cada batimento do coração como um silvo de ar em um fole, sentindo uma onda de febre no rosto. Talvez seja resultado de ter emagrecido tanto — de estar tão cansado —, mas sinto, posso sentir, cada batida do coração, cada segundo passar.

No total, estou contando apenas três portas, reunidas no final do corredor. Duas a minha frente, à esquerda, uma pouco mais a minha direita. Balanço a cabeça, aperto as pálpebras com os dedos. Três portas, três salas. Portas e salas. Só o que preciso fazer aqui é o que fiz lá em cima, seguir a linha, investigar cada sala, liberar cada uma, eliminá-las, uma de cada vez.

Elas têm até placa. A porta bem a meu lado à direita diz DEPÓSITO GERAL em caracteres grandes pintados em spray vermelho berrante. Do outro lado do corredor, a mais próxima das duas portas diz DAMAS, a mesma tinta, a mesma cor. A porta seguinte deve dizer CAVALHEIROS, mas em vez disso não tem palavra nenhuma, só um retrato pichado da genitália masculina em tinta azul viva. Imaturo; sem encanto nenhum; no contexto, bizarro. Suponho que esta pequena obra-prima seja o motivo do riso de Cortez, mas não parece ter sido esta sala em que ele escolheu entrar — é a porta com a placa DEPÓSITO GERAL que está entreaberta.

Espio por ela e digo "Marco", ele não responde, e por um segundo o vejo nitidamente em minha cabeça, Cortez ali dentro, apanhado de surpresa, a garganta cortada, o sangue vermelho se derramando, contorcendo-se no chão, o sangue brotando do ferimento horrível.

— Polo — diz ele, indistinto e distante. Solto o ar. Balanço a cabeça. Onde estão as pessoas? Talvez uma dessas portas leve a outro corredor, outra saída; outra escada, descendo ainda mais. Talvez elas tenham descido aqui e desaparecido, dissolvidas em manchas de poeira ou sombras.

A porta com a placa DAMAS está trancada. Sacudo a maçaneta. Quartos? Beliches femininos? Pressiono a porta com as mãos abertas, descubro que é frágil, só pinho ou compensado. Eminentemente quebrável, pedindo para ser derrubada. Respiro fundo e me preparo para dar um chute na porta, e enquanto estou suspenso ali, entre a intenção e a ação, outra lembrança me atropela: minha mãe, dois anos antes de ser assassinada, disse-me uma coisa linda, que a vida era uma casa que Deus tinha construído para você, e Ele sabia o que havia em cada cômodo, mas você não — e atrás de cada porta havia uma descoberta a ser feita, alguns cômodos estavam repletos de tesouros, outros tinham lixo, mas todos os cômodos eram o desígnio de Deus —, a essa altura, tantos anos depois, tenho de me perguntar se não é mais exato dizer que a vida é uma série de alçapões e você cai por eles, um por um, tombando e descendo cada vez mais, de um buraco ao seguinte.

Levo a arma à altura do peito, como um policial de verdade das antigas, e meto o pé na porta com a placa DAMAS. Ela se abre voando e bate na parede, ricocheteia em meu ombro e bate na parede pela segunda vez, e minha luz cai numa sala cheia de cadáveres.

* * *

Leva tempo. Para apreender todo o quadro, leva algum tempo. Ao investigar uma sala escura como breu com uma lanterna de cabeça, o que você tem é uma imagem em mosaico, como peças de um quebra-cabeça retiradas uma por uma da caixa. Você vira a cabeça e de súbito a luz toma o rosto de um homem, de barba imunda, feições frouxas, olhos fixos à frente. Vira a cabeça de novo, a luz se desloca e é um braço num vestido, as mangas arregaçadas, dedos enroscados, a centímetros do copo plástico dos Flintstones que rolou da mão.

Minha luz se move pela sala, vendo uma coisa de cada vez.

No meio do ambiente há uma mesa de carteado pequena e quadrada com xícaras e pires. Tem cadáveres sentados a sua volta, como que para o chá. Um homem de cara comprida e feia e cabelo à escovinha, a cabeça para trás e para o lado, como se tivesse adormecido no ônibus urbano. Uma de suas mãos pende à direita, a outra está na mesa, dedos entrelaçados com os dedos da mulher ao lado. Este é Tick, então, e a garota cuja mão ele segura é Valentine — afro-americana, pele muito escura, braços longos. Ela caiu para a frente e seu rosto está achatado no tampo da mesa, escorre um filete de fluido do canto da boca, como uma teia de aranha.

Há outras duas pessoas à mesa. Todas têm uma xícara. Chá para quatro.

Na frente de Tick está Delighted, um jovem bonito, bem-proporcionado, arriado para trás, a cabeça tombada. Com a capa mencionada por Jean. Agacho-me debaixo da mesa e encontro os tênis azuis berrantes, sua marca registrada. Ao lado de Delighted está uma garota de rosto largo e redondo, cabelo cacheado — talvez seja Sailor, antes Alice —, seu corpo um pouco afastado de Delighted, como se aborrecida com ele ou constrangida por algo que ele disse.

Lanço minha luz na xícara de Sailor: parece chá, parece de verdade. Cheiro, mas não pego aroma nenhum. Não toco em nada. É uma cena de crime.

Vou para o meio da sala, longe do perímetro, e encontro outros corpos — muitos outros. Mas estou mandando bem, estou indo bem. Lanço a luz de minha lanterna em cada par de olhos como um optometrista, examinando cada par de pupilas dilatadas.

Levanto pulsos, tomo pulsações, escuto os peitos. Não há sinal de vida em ninguém. Estou em um museu de cera.

Perto da porta tem um homem sentado, queixo com barba pousando no peito de barril. Little Man. Lembra? É engraçado porque ele é muito alto. Ha-ha. Outro corpo, um homem do qual não houve descrição, sem camisa, de constituição musculosa e uma cicatriz na face, cabelo louro de surfista. Ao lado, projetando-se debaixo da mesa, estão dois pés femininos descalços, cruzados recatadamente, tornozelo fino sobre tornozelo fino. Por algum motivo, acho que mais provavelmente é Sailor do que a garota à mesa, ou talvez seja alguém inteiramente diferente, talvez seja uma das quatro garotas — quatro, se estiver fazendo a conta certa, quatro das oito meninas e seis homens estimados por Atlee Miller —, cujos codinomes jamais consegui. Quem quer que ela seja, bebeu o dela de uma garrafa térmica, a garrafa está virada em seu colo sem a tampa, lanço a luz ali e pego o vislumbre das últimas gotas do líquido escuro.

Volto à mesa. A mulher meio afastada de Delighted, eu já vi seu rosto. Eu a conheci. Amiga de Nico. Ela pilotava o helicóptero.

Olho para ele de novo, o veneno, lanço a luz nas xícaras, copos e garrafas térmicas, confirmando que todos beberam o mesmo preparado, seja qual for. Jamais saberei o que é. Agora já passamos disso tudo. *Mandem para o laboratório, rapazes!* Era algo ruim. Todos eles beberam e morreram.

Tem até um bilhete. Na parede, caracteres pretos e verdes deixados no concreto: CHEGA DESSA MERDA.

Há outros corpos. Uma mulher enroscada por ali como um gato adormecido, um louro de trancinhas a seu lado, braços e pernas esparramados e tortos. A mulher, no início da meia-idade, braços cruzados, pernas cruzadas, encostada na parede como se fizesse ioga. O estranho é que ainda espero encontrar Nico nesta sala cheia de suicidas, embora eu já *tenha encontrado* minha irmã, achei-a na mata, ela já está morta.

O último corpo está prostrado no chão, no canto do fundo, de cara para baixo. Um homem, uma geração mais velho do que os outros. Cabelo preto e basto. Olhos castanho-escuros. Óculos, uma lente rachada, onde a cara bateu no concreto, quando ele escorregou da cadeira dobrável. Inclino-me e lanço a luz bem em seus olhos. O Astronaut. Boca aberta, língua para fora, olhos arregalados, fitando a porta.

Abaixo para ver o famoso cinto, mas não está ali, então me agacho e engatinho por um minuto, tentando encontrá-lo, e minha mão desce na carne fria da mão dele, do Astronaut, levanto-me num átimo e corro para a porta, porque esta é uma cena de crime, pelo amor de Deus, tropeço no pé esticado de Sailor, ou no pé sei lá de quem, e chego ao corredor bem a tempo de me curvar e vomitar no chão. Nada em meu estômago: uma série escura de bile cor de café, formando uma poça a meus pés na luz da lanterna.

Endireito as costas, passo a manga da camisa pelo rosto e tento pensar em tudo isso. Os mortos naquela sala são seis mulheres — Valentine, Sailor e mais quatro — e cinco homens: Tick, Astronaut, Little Man, Delighted e o estranho com cabelo de surfista.

Era disso que Nico fugia. Foi este o plano alternativo que provocou a onda de repulsa atávica que estremeceu a cara de Jean.

O suicídio em massa eu entendo, o suicídio em grupo tem feito parte da paisagem desde o início disto, desde que o $2011GV_1$ se fez conhecer. Peregrinos espirituais. Buscadores desesperados. Mais recentemente, só boatos: cinquenta mil pessoas, todas morrendo juntas em Citi Field. Uma tribo peruana enterrando-se até o pescoço no deserto, seu sofrimento pretendendo ser um sacrifício ao deus novo e temível que cruzava o céu. Histórias que talvez não sejam verídicas, que a gente espera que não sejam verídicas. Supostamente houve um grupo que se afogou em uma represa nos arredores de Dallas, seus corpos subindo à tona por semanas, apressando o fim do abastecimento de água no nordeste do Texas. Supostamente existem barcos de festa de "Última Chamada" operando direto em Nova Orleans, indo para o lago Pontchartrain com champanhe, caviar e dinamite suficiente para abrir um buraco no casco depois que todos a bordo estiverem bem, bêbados e prontos para partir.

E aqui, então, no porão da Central de Polícia de Rotary, isto aqui não é nada. O plano de salvar o mundo foi cancelado, e *este* era o plano alternativo, uma espécie de loucura transmutando-se em outra. Ninguém se acomodou para aguentar nada — é tim-tim!, chega dessa merda, é todo mundo morto no mesmo túmulo subterrâneo. A não ser por Nico Palace — estou parado no escuro, ainda esperando que meu estômago se acalme, olhando o vazio, a silhueta em preto sobre preto da porta do outro lado do corredor, pensando em minha irmã —, Nico Palace disse não, obrigada. Nico disse *discordo*, a situação não é o que é. Nico que, bêbada aos 14 anos, me informou que nosso pai foi um covarde por se enforcar de tristeza por mamãe, "um covarde de merda", declina de fazer um brinde e tragar uma garrafa térmica cheia da morte. Ela rejeita o plano B e sai com sua mochila repleta de guloseimas em seu último lance do jogo para concluir a missão e salvar o mundo.

E Jean vai atrás para impedi-la, para convencê-la a aceitar a saída fácil, a saída rápida. *Por que você quer ir embora por nada*, ela lhe diz, *por que quer ir embora por nada e ficar sozinha, quando podemos ficar todos juntos?* Ela está dizendo tudo isso quando outra pessoa sai da toca subterrânea, irrompe do chão como a mão da sepultura no final de um filme de terror, alguém segue as duas e as alcança. Supõe que as duas estão fugindo do plano e insiste que participem.

Alguém. É o Astronaut, se o Astronaut teve tempo. Sei que ele esteve falando com Nico no corredor às quatro e meia, quando a mudança para baixo ainda não estava perto de sua conclusão. Benefício da dúvida, movimento rápido depois disso, e são 4:45 antes que tudo esteja lá embaixo. Assim, significa que o Astronaut está subindo a escada às pressas, perseguindo Nico e Jean, procurando-as e matando em sequência, depois correndo de volta para *descer* a escada antes que o buraco seja lacrado às cinco e meia.

Olho por sobre o ombro a sala cheia dos mortos. Vou entrar lá novamente. Eu vou. Em um segundo, entrarei. Se a hipótese do Astronaut não bater pela questão da cronologia, isto quer dizer que outra pessoa agora morta naquela sala também está eliminada e resta o sexto homem. Foram oito mulheres e seis homens que desceram aqui, e oito mulheres menos Nico e Jean dá seis cadáveres de mulheres na sala das damas, mas seis homens menos *quem* equivale a cinco mortos?

A resposta seria Jordan? Ele não está na sala — Jordan não morreu do veneno —, onde está Jordan?

Mas a outra pergunta, na verdade a principal, a pergunta que assoma como uma nuvem de tempestade sobre todas as outras, é por quê — *por quê* — que sentido fez, quem quer que fosse o assassino, por quê? A que propósito serviu este último encontro para ela morrer desse jeito, lá fora, num campo, sangrando e ofegante, que possível necessidade pode ter atendido encontrar aquelas que escaparam do círculo suicida, trazê-las de volta e obrigá-las a morrer? A indagação *por que* um sino grave soando em meu cérebro enquanto estou parado ali de costas para a porta, tentando me obrigar a voltar e obter mais provas.

Posso levantar as digitais dos mortos com pólvora e fita adesiva. Depois, se conseguir encontrar a faca, posso levantar digitais dela também, ou provas de que o Astronaut foi a última pessoa a segurá-la, ou excluí-lo.

Estou perto desta coisa, quase consegui, os fatos se amontoam a minha volta e só precisam ser classificados, peneirados, considerados, reunidos. Estrelas em um céu distante, entrando e saindo de foco, quase em uma constelação, mas não tanto com sua forma.

— Henry!

A voz de Cortez, áspera, animada. Ele encontrou mais corpos. Deve estar na outra sala, aquela com a pichação anatômica. Ele encontrou alguma coisa.

— Não toque em nada! — grito, tateando a parede em busca das portas. — É uma cena de crime.

— Uma cena de crime? Meu Deus, Henry, vem cá e rápido.

Sua voz vem da terceira sala, aquela com a placa de DEPÓSITO GERAL. Ando pelo corredor, seguindo minha luz, e vejo sua cabeça aparecendo pela porta aberta.

— Entre aqui! — grita ele. — Ah, policial. Você precisa ver isso.

5.

Cortez está no meio da sala, cercado de engradados empilhados até o teto, esfregando as mãos.

— Tá legal, cara — diz ele. Maníaco. Animado. — Tá legal, tá legal, tá legal.

— Cortez?

— Sim, sim, sim.

Passo a lanterna por ele e em volta dele, e encontro os mesmos contornos opacos do resto do porão: paredes cinza e empoeiradas, piso de concreto com rachaduras. Os engradados são cercados por pilhas de lixo desorganizado: caixas de papelão com as laterais arriadas; uma caixa de plástico azul cheia de lanternas de acampamento e fósforos de cozinha. No fundo, uma arara de roupas: casacos acolchoados, ceroulas e gorros. Dois arquivos de aço baixos, um por cima do outro como robôs desativados.

E Cortez no meio disso tudo, o pé em uma das caixas como um conquistador, o rosto uma máscara de alegria, olhos arregalados e cheios de promessa. Aponto a luz para ele e Cortez parece cintilar, toda aquela intensidade malcontida que sentia antes não está mais reprimida, irradia dele em ondas.

— E aí? — diz ele.

Estou impaciente, confuso. Quero voltar aos meus corpos, voltar ao trabalho.

— Cortez, o que é?

— O que é, o que é? O que você acha?

— Sobre o quê?

— Sobre *tudo*.

— Tudo *o quê*?

Ele ri.

— Tudo, *tudo*!

De uma hora para outra somos Abbott e Costelo ali embaixo, no escuro. Minha mente está em outro lugar. Onde está aquela arma? A abominável faca de serra. Com um estremecimento de pavor, ocorre-me que não a encontrei em nenhum lugar naquele chão no escuro, porque o assassino pode ter largado na mata. Mas por quê, sempre por quê — por que jogar fora uma faca quando você está prestes a se matar — por que esconder provas em uma floresta que está prestes a arder até virar cinzas? Minha mente gira de fatos e suposições, mas Cortez me agarra pelo braço e me arrasta para uma das caixas. Ele se vira, abaixa-se, abre a tampa e ela bate no chão, ele recua teatralmente.

Miro a lanterna para dentro da caixa: está cheia de macarrão com queijo. Dezenas de caixas. Uma marca genérica, nem mesmo é uma marca, apenas as caixas de papelão com o rótulo MACARRÃO COM QUEIJO.

Cortez espera atrás de mim, de respiração pesada, passando as mãos no cabelo. Pego algumas caixas, jogo de lado, perguntando-me se estão por baixo do macarrão com queijo — as barras de ouro, as armas, os blocos de urânio refinado, o que devia estar me impressionando neste momento. Mas não, é uma caixa cheia de massa, caixas laranja de massa crua, pelo que posso desencavar.

— Cortez... — digo, e ele agita os braços e grita:

— Espera! — Como um vendedor de televisão. — Espera, tem mais!

Ele tira a tampa de outras caixas, arranca como tampas de caixão, mas só tem mais do mesmo, mais nada — mais macarrão com queijo, depois uma caixa cheia de molho de espaguete, quarenta megavidros tamanho atacado de marinara granuloso. Ravióli recheado, molho de maçã, bolinhos embrulhados em papel de alumínio... É tudo nada, caixas cheias de nada, só que mais parece uma paródia de nada. Parece uma brincadeira que você faz com alguém que queria se preparar para o fim do mundo. "Bom", você diria, sorrindo por trás da mão, "bom, você vai precisar de macarrão!"

Mas Cortez não está rindo. Olha de mim para as caixas como se esperasse que eu me jogasse no chão e gritasse aleluia.

— Achamos — diz ele enfim, o sorriso se alargando, os olhos praticamente um cata-vento.

— Achamos o quê?

— Um esconderijo. Um bando. Achamos *coisas*, policial. Armas também: tasers, capacetes e walkie-talkies. *Coisas*. Isto aqui — diz ele, virando-se para dar um chute em outra caixa — está cheio de telefones por satélite. Todos carregados. Eu sabia que aquela gente tinha coisas aqui embaixo.

Olho fixamente para ele, aturdido. Esta é sua própria mania, a psicose do asteroide sem diagnóstico característica de Cortez. Tasers? Capacetes? Como se pudéssemos ficar no subterrâneo com nossos capacetes na cabeça e resistir ao colapso da civilização como a uma tempestade. Com quem ele acha que vai falar nos telefones por satélite? Mas ele continua, arrancando a tampa de uma caixa de água mineral e gritando "Tan-tan!" como se tivesse descoberto o rei Tutancâmon.

— Garrafões de 20 litros — diz ele, pegando um pela alça de plástico fina. — Tem 24 nesta caixa e cinco das caixas até agora só contêm água, só até agora. O ideal é que uma pessoa beba dez litros por dia, mas na realidade são cinco, só para *viver*. — Seus olhos refletindo a luz da lanterna zunem e bruxuleiam como um computador mastigando os números. — Vamos deixar em três litros.

— Cortez.

Ele não está escutando. Ele sumiu — foi para onde está, pulou a grade.

— Agora, se fôssemos esses panacas, se nós fôssemos 14... Você disse que são 14?

— Eram — digo. — Estão mortos.

— Eu sei — diz ele com indiferença, voltando a seus cálculos —, se existem 14 pessoas, isso dá talvez um mês. Mas para nós dois, Magricela, só para nós dois...

— Como sabe que eles estão mortos?

— Peraí, peraí — diz ele, arrastando da parede uma caixa de papelão e vasculhando, tão empolgado que quase cai dentro dela. — Olha, tabletes para filtrar a água, pelo menos uns 150, então, mesmo que os garrafões acabem, podemos sair daqui, pegar naquele riacho, lembra do riacho?

Lembro. Lembro-me de espirrar sua água, seguindo Jean, desesperado para chegar aonde ela me levava, ainda sem saber, mas de certo modo sabendo que corríamos para encontrar o corpo de Nico. Estou encarando Cortez, minha confusão mistura-se com a raiva, porque não me importa quantas garrafas de água tem aqui embaixo — não ligo para as outras coisas também, todas as pilhas de caixas e sacos de lixo preto recheados.

— Sei o que você está pensando — diz ele de repente, parando seu movimento frenético para dar um passo largo para mim e lançar a luz da lanterna de cabeça nos meus olhos. — Eu te conheço. Você não consegue enxergar porque não sabe como olhar, mas eu olho esta sala e vejo uma sala cheia de dias. Dias de vida. E não sei como vai ser lá fora depois, mas se os dias forem investidos com sensatez podem se transformar em meses e os meses em anos.

— Cortez, espere. — Tento focalizar, bloqueando sua luz com a mão. — Como você sabe que eles estão mortos?

— Quem?

— Os... As pessoas, Cortez, os...

— Ah, tá, tá. Encontrei um naquela sala com o caralho e as bolas. Em uma poltrona reclinável, segurando um copo de alguma coisa. Arriado com os pés pra cima e os olhos fora de órbita. — Ele faz uma pantomima rápida da vítima, envesgando e botando a língua pra fora.

— Espere...

— E, quando ouvi você botar as tripas pra fora no corredor, imaginei que tinha encontrado o resto.

— Cortez, espere... O homem que você encontrou...

— Abridor de lata! — diz ele, metendo a mão em um saco e retirando. Sua voz fica cada vez mais alta, zumbe e pula.

"O Grande Prêmio! Só do que você precisa, meu amigo policial, em nossos tempos modernos e difíceis, é de um bom abridor de latas." Ele o joga para mim e, sem pensar, abro as mãos para apanhá-lo. "Foi para isso que descemos."

— Não. — Procuro seus olhos no escuro, agora desesperado para fazê-lo se acalmar, para que ele me escute. — Descemos para encontrar minha irmã.

— Ela morreu. Não?

— Sim, mas ela estava... ela está... Não acabamos. Quer dizer, estamos aqui para ajudá-la.

— *Você* está.

Deixo cair o abridor de latas.

— O quê?

— Ah, policial. Pobre neném.

Cortez — o meu valentão — risca um fósforo e acende um cigarro no escuro.

— Eu sabia que não ia passar o além com um bando de policiais na mata de Massachusetts, não senhor, este não seria um ambiente agradável para um homem como eu quando a coisa fica preta. Mas eu sabia que havia um lugar assim no fim de nosso arco-íris. Assim que você disse que sua irmã o resgatou em um helicóptero, eu disse: cara, esse pessoal tá carregadão. Está em um lugar seguro em algum lugar, cheio de coisas. Cheio de *dias*. Está aqui embaixo, não é tão bom como eu esperava, mas não é ruim para o fim dos tempos. Não é nada ruim para o fim dos tempos.

Ele ri como quem diz: o que se pode fazer? E estende as palmas como se revelasse a si mesmo, Cortez, o ladrão, como se ele sempre fosse a pessoa que eu sempre soube que existia, mas jamais quis ver. Estou surpreso, mas por que estou surpreso? A certa altura, concluí que ele ia fazer da minha estrada a estrada dele, entregando-me os últimos dois meses de existência pré-impacto, porque eu estava em minha busca ridícula de herói e exigia um auxiliar capaz e ágil — cheguei a essa conclusão sem pensar muito e deixei a questão de lado. Mas todo mundo faz alguma coisa por um motivo. Esta é a lição número um do trabalho policial; a lição número um da vida.

É de pensar que agora eu teria deduzido isso, que a aparência de uma pessoa é só uma armadilha esperando para ser disparada.

— Eu lamento por sua irmã — diz ele e fala com sinceridade, eu sei, mas depois ele continua: — Mas, Henry, o mundo está prestes a morrer. Esta é a única parte de tudo que não é um mistério. Nós resolvemos. O asteroide resolveu. E esse pessoal aqui decidiu pular a parte que vem depois, então a gente toca pra frente. Estamos assumindo o aluguel.

Essa conversa está me matando. Preciso sair dali. Preciso voltar aos corpos, tenho de ver aquela outra vítima, tenho de voltar a trabalhar.

— Cortez, o outro homem que você viu, como ele era?

Ele avança um passo, o cigarro pendurado, mas não responde.

— Cortez? Como ele era?

Ele me pega pela camisa e me joga com força na parede de concreto.

— Vou te dizer o que vai acontecer. Vamos nos trancar nesta sala.

— Não. Não, Cortez, não podemos fazer isso.

Ele está sussurrando comigo, quase amoroso.

— Vamos nos lacrar aqui dentro e não vamos estourar a rolha por seis meses. Depois disso sairemos para pegar água se e quando tivermos necessariamente de fazer, mas, caso contrário, vamos relaxar em nosso novo paraíso até que o molho de espaguete fique seco.

— Não vamos sobreviver ao impacto.

— Podemos.

— Não vamos.

— Alguém vai.

— Mas eu não... não quero fazer isso. Não posso.

Este é um caso solúvel. É um caso que pode ser fechado. Eu tenho de fechar.

— Sim, você pode. É uma sala cheia de dias, Henry. Divida os dias comigo. Você quer os dias ou não?

— Cortez, por favor — digo —, tem aqueles corpos, e posso pegar digitais com fita adesiva e pólvora. — E a expressão dele se abranda, cai na tristeza, e vejo no último segundo que ele tem um dos tasers, havia colocado um no bolso de trás, e ele lança o braço na minha direção e o beijo quente da arma me atinge, eu tenho um solavanco, um choque e caio no chão.

PARTE SEIS

Plano B

Terça-feira, 2 de outubro

Ascensão reta 16 47 47,9
Declinação -75 18 19
Elongação 80,4
Delta 0,034 UA

1.

"NÃO BEBA A ÁGUA DA BACIA DO RIO MUSKINGUM."
Ah...
"NÃO BEBA A ÁGUA DA BACIA DO RIO MUSKINGUM."
Ah, não...
"NÃO BEBA A ÁGUA DA BACIA DO RIO MUSKINGUM."
Ah, meu Deus, ah, não.
Cortez, por favor, não faça isso. Por favor, que não tenha feito isso. Eu sei muito — mas não o bastante. Quase consegui, mas ainda não cheguei lá.
Mas ele fez, ele fez, está feito. Estou na detenção, do lado dos bandidos, atrás das grades, no colchão fino de Lily. O console robusto do Rádio Comando da Central de Polícia de Rotary está a pouca distância, cantarolando seu alerta interminável sobre o Muskingum e sua bacia idiota e tóxica. Cortez deve ter feito isso enquanto eu ainda estava entrando e saindo da consciência, a cabeça ainda zumbindo, arrastou, por consideração a mim, o Rádio Comando pelo corredor e me deixou comida também, uma pilha daquela ração militar, junto com quatro garrafões de água. Posso vê-los quando viro a cabeça, minha pilha arrumada de refrigério, encostada na parede de trás da cela.
Curvo-me para a frente na cama fina e rolo de bruços, coloco-me de quatro. Vai ficar tudo bem. É sem dúvida um

revés, sim, não há dúvida, mas deve haver uma solução, deve haver uma saída, deve haver, vou encontrá-la e vai ficar tudo bem.

O rádio guincha e silva. "*NÃO BEBA A ÁGUA DA BACIA DO RIO MUSKINGUM.*" O resto da gravação, a parte sobre os portos seguros, as estações de primeiros socorros, os locais para deixar e buscar e os Buckeyes ajudando Buckeyes foram editados da transmissão. Agora é só o aviso sobre a água, sem parar até o infinito.

Há luz do sol na sala, o que significa que é dia. O Casio diz 12:45, então é de tarde, mas de que dia?

Cravo a ponta dos dedos nos olhos e cerro os dentes. Não sei se já fiquei realmente inconsciente, mas acho que não. Pode ser que sim. Vivi o choque e a dor do taser, meio ampere como um raio em minha barriga, depois meus braços e pernas travaram e se sacudiram, eu estava no chão, e meu agressor, meu amigo, ele enrolou meu corpo em uma lona, eu entrava e saía da consciência, meu cérebro temporariamente uma carne moída. Talvez eu tenha lutado, talvez até tenha tentado apresentar algum protesto aos grunhidos — mas a certa altura a luta ficou impossível e senti que ele me arrastava escada cima, pela beira do porão, e minha mente escapou de mim.

Respiro a poeira da cela cinza e pequena. Vou sair daqui, é claro. Estou trancado agora, mas obviamente não morrerei aqui. Esta situação ruim, como todas, terá sua solução.

Olho o Casio de novo e ainda diz 12:45. Está quebrado. Não sei que horas são. Maia está lá fora chegando mais perto e eu trancado aqui. Uma bolha quente de pânico rola de meus pulmões e engulo com dificuldade, respiro e respiro. Novas teias de aranha foram tecidas entre as pernas da cama e os cantos do chão, substituindo aquelas que arrancamos quando preparamos o espaço para Jean. Para Lily, era o nome dela na época. Lily — Tapestry —, a garota adormecida.

Ela não está aqui. Não sei onde está Jean. Cortez, embaixo. Eu, aqui em cima. A sala das damas está cheia de cadáveres, a sala dos homens só tem um. Nico morreu. O cachorro está na fazenda. Não sei que horas são... que dia é...

Levanto-me repentinamente da cama e meu pé direito bate em algo no chão que faz um barulho oco e vacilante ao cair. É a jarra, de nossa débil operação de produção de café. Está tudo aqui, jarra, apontador de lápis, chapa quente e cerca de metade de nossos grãos minguantes. Cortez me traiu, atacou-me e me arrastou para cá, exilou a mim e minhas intenções e me deixou na cela com comida, água, café e grãos. Ele está lá embaixo esfregando as mãos, adejando em meio a seus tesouros, um dragão sobre sua pilha.

Olho os grãos, metade para cima, metade ainda virada para baixo. Será que não tive a sensação de que terminaria aqui? Não tive? Não consigo me lembrar, mas acho que sim, acho que me lembro de olhar a pobre e doente Jean e imaginar a mim mesmo, indisposto e declinando no mesmo lugar, o pobre e doente eu. Como tudo é um círculo, como o tempo é só esta faixa curva, dobrada, devorando o próprio rabo.

Tento me levantar de novo — consigo — estou de pé — experimento a porta, a porta está trancada.

Nico, eu... estou tentando fazer. Estou tentando. Está bem? Faço o melhor que posso.

Levo as mãos ao rosto, à superfície eriçada de pelos de minhas faces. Agora odeio meu rosto, esta desordem rude, como um jardim malcuidado. Talvez eu esteja enganado, talvez ainda haja muito tempo. Perdi a conta. Vou apodrecer aqui. Vou urinar no canto. Vou sentir uma fome cada vez maior. Vou contar as horas. Um homem numa caixa.

Vejo a parede do outro lado da cela: o gancho do lado de fora da porta onde costumava ficar pendurada a chave.

Esta é uma morte pior do que a morte, enterrado vivo em uma cela de cadeia do interior, sabendo muito, mas não o suficiente — o que eu tenho é o círculo escuro da história como uma pedra e preciso que continue rolando para a frente e acumulando massa como uma bola de neve, preciso que ela *cresça*. Que horas são, que dia é — talvez agora esteja prestes a acontecer, agora mesmo: a explosão, o clarão no céu, o chocalhar do chão, depois tudo segue, e no caos e fogo a cena do crime será queimada e esta central de polícia vai desmoronar, eu morrerei e ninguém jamais saberá o que aconteceu.

Grito a plenos pulmões e me atiro nas grades, seguro-as e sacudo, ainda estou gritando, bato as mãos abertas com a palma para as grades, sem parar, porque preciso descer lá, tenho de saber, tenho de ver.

E então passos, andando pelo corredor. Grito e bato nas grades:

— Cortez? Cortez!

— Quem é Cortez, merda?

— O quê?

A parede dos fundos da cela explode, chovendo poeira em volta de mim. Depois a poeira vai assentando lentamente e Jordan está do outro lado das grades, segurando uma semiautomática preta em uma das mãos, a chave da cela na outra, e me olha, seus olhos são ardentes e ferozes. Sem óculos escuros, sem boné berrante, sem sorriso presunçoso.

— Onde ela está? — diz ele, a arma apontada para cima. — Onde está Nico?

Recuo na cela aos poucos. Não tenho onde me esconder. Só uma cama e uma privada.

— Ela morreu — digo a ele. — Você sabe que ela morreu.

Ele atira de novo, o calor da bala dispara por mim e a parede dos fundos explode outra vez, mais perto de minha cabeça, e descubro que lancei as mãos no rosto, abaixei-me e estou encolhido. Não acabou — aquele instinto animal e estúpido de viver, de continuar. Não acabou.

Jordan parece mal. Só o conheci sorrindo; malicioso; olhando enviesado; desdenhoso. É como ele vive em minha mente, o garoto inútil bancando o lorde comigo, escondendo seus segredos em Concord. Agora ele parece uma montagem fotográfica em que envelheceram o criminoso para que seja reconhecido anos depois. Seu rosto jovem é musgoso da barba por fazer, e ele tem um corte fundo de uma orelha ao canto da face. Tem algum tipo de lesão aguda infeccionada na perna direita, a bainha da calça enrolada por cima de uma ferida com um curativo feito de qualquer jeito, pingando pelas bordas, vermelho, preto e pus. Ele parece cheio de tristeza e desespero. Como eu.

— Onde ela está, Henry?

— Pare de me perguntar onde ela está.

Foi ele. Ele a matou. A claridade é como fogo. Jordan avança para mim. Eu avanço para ele. É como se as grades fossem um espelho e nós dois o mesmo cara, duas imagens se aproximando.

— Onde ela está?

Ele levanta a arma e aponta para meu coração. Sinto de novo a necessidade estúpida e trêmula de viver, de dar meia-volta e me abaixar, mas desta vez fico firme, planto os calcanhares no chão, encarando seus olhos coléricos.

— Ela morreu — digo a ele. — Você a matou.

Seu rosto se estreita com uma falsa confusão.

— Cheguei aqui agora.

Ele aponta a arma para mim, e agora eu faço, estou, tipo, tudo bem, tudo bem, me deixa morrer aqui, que a bala se choque com meu cérebro e acabe logo com isso, mas primeiro preciso do resto da história.

— Por que você cortou a garganta dela?

— A... O quê? — diz ele.

— *Por quê?*

Abaixo-me rapidamente, levo o joelho à jarra de café e quebro o vidro. Jordan agita a arma para acompanhar meus atos, Jordan está dizendo "Para de se mexer, porra...", mas agora eu tenho um triângulo irregular de vidro na mão e me atiro para a frente em um salto desajeitado, encontro sua barriga entre as grades e o apunhalo nas entranhas.

— Ei... Merda... — Ele baixa os olhos, apavorado.

É uma ferida superficial, o vidro pendurado em um ângulo raso, mas tem sangue saindo dele como louco, um vazamento rápido e grosso de sangue como óleo, e minhas mãos disparam para a chave no aro em sua outra mão. Sou um segundo lento demais, ele joga o aro e a chave para trás, pela porta, para o corredor.

Digo "droga", ele diz "babaca", coloca a mão firme no estômago e ela sai toda ensanguentada.

— Por que você a matou?

Preciso saber. É só o que preciso saber. Estou um tanto consciente do Rádio Comando, que ainda continua: "*NÃO BEBA A ÁGUA DA BACIA DO RIO MUSKINGUM*", e Jordan estende a mão para meu pescoço entre as grades, mas sua mão está toda escorregadia do sangue da barriga e desliza de mim. Recuo e cuspo nele.

— Estou procurando por ela — insiste ele. — Vim aqui para encontrá-la.

Passo a mão comprida entre as grades e agarro sua perna, meto o indicador por baixo do curativo e aperto até a ferida na panturrilha, ele grita, eu aperto mais. Um truque sujo, o golpe de lutador bandido. Jordan se contorce, tenta se afastar de minha mão, mas não solto — agora coloquei as mãos pelas grades, uma delas o segura pela cintura, a outra ainda perfura o ferimento infeccionado. Estou me comportando como um monstro. Ele grita. Quero respostas. Preciso delas.

— Pare de gritar — digo a ele, os braços estendidos como se passassem pelos buracos em um teatro de marionetes, segurando-o pelas grades.

"Fale. Diga."

— O quê? — Suas palavras saem estranguladas, ele arqueja de dor. — O quê?

— A verdade.

— Que verdade? — Jordan ofega. Solto um pouco a mão, dou-lhe um momento de alívio, sem querer que ele desmaie. A informação é mais importante. Preciso saber. Ele respira desesperado, agarrado à ferida, nós dois na sujeira do chão. Dou a ele o que já sei, formo uma ponte de compreensão comum, Farley e Leonard, *Investigação criminal*, capítulo 14.

— Você abandonou sua namorada em Concord. Você e Abigail deveriam ficar, mas você foi embora mesmo assim. Você cuidou para estar aqui no grande dia, faltando uma semana, quando todo o grupo devia ir para o subsolo. Como você sabia que era o dia?

— Não sei de nada. Já te falei.

— Mentira. Assassino. Você estava aqui às cinco horas da quarta-feira do dia 26, porque sabia que era quando eles iriam para o subsolo e você sabia que Nico iria embora. Talvez você tenha dito a ela... talvez tenha dito a ela para ir embora, para se encontrar com você na frente da central. E ela foi. Tinha uma mochila. Ela estava feliz por ver você.

Torço o dedo, entrando pelo ferimento, e ele se contorce, tenta se afastar, mas eu o segurei com força, estou agarrado a ele pelas grades, mantendo-o ali.

— Mas a outra garota foi uma surpresa indesejada, não é?

— Que outra garota?

— Então você teve de matá-la primeiro, rápido, derrubá-la e cortar sua garganta, depois ir atrás de Nico...

— Mas que merda... Não... eu vim aqui para salvá-la.

— Salvá-la? Para *salvá-la*?

Agora estou torcendo sua perna, agora tento infligir o máximo de dor que posso. Não me importa se nós dois morrermos aqui, presos em nosso *clinch* improvável pelo tempo que resta. Ele pode dizer a verdade ou nós dois podemos morrer.

— Você cortou a garganta de Nico, cortou a garganta da outra garota e abandonou as duas. Por quê, Jordan? Por que fez isso?

— Foi o que aconteceu? Foi o que aconteceu com ela?

E então ele joga a cabeça para trás e arria de lado nas grades. Não ligo, continuo, preciso ouvir a confirmação dele. Preciso disso e Nico também.

— Por que você a matou? Por quê? Como matar minha irmã se encaixa em seu plano idiota de salvar o mundo?

Há uma longa pausa. "*NÃO BEBA A ÁGUA DA BACIA DO RIO MUSKINGUM*", diz o rádio e repete. Jordan começa a rir. Seus olhos rolam para trás e ele solta uma gargalhada fria e estranha, gutural e em gorgolejo.

— Que foi?

Nada. A gargalhada seca e apática.

— Que foi?

— O plano. O plano, Stan. Não existe plano. Nós inventamos. Não é real. Nós inventamos tudo.

2.

Quase sempre, as coisas são exatamente o que aparentam. As pessoas estão continuamente olhando as partes dolorosas ou tediosas da vida com certa expectativa de que exista mais por baixo da superfície, algum significado mais profundo que um dia será revelado; esperamos pela redenção, pela revelação chocante. Quase sempre, porém, as coisas são o que são, quase sempre não existe minério reluzente escondido na terra.

Um enorme asteroide de fato está vindo e nos matará a todos. Este é um fato, duro, frio e irredutível, um fato que não pode nem ser desviado, nem destruído.

Eu tinha razão o tempo todo, em minha insistência irritante, pedante, de mente estreita, de que a verdade era verdadeira — o fato simples e brutal que eu insistia em explicar a Nico, que insisti em tentar usar para que ela fosse encurralada ou apanhasse. Eu sempre tive razão e ela sempre esteve errada.

Jordan explica tudo a mim, conta a história toda, narra a notícia interna da grande conspiração clandestina de desvio do asteroide, explicando em detalhes complexos que eu tinha razão e Nico estava errada, e não tenho nenhuma alegria por me provar correto. É bem o contrário o que estou sentindo, na realidade é o contrário amargo e sombrio da alegria: esta oportunidade medonha de dizer "eu te falei" a alguém que já morreu, de dizer "você estava errada" a minha irmã, que já foi sacrificada no altar de seu engano. Agora estou desejando que eu *não tivesse* dito isso a ela, que só a deixasse em paz, talvez até lhe permitisse o prazer de pensar por meio segundo que o irmão e único parente vivo acreditava no que ela dizia. Que eu acreditava *nela*.

Não só o plano jamais daria certo, a explosão próxima, a recalibração atômica de orquestração precisa do curso letal de Maia. O plano jamais existiu. Seu autor, o cientista nuclear picareta Hans-Michael Parry, também nunca existiu. Eram apenas uns bundões, todos eles, o Astronaut, Tick, Valentine, Sailor, Tapestry — até Isis. Bundões e trouxas. Eles foram reunidos aqui na central de polícia esperando pela chegada de um homem que nunca existiu.

Agora ela está morta, então isso não importa. Eles percorreram isso tudo a troco de nada e agora ela está morta.

Estamos do lado de fora, entre os mastros. É uma linda tarde, fria, clara e ensolarada. O primeiro dia agradável desde que cheguei a Ohio. Jordan conta a história toda, e enquanto faz isso eu agarro meu rosto e as lágrimas se derramam por entre os dedos.

* * *

O verdadeiro nome do Astronaut é Anthony Wayne DeCarlo, e ele não tem formação científica, nem uma compreensão especial de astrofísica, nenhuma formação militar. Ele é, ou era, um ladrão de banco, um vendedor e fabricante de substâncias controladas e um vigarista. Aos 19 anos, DeCarlo foi sentenciado com dez anos de prisão no Colorado por furtar um SUV como veículo de fuga quando o irmão mais velho roubou o Bank of America, na região de Aurora. Foi libertado sob condicional depois de quatro anos e três meses, e seis meses depois disso foi preso num apartamento alugado no Arizona que ele transformara em um laboratório/dispensário de narcóticos de grife. Pena de cinco anos, solto em dois por bom comportamento. E assim por diante. Quando fez 40, o que aconteceu no ano retrasado, ele era conhecido da polícia em um leque impressionante de jurisdições como um bandido de boa aparência e convincente, habilidoso na fabricação de uma variedade de substâncias ilícitas — tanto que um de seus apelidos, aquele de que ele se orgulhava, era "Big Pharma".

Ele passaria muito mais tempo na cadeia, ao longo dos anos, só que tinha um talento especial para reunir acólitos e colocá-los para fazer o trabalho sujo — homens mais jovens e muitas mulheres mais novas, que frequentemente acabavam cumprindo pena por porte, venda e todas as coisas que ele próprio teria feito. Um agente de condicional lamentou, em algum lugar na grossa folha corrida de DeCarlo, que ele "teria dado um grande líder, se as coisas seguissem outro rumo".

E então eles fizeram, conseguiram de fato, as coisas seguiram outro rumo. O asteroide apareceu, transformando a vida de bandidos e traficantes de drogas junto com a de policiais, atuários e patriarcas amish. Na época em que a probabilidade de Maia se chocar com a Terra era de 10%, Anthony Wayne DeCarlo mora em um apartamento de porão em Medford, Massachusetts, e se torna o Astronaut: líder de um movimento, aranha de teias conspiratórias, salvador da humanidade.

Para uma alma inquieta como DeCarlo, paranoica e insegura, Maia era a resposta a uma oração que ele nem mesmo sabia fazer; um cesto em que colocar uma vida inteira de energia autoritária incipiente. De súbito, ele está em um palco improvisado em Boston Common, uma voz carismática pela linha de conspiração do governo, um orador de esquina com um punhado de "descobertas" científicas duvidosas e uma arma metida no bolso de trás. Atrai uma nova constelação de seguidores: jovens assustados com a morte que rola pelo céu, procurando alguma coisa — qualquer coisa — para fazer a respeito disso.

Eles caem na conversa. Minha irmã caiu na conversa. E não é difícil entender por quê, nunca foi difícil entender. A alternativa era acreditar no que seu irmão policial monótono, censor e dado a lições de moral insistia em dizer a ela: vamos ter de encarar essa. Não há esperança. A verdade é verdadeira. Os Astronauts do mundo estavam vendendo uma história melhor, muito mais fácil de engolir. O Homem nos enganou. Os ricaços e mandachuvas, meu irmão, eles *querem* que você morra.

Mentiras, mentiras — tudo mentira!

É mais ou menos nessa época, no final do outono do ano passado, que o Federal Bureau of Investigation começa a seguir os passos de Anthony Wayne DeCarlo, vulgo Astronaut. O FBI, como a maioria dos órgãos federais, sofre de desgaste de pessoal, com agentes partindo aos bandos em suas várias aventuras, chutando o balde. Para aqueles que ainda estão a suas mesas, grande parte da carga de trabalho no ano passado era ficar de olho em pilantras como DeCarlo, todos os terroristas, psicopatas e criminosos imbecis e ordinários a quem Maia deu uma nova chance na vida, todos eles falando montes da derradeira violência antigoverno, que eles iam revelar ou romper a farsa, o que quer que eles alegassem ser encoberto: o governo inventou o asteroide, o governo está escondendo a verdade sobre o asteroide, o governo construiu o asteroide. Você escolhe.

O Astronaut e sua turma nem mesmo estavam entre os trinta maiores, em termos de ameaças dignas de preocupação, até que um garoto chamado Derek Skeve foi apanhado invadindo a estação da Guarda Nacional de New Hampshire. Sob interrogatório, confessou que foi pressionado a entrar na missão perigosa por sua nova mulher.

— Foi Nico que mandou ele pra lá, entendeu? Ela o sacrificou — diz Jordan, cujo nome na realidade não é Jordan. — Foi exigido dela. Para provar sua lealdade ao Astronaut, à organização, aos objetivos da organização.

O nome de Jordan na realidade é agente Kessler; William P. Kessler Jr. Minha mente está tomada das novas informações, enchendo-se rapidamente.

— DeCarlo adora fazer esse tipo de jogo cruel com seu pessoal: dinâmica dentro/fora do grupo, testes de lealdade — diz Kessler. — Ele costumava fazer isso quando traficava: provoque o mané número um a descer o machado no mané número dois, e ele é seu mané para sempre. Ele fez os mesmos truques para formar o novo grupo de conspiração.

O agente Kessler é do FBI. Foi estagiário na Divisão de Serviços Técnicos, segundo me contou, promovido rapidamente a agente de campo, assim como fui promovido rapidamente a detetive quando todos os outros foram embora ou desapareceram. A conspiração do Astronaut foi seu primeiro caso — "Ainda trabalhando nela, na realidade", diz ele, olhando o mastro, o gramado irregular da Central de Polícia de Rotary.

Bastaram dez minutos de tira bom/tira mau para Skeve começar a tagarelar sobre bases lunares e a equipe de Kessler entender que ele era um bode expiatório. Mas então eles pegaram um dos outros bobalhões do Astronaut e entenderam o que o homem realmente procurava: armas nucleares. Eles decidiram dá-las a ele. Kessler fez sua estreia como Jordan Wills, um provocador presunçoso e mordaz de óculos Ray-Ban baratos.

— Apareci na casa do sujeito no meio da noite — diz Jordan. Kessler. — E cheguei com toda essa conversa fiada. Sou um ex-aspirante da Marinha. "Consegui um monte de documentos secretos sobre um cientista e seu plano mestre. Soube de seu grupo... vocês são os únicos que podem nos ajudar. Vocês são os únicos!"

— E ele engoliu?

— Ah, sim — diz Kessler. — Meu Deus, sim. Dissemos a ele que havia outras equipes, equipes por todo o país. Demos a ele a parte específica que ele e os amigos deviam desempenhar. E puf. Lá foram eles. Perseguindo as bombas imaginárias em todos os lugares que eu disse para procurarem. Daqui pra lá, de lá pra cá. Evitando que eles matassem alguém. Evitando que eles encontrassem alguma bomba *de verdade*. Fazendo com que seguissem em frente.

Escuto. Concordo com a cabeça. É boa — é uma boa história. O tipo de história que me agrada, a história de uma operação policial bem concebida e executada, realizada por agentes diligentes que ficam no emprego para garantir a segurança de pessoas decentes, mesmo nas circunstâncias mais difíceis. Uma jogada lenta com intenção clara e estratégia simples: identificar os membros da organização, mantê-los ocupados, alimentar o fogo de sua esperança lunática.

A história, porém, está me afetando em um ponto sensível, seriamente. Estou ouvindo e periodicamente levo a mão ao rosto, as lágrimas escorrem por entre meus dedos.

Kessler e os colegas agentes deram ao Astronaut toda a fachada necessária para convencê-los de que estavam envolvidos em uma conspiração verdadeira. Acesso à internet e equipamento de comunicações, documentos da NASA e da inteligência naval que pareciam oficiais. E, é claro, o objeto de cena definitivo: um SH-60 Seahawk, um helicóptero de alcance médio e dois motores que um dos associados de Kessler no FBI conseguiu "pegar emprestado" de uma divisão da Marinha que acabara de retornar de operações de manutenção da paz, agora controvertidas, no Chifre da África.

Todas as coisas que me fizeram pensar, em meus momentos sombrios, se eu estava errado, se a verdade não era a verdade. Tudo parecia real porque devia parecer real.

— E o documento em si? — pergunto a ele. Ainda o tenho, está em algum lugar no reboque, cinquenta páginas de um jargão complexo e matemática indecifrável. — De onde os números vieram? O... o plano todo?

— Da internet. — Jordan dá de ombros. — Registros públicos. Alguém pode ter puxado o arquivo da NASA. A verdade é que a certa altura parecia um jogo. Até que ponto podemos tornar ilógica a coisa toda? Até que ponto uma hipótese é improvável, até que ponto é inacreditável por si mesma, e ver se essa gente ainda acreditaria. Resultado: tudo, de cabo a rabo. As pessoas acreditarão em qualquer porcaria, se tiverem muita vontade de acreditar.

No frigir dos ovos, saiu justo como eles imaginaram. Kessler, em seu papel de Jordan, informou ao Astronaut que

Parry foi localizado e libertado — uma pessoa falsa contando a um vigarista a localização de outra pessoa falsa —, e que ele, Jordan, está organizando seu transporte para o local em Ohio. É responsabilidade do Astronaut reunir todos os outros, chegar a esta central de polícia abandonada perto de uma pista de pouso municipal e esperar.

— E ele fez isso.

— É claro que fez. Na época, ele tinha certeza de que realmente ia salvar o mundo. Achava-se um ladrão e traficante de drogas convertido em herói de ação. Mas estávamos escrevendo o roteiro, e o roteiro terminava com eles sentados no meio do nada, sem incomodar ninguém, esperando por alguém que não existe, até o apagar das luzes.

* * *

Andamos lentamente pela mata, Kessler e eu. Para o pequeno campo sulcado, cercado por árvores curvas. Trechos de sangue vermelho-escuro ainda são evidentes na poça enlameada onde encontramos o corpo. Ele me disse que quer ver a cena do crime; tirar impressões, fazer uma busca por provas. Expliquei que já fiz tudo isso, mas disse que gostaria de fazer ele mesmo.

Ele quer ver, então aqui estamos, mas ele não faz nada. O agente Kessler limita-se a ficar na beira da clareira, olhando o chão.

Tudo está claro, exceto uma coisa, e mesmo esta é muito clara.

— Jordan?

— Kessler. — Ele me recorda em voz baixa, entrando na clareira.

— Kessler. O que houve? Por que você veio aqui?

Ele fecha bem os olhos e os abre.

— Kessler?

Ele se agacha nos calcanhares, olhando fixamente a lama onde Nico morreu. Mas preciso ouvir isso dele. Preciso saber de tudo. Tenho de saber.

— Kessler? Por que você veio aqui fora?

Ele fala devagar. Sua voz é sufocada, baixa:

— DeCarlo é um louco. De carteirinha. A ficha dele está salpicada de maldades. Violência súbita. Ele consegue enganar ou trapacear, e quando as coisas vão mal... maldades. — O garoto presunçoso que eu odiava tanto sumiu; o agente furioso do FBI numa missão sumiu. Kessler é só um garoto. Um jovem com o coração pesado. — Sabíamos que no fim ele seria capaz de qualquer coisa, se ele entendesse que tudo não passava de papo furado... ou mesmo se ele não entendesse. Quando enfim percebesse que o mundo ia realmente morrer, que *ele* ia morrer. O narcisista de merda. Só Deus sabe que tipo de show de horrores essa coisa podia virar. — Ele devaneia, de olhos fixos. — Só Deus sabe.

Imagino minha irmã de cara na terra. É claro que imagino. Não consigo evitar. De cara na terra, a ferida aberta suja de lama. *Só Deus sabe.*

— Eu não podia... — diz Kessler, depois respira entre os dentes, bate a bota no chão. Cobre o rosto com a mão. — Todos os outros, fodam-se. Hippies idiotas e delirantes, eles que tivessem o que mereciam. Tentando roubar a porra de uma bomba. Mas não... — Ele chora de novo. Desce lentamente de joelhos. — Ela não.

Eu sabia. Acho que sabia desde que ele chegou mancando pelo corredor até a cela.

— Você... tem sentimentos por ela.

Ele ri, um riso choroso e molhado de muco.

— É. Seu criançāo. Anormal. Eu tinha sentimentos por ela. Eu a *amava*, caralho.

— Mas você podia tê-la salvado. Podia ter dito a ela para não vir, podia ter falado que era tudo armação.

— Eu falei! — Ele me olha, não com raiva, mas suplicante. Desesperado. Desolado. — Contei *tudo* a ela. Naquele dia em New Hampshire, no Butler Field, esperando que o helicóptero viesse buscá-la, eu contei a ela que era tudo armação, que eu era agente do FBI, que DeCarlo era uma fraude e um psicopata. Capaz de tudo. — Ele solta o apelido num tom engasgado. — O Big Pharma. Mostrei a ela a merda do meu distintivo. — Ele se interrompe. — Mas...

Droga, Nico... Que droga.

— Ela não acreditou em você.

Kessler concorda com a cabeça, solta o ar.

— Era tarde demais. Nico tinha entrado nessa muito fundo. Naquele mundo de fantasia que eu mesmo criei, porra. Eu disse, você vai acreditar em mim quando Parry não aparecer. Eu disse, prometa para mim, se ele não aparecer em duas semanas, você vai roubar essa merda de helicóptero e voltar para casa. Eu disse, *prometa para mim*. — Agora ele está chorando, a cara enterrada nas mãos.

Ela não prometeu de jeito nenhum. Minha irmã nunca prometia nada.

— Ela não voltou. Eu tive de vir. A certa altura, eu simplesmente... não conseguia parar de pensar nela... Tentei encontrá-la. Não podia deixar que ela morresse aqui... — E ele diz isso, as exatas palavras em que eu pensava dez minutos atrás. — Não podia deixar que ela morresse aqui por nada.

Nenhum dos dois diz o que é evidente e verdadeiro, que ele também chegou tarde demais. Que nós dois chegamos tarde demais.

O agente Kessler não procura por provas. Não tira digitais nem impressão nenhuma. Só olha fixamente o chão por um tempo, depois damos a volta e lentamente retornamos juntos pela mata.

3.

Agora é minha vez. Consegui a história dele e agora o agente Kessler quer a minha.

Voltamos pela mata, a partir da cena do crime até a central de polícia, passando por cima de espinheiros, atravessando a ponte de corda, resmungando do esforço, dois homens de 20 e poucos anos paralisados por ferimentos múltiplos, andando lentamente naquele bosque como velhos. Enquanto andamos, repassamos a investigação em andamento, parte por parte: conto-lhe de encontrar Jean na mata, da descoberta subsequente do corpo de Nico, com um ferimento semelhante, semelhante em gênero mas não em grau; conto de minha testemunha ocular da discussão de Nico com o Astronaut uma hora antes de sua morte. Falo sem parar e ele interrompe de vez em quando com perguntas criteriosas ou esclarecedoras, e caímos em meu antigo ritmo preferido de trabalho policial coloquial — a exposição de um padrão de fatos, o ajuste de detalhes em minha mente para que possam ser verificados por um colega de profissão.

Quando voltamos à central de polícia, Kessler para no Despacho a fim de examinar o corpo de Nico enquanto eu volto à garagem e contorno lentamente a cratera no meio do chão. Parece que Cortez ocupou-se de preencher o poço da escada com a maior quantidade de pedras que conseguiu encontrar — todas as pedras que resultaram da quebra da cunha, mais pedaços grandes que ele arrebentou de todo o chão da garagem. Está sulcado e esburacado por aqui, parece a superfície da Lua. Na beira do buraco há uma ponta solta de corda, saindo sinuosa da pilha de entulho. Imagino meu antigo ajudante depois de me deixar na cela: carregando a lona com as pedras, puxando para baixo, provocando um desmoronamento na boca do túnel atrás dele como o mar Vermelho se fechando às costas de Moisés.

Cortez, colocando uma placa de MANTENHA DISTÂNCIA; Cortez, tomando posse.

— Nunca que foi suicídio — diz Kessler repentinamente, entrando na garagem.

— O quê?

Ele dá um pigarro.

— Os outros, claro. Para o resto deles. Eles desistiram de Parry, talvez tenham percebido que foram enganados. Talvez até tenham percebido que DeCarlo é um maluco. A vida pós-impacto será brutal e curta. Ficar em um bunker ou não. O veneno vira uma boa opção.

A conduta de Kessler durante tudo isso é em *staccato*, acelerada, restrita aos fatos. Ele faz exatamente o que fiz depois de ver o que ele acaba de ver: a face petrificada de Nico, o estrago vermelho e preto de seu pescoço. Ele está cercando a dor por um cordão de isolamento, sufocando-a no ritmo do combate ao crime. Gosto disso. Acho tranquilizador.

— Mas o Astronaut? Não — continua ele, balançando a cabeça. — De jeito nenhum.

— Você disse que ele era um louco — digo. — Você me falou: capaz de qualquer coisa.

— É verdade. Mas não isso. Capaz de convencer os outros a cometer suicídio, sim, mas não ele mesmo. Ele é um tremendo narcisista. Ilusões de grandeza em escala astronômica. O suicídio não combina com o perfil.

— É um mundo diferente.

— Não é tão diferente assim.

— Mas eu... — Olho a pilha de entulho. — Eu o vi. Um homem de meia-idade, cabelo preto espesso, óculos com aro de chifre, olhos castanho-escuros.

Kessler fecha a cara.

— De onde tirou essa descrição?

— Miller.

— Quem?

— Aquele amish. Minha testemunha. Havia outro homem no grupo que podia combinar com essa descrição?

— Não é provável — diz Kessler. — É possível. Fizemos de tudo para ficar de olho, mas as pessoas entravam e saíam. Só o que sei é que em hipótese alguma Anthony DeCarlo é um suicida.

Dou as costas para o patamar da escada tomado de entulho. Essa ideia, de eu ter feito uma identificação errada ali embaixo, de o homem que matou minha irmã ainda estar vivo — ela brilha em mim como uma chama piloto. Curvo-me sem pensar e rolo uma pedra oblonga do alto da pilha, depois outra.

— Então, você acha que ele está aí embaixo? — digo a Kessler.

— Ah, espero sinceramente que sim. — Ele se aproxima e se abaixa sobre o joelho para me ajudar, grunhindo e levantando uma pedra. — Porque eu adoraria matá-lo.

* * *

Enquanto o agente Kessler e eu retiramos o entulho do patamar da escada e puxamos pedregulhos, um por um, e a dor muscular aumenta em meus ombros e nas costas, minha mente voa do corpo e circula o planeta, zune sobre paisagens distantes como um fantasma num conto de fadas, vagando pelo mundo. Em toda parte tem gente rezando, gente lendo para seus filhos, gente brindando ou fazendo sexo, procurando desesperadamente o prazer ou a satisfação nas últimas magras horas de existência. E aqui estou eu, aqui está Palace, até os joelhos em um poço de pedra ao lado de um estranho, cavando sem parar, abrindo um túnel às cegas como uma toupeira para o que vem por aí.

Descemos quando o caminho está liberado, a escada de metal estreita sacudindo-se com nosso peso, como antes, eu primeiro, depois o agente Kessler.

No corredor do porão, acendo a Eveready, lanço sua luz nos cantos e tudo é como antes: escuridão, silêncio e frio. Piso de concreto, paredes de concreto, um estranho cheiro de química.

Kessler tropeça em alguma coisa, fazendo rolar pedrinhas. Viro-me e gesticulo para ele fazer silêncio, ele faz uma carranca e gesticula para que *eu* faça silêncio — dois profissionais da lei desgrenhados, um impondo autoridade ao outro em uma pantomima em câmara escura.

Farejo o ar. É o mesmo, tudo está igual ali embaixo, mas não é o mesmo; está diferente. O ar de algum modo foi perturbado. A mesma escuridão, com novas sombras. Passamos pela pequena sala da caldeira e lançamos o facho da lanterna nas três portas: sala das damas, depósito geral e em seguida a porta com a pichação.

— Os corpos? — diz o agente Kessler. — Palace?

— Um minutinho — resmungo, meus olhos fixos na porta do depósito geral, que está aberta, em um ângulo de cerca de 25 graus. Está escorada, na realidade, mantida aberta por uma caixa vazia de macarrão com queijo, dobrada em uma cunha. Dou um passo até a porta, de arma erguida. Cortez me falou de suas intenções em termos claros: ficar nesta sala por seis meses depois do dia da explosão, antes de se esgueirar lá fora para examinar o mundo. Entretanto ali está a porta, entreaberta de propósito. A pergunta é por quê, a questão é sempre o porquê.

"Cortez?", digo, deixando minha voz viajar para a porta. Aproximo-me um passo. "Ei, Cortez?"

Kessler resmunga alguma coisa no escuro. Curvo-me para mais perto, estreito os olhos, ele ergue sua luz e resmunga de novo, exagerado: "Ele que se foda."

Tudo bem. Ele tem razão. Ele que se foda. Lanço a lanterna para a porta com a placa DAMAS, faço um gesto de cabeça para Kessler, que o repete, e abro a porta. Olho de novo o depósito geral, vivendo ondas sombrias de ansiedade, e entro atrás de Kessler.

— Meu Deus — diz Kessler, em voz alta. — Pelo amor de Deus.

Passo por ele, ao quadro vivo satânico de museu de cera. Respiro lentamente, sem deixar que me atinja, o ar putrefato e os cadáveres feito manequins, arriados uns contra os outros como velas derretidas. Valentine e Tick de mãos dadas, Delighted com sua capa cintilante. Sailor/Alice debaixo da mesa, as pernas cruzadas com recato. Todos de olhos velados, as faces petrificadas e lívidas, as bocas abertas como se quisessem mais bebida. Jordan anda pela sala como fiz antes, pegando fragmentos de toda a visão horrenda, resmungando "Meu Deus do céu" e balançando a cabeça com inquietude. Um estagiário dos serviços técnicos. Um garoto.

Mas ele se refaz — rapidamente, mais rápido do que eu. Kessler começa a identificar os corpos que encontra, declarando os codinomes que já sei — Delighted, Tick, Valentine e Sailor embaixo da mesa — e acrescentando um que eu ainda não tinha ouvido.

— Esta é Athena — diz ele da garota de rosto redondo com as costas um pouco afastadas de Delighted. — Assistente veterinária. De Buffalo. O nome de Delighted é Seymour Williams, aliás. Ele é paralegal, de Evanston. O pai dele era dono de uma loja de roupas.

O louro do corpão com a cicatriz no rosto é Kingfisher. As outras mulheres são Atlantis, Permanent e Firefly. O grandalhão é o Little Man, como eu desconfiava.

— Astronaut, não — diz Kessler, e eu digo:

— Ele está aqui atrás. — Ando no escuro para encontrá-lo e, em vez disso, encontro Cortez. Ele foi meio rolado para dentro, o corpo escondido pela porta aberta, o braço direito jogado canhestramente pelo tronco, como se fosse rolado para cá e largado como um tapete velho.

E o rosto dele — lanço a luz da lanterna —, ele foi baleado na cara.

— Palace?

Reequilibro-me enquanto as conclusões invadem minha cabeça, rapidamente, uma rajada de percepções, como chaves girando em uma série de fechaduras: Cortez foi morto recentemente, nas últimas 24 horas, é a primeira coisa que penso, assim este é um novo assassinato, assim o assassino ainda está vivo — e Cortez bloqueou a escada, então o assassino está aqui embaixo conosco, o assassino está perto.

— *Palace?*

Tenho a mão no pescoço de Cortez para me certificar de que está morto, mas ele sem dúvida alguma morreu, basta ver o rosto: foi baleado na cara com uma espécie de projétil expansivo, uma bala de ponta oca, provocando um ferimento explosivo, abrindo uma cratera na boca e no nariz. O pobre Cortez, com sua cara estourada, morto de um ferimento à bala em uma sala cheia de gente que bebeu veneno. Parece que foi convidado para a festa errada. É engraçado. Cortez acharia engraçado.

— Palace, que merda — diz Kessler e levanto a cabeça, assustado.

— Kessler...

— Não é ele.

— O quê?

— Este. Aqui. — Ele está a pouca distância, agachado como eu, lançando a luz da lanterna em um corpo, como eu, o cadáver do homem de cabelo espesso e óculos. — Este é o corpo que você pensou ser do Astronaut, estou correto?

— Não é ele?

— Não.

Mais percepções, encaixando-se. Giro e olho para onde Kessler está olhando, onde sua luz forma um halo sinistro em volta do rosto.

— Tem certeza?

— Eu vi o homem — diz Kessler. — Falei com ele.

— Este não é ele? Olhos castanho-escuros...

— Esses olhos não são castanho-escuros.

— É claro que agora não são, ele morreu...

— Eles são castanho-claros.

— Bom, eles não são claros.

— Palace, este não é *ele*.

Estamos cochichando, intensamente, depois um tiro explode em algum lugar no silêncio do porão e alguém está gritando — talvez mais de uma pessoa —, e corremos para a porta, nós dois, ficamos presos brevemente num momento Três Patetas, lado a lado na soleira, soltamo-nos num rompante e corremos, eu na frente, depois Kessler, atravessando a larga sala vazia da caldeira para a origem do barulho.

É na sala dos homens, a sala com a pichação, só que agora a porta foi aberta e tem luzes ali dentro, vejo os dois assim que chego, parados, um de frente para o outro, no espaço mínimo. Jean tem um revólver agarrado nas mãos, apontado diretamente para a frente de seu corpo pequeno, para a barriga dele: o Astronaut, vulgo Anthony Wayne DeCarlo, vulgo Big Pharma, com um roupão felpudo aberto e mais nada, sem se preocupar com a nudez barriguda, sem se preocupar com a mulher armada, aparentemente sem se preocupar com nada.

A sala é do tamanho de uma cozinha de apartamento, iluminada como um bar com luzes néon, apinhada de parafernália para preparo de drogas: frascos vazios, tubos compridos e torcidos, um bico de Bunsen aceso e borbulhando algo fedorento, outro bico apagado.

Em uma das mãos erguidas está a arma dele, a arma que matou Cortez — um revólver de cano longo grande e antigo que deve estar carregado de alguns desagradáveis projéteis caseiros semirrevestidos. O cinto, percebo, ainda está na calça, uma Levi's suja e amassada no canto. Só o martelo ainda está no cinto.

Eu falo:

— Todos agora baixem as armas. — Ninguém baixa as armas. Estou um passo para dentro da sala e Kessler pouco atrás de mim, respirando com dificuldade, erguendo a arma, tentando ver a sala. O Astronaut boceja, o bocejo de um lagarto preguiçoso e longo. O corpo de Jean se contorce, se mexe, oscila. É como se sua estrutura atômica tivesse sido perturbada, como se ela fosse um jato viajando rápido demais, rompendo alguma barreira e nós víssemos sua desintegração.

"Baixem as armas." Tento de novo. "Baixem as armas."

Jean não tira os olhos do Astronaut, mas responde a mim, um sussurro para me calar, como se estivéssemos na biblioteca e falássemos alto demais. O Astronaut ri e me dá uma piscadela, rápida e reptiliana. Para alguém que ficou entocado fumando crack ou tomando meth ou não sei o que está preparando atrás dele nesse equipamento complicado, ele está frio como um pepino, firme enquanto ela estoura, as mãos ainda um pouco erguidas, como se assim escolhesse: submeto-me à ameaça implícita de sua arma de fogo, mas não vou fazer estardalhaço disso.

A sala fede: hidrocloreto, amônia, sais queimados. Tem um ruído de fundo, um *chug-chug* baixo do gerador a gasolina mantendo a sala viva de néon: placas de marcas de cerveja, a figura berrante em vidro colorido do Captain Morgan, fileiras de luzes de Natal. A poltrona que Cortez viu, além de uma parte de um sofá modulado e uma luminária feia, tudo espremido ali. É como se o homem tivesse recriado seu *habitat* embaixo do mundo, um terrário asqueroso.

Estou olhando de um para o outro, fazendo cálculos rápidos, entendendo coisas em ordem inversa enquanto acontecem, projetando o filme de trás para frente. Cortez deu uma espiada nesta sala ontem e viu um homem de olhos vazios e pernas para cima e supôs que estivesse morto. Mas Astronaut não estava morto, só estava montado nas ondas da substância ou combinação de substâncias em que cavalgou pela última semana. Preparando e consumindo, empapando-se de vapores, feliz como um marisco naquele infusor de fumaça química quente. A certa altura, porém, ele ressuscitou, deu uma volta por seus domínios subterrâneos e encontrou Cortez agachado junto de seu macarrão com queijo e lhe meteu uma bala na cara.

Preciso manter os olhos no presente — a história continua diante de mim — as peças ainda estão se mexendo — Jean avança com a arma erguida, pronta para matar DeCarlo — como queria fazer ontem, quando perguntou se podia vir conosco.

— Seu monstro — sussurra ela, e ele a ignora, responde alegremente.

— Você conseguiu! — Como se tivesse orgulho dela. Como se ela apenas tivesse feito uma jogada perfeita no boliche. — Você voltou! Estou muito *orgulhoso* de você, garota.

— Não, não está — diz-lhe ela.

— Claro que estou, minha irmãzinha.

— Pare com isso.

— Tudo bem, vou parar. — Ele sorri para ela, lambe os lábios. — Estou parando. Mas tenho orgulho de você.

— Você é um mentiroso.

Olho para ele, sorrindo com malícia e nu. Um mentiroso é o mínimo que ele é. Ele matou todos. Não só Cortez, e não só Nico. Não houve pacto de suicídio — ele envenenou a todos. Foi seu plano B. Só dele.

Jean não consegue atirar nele — esforça-se para isso —, cria coragem. DeCarlo baixa despreocupadamente a mão desarmada para coçar o traseiro. Confortável, à vontade, doidão. Tento entender os detalhes corretamente, raciocino com a maior rapidez possível. Por que ele tem orgulho dela? É uma mentira, ela o chama de mentiroso, mas qual é a natureza da mentira?

Ela está ficando pronta, monstro encantador ou não, ela vai atirar nele. Ele tentou matá-la e agora ela vai atirar nele, e as respostas que restam estarão mortas.

— Jean — digo, mas ela nem mesmo me escuta.

— Olhe para mim — diz Jean ao Astronaut, passando o dedo pela linha da cicatriz, como a vi fazer repetidas vezes durante seu interrogatório. — *Olhe*.

— Você está linda, minha irmãzinha — diz ele. — Você está incrível.

— Olhe o que você *fez comigo*.

Um olhar para trás, ao agente Kessler, e sei que ele está tão confuso quanto eu com esse diálogo, mas também sei que ele não liga, os detalhes não importam mais. Só o que Kessler sabe é que Astronaut matou Nico, que ele amava, e agora ele ergue a própria arma, tenta me contornar para dar seu tiro, até que eu digo "Jean" asperamente, alto, para chamar a sua atenção e impedir que ela aperte o gatilho.

Todos precisam parar — todos precisam parar com aquilo. Porque nada ainda explicou Nico. Não tenho explicação para o motivo de ele ter perseguido minha irmã, cortado sua garganta e a deixado ofegante, respirando sangue, morrendo sozinha na lama.

— Sr. DeCarlo — digo. — Por que matou Nico Palace?

— Não sei quem é essa.

— Por que matou a garota que chamava de Isis?
— Desculpa, cara, isso não me lembra nada.

Ele ri, bufando, os olhos de Jean ficam afiados de raiva e sinto a respiração colérica de Kessler atrás de mim. Astronaut sorri para a garota, provocando-a, irradiando maldade, de pé ali, com seu roupão vulgar, numa sala mínima cheia de gente que quer matá-lo. Sinto a arma em minha mão, a faca no cinto, sinto a própria terra gritando pela morte deste homem, envenenador, vigarista e ladrão, mas agora eu preciso que ninguém morra. Preciso de estase, preciso que o tempo pare até que consiga pegar as últimas peças da verdade nesta salinha azeda.

— Nico disse a você que discordava da decisão de vir para o subsolo, Sr. DeCarlo — digo. — Ela foi embora. Ela não representava mais nenhuma ameaça para você, não ia partilhar de seu espaço, sua arma ou suas drogas.

— Ou o molho de macarrão — diz ele, rindo. — Não se esqueça do meu molho de macarrão.

— Sr. DeCarlo, por que a matou?

— Que merda, cara, essa é uma pergunta para os filósofos — diz ele. — Por que alguém mata alguém, não é? Não é isso mesmo, minha irmãzinha?

A mão de Jean volta à cicatriz e há uma espécie de verdade evasiva no olhar enviesado e malévolo de Astronaut, no terror na cara pequena de Jean, e estou tentando costurar tudo quando Kessler, atrás de mim, diz "Chega", entra na sala esbarrando em mim, e os olhos do Astronaut se aguçam ao reconhecê-lo.

— Ei... — diz ele. — Jordan?
— Na verdade é agente Kessler, seu filhodaputa.
— Agente? Sei. — Ele leva a mão a um joelho e dispara a pistola direto no peito de Kessler, e todo o corpo de Kessler

voa para a parede, eu grito "Merda", depois "Não", porque Jean abriu fogo, ela aperta o gatilho de seu revólver e erra Astronaut por um quilômetro — mas uma faísca voa da parede e pega a atmosfera inflamável e explode.

* * *

Por um longo minuto, o mundo não passa de fogo. Barulho de frascos explodindo e cheiro de queimado, e o ar está em chamas, Kessler pega fogo e eu também, azul e amarelo por toda a volta, estou batendo em nossos corpos, apagando as chamas, enquanto do outro lado da sala mínima todo o corpo defumado em química do Astronaut se incendeia e explode, e antes que ele consiga reagir ou se mexer virou um pilar de fogo, girando e caindo. Tiro Kessler dali com uns puxões fortes, cubro seu corpo com o meu até que nós dois apagamos.

Foi principalmente nossa roupa, afinal, a de Kessler ficou muito queimada, a minha também — o verdadeiro problema é o buraco em seu peito, um ferimento de entrada de uma bala do tamanho de uma bola de golfe jorrando sangue, e assim, com o calor ainda vertendo da sala pequena, o fedor de queimado e de morte, estou recurvado sobre Kessler, ofegando no corredor, comprimindo seu peito com as mãos abertas, o sangue de seu coração e do peito correndo por entre meus dedos.

— Não faça isso — diz ele, exausto, olhando para cima. — Não, por favor.

O sangue borbulha de sua boca com as palavras e, no brilho do incêndio atrás de mim, parece preto.

— Procure não falar — digo. — Estou fazendo pressão na ferida.

Inclino-me, achato a mão sobre a outra, achato as duas em seu peito aberto.

— Não faça pressão na ferida. — Ele levanta a mão com uma força surpreendente, afasta as minhas. — Não faça isso.

— Por favor, fique calado e parado até que eu possa estancar o sangramento.

— Vou sangrar e morrer.

— Não sabemos disso.

— Eu *quero* sangrar até morrer. Palace! Isto é muito melhor do que um... merda... não sei... *tsunami* ou coisa assim. — Ele ri, tossindo, espirrando sangue. — Esta é a melhor hipótese.

Não gosto disso. Balanço a cabeça. A ideia de simplesmente *abandoná-lo* ali.

— Tem certeza?

— Sim. Meu Deus, sim. Pegamos o monstro?

— Ainda não.

— Bom, vá pegar o homem.

— A mulher — digo.

— O quê?

A porta da sala atrás de nós se abre e vejo Astronaut ali, derretido e calcinado, mas isso não importa — é Jean, é Jean quem passa em disparada pelo canto do meu olho, na esperança de que eu não a veja —, mas eu vejo.

4.

Não sei por que isso importa, mas sei que é assim. Conseguir o resto da história, ouvir uma confissão, verificar os últimos detalhes.

Resolver um homicídio não é estar a serviço da vítima, porque, afinal, a vítima morreu. A solução de um homicídio serve à sociedade, para restaurar a ordem moral perturbada pelo disparo da arma, golpe de faca ou envenenamento, serve para preservar essa ordem moral alertando aos outros que determinados atos não podem ser cometidos impunemente.

Mas a sociedade está morta. A civilização são cidades em chamas, seus animais apavorados amontoados em volta dos silos nos campos, apunhalando-se em lojas de conveniência queimadas pela última lata de Pringles.

No entanto — mesmo sim ––, lá vou eu, correndo pelo escuro na direção da escada, seguindo a forma frenética e pequena de Jean. Não grito para que ela pare, porque ela não vai parar. Não grito "Polícia!", porque não sou mais policial, já não sou há algum tempo. Ouço seus pés delicados subindo a escada, ouço a escada de metal estreita chocalhando enquanto ela dispara à luz do dia. Corro pelo piso e a sigo, lançando-me nos degraus finos pela última vez, juntando as últimas peças, seguindo Jean, ela sobe ruidosamente a escada para as sombras reunidas no alto.

Olha o que você fez comigo...

Desvio de pequenos montes de entulho ainda no último degrau, entro na garagem e ainda sinto, mesmo em meio ao horror de tudo que está acontecendo, o desespero de alcançar Jean e o resto da história, uma onda de alegria por ter acabado com aquele bunker, aquela cripta. Saio de rompante na superfície, bebendo o ar e a luz do dia como um mergulhador que vem à tona.

Passo correndo pela garagem fechada para três carros, costurando por entre crateras e pilhas, dou no corredor e vejo Jean, desesperada, alguns passos a minha frente pelo longo corredor onde comecei minha busca, o corredor marcado pelo sangue de minha irmã e o dela, um rastro entrando e outro saindo.

Preciso detê-la... Preciso...

Sou muito mais rápido do que Jean. Ela é rápida e está desesperada, mas sou alto e minhas pernas são muito mais compridas, e estou desesperado também, e consigo — justo quando a porta de vidro da entrada da central de polícia está se fechando a suas costas, eu abro, atiro-me e alcanço suas pernas, derrubo-a na lama, depois volto a me levantar para que quando ela se vire ali esteja eu, assomando, em plena altura, de armas em punho, a faca e a pistola.

— Por favor — diz ela, seu corpo tremendo e as mãos unidas. — Por favor.

Olho-a feio de cima. Estamos cercados pelos arbustos maltratados, piscando verdes à luz do dia. O vento de outono embaraça meu cabelo, faz cócegas nas mangas da camisa.

— Por favor — diz ela suavemente. — Faça isso rápido.

Ela supõe que minha intenção é matá-la. Esta não é minha intenção, mas não lhe digo isso. Não tenho nenhum interesse por ela. Mas não digo isso e fico parado ali com a faca de carne e a SIG e vejo que ela vê as armas, vejo que ela vê a apatia em meus olhos.

— Diga — falo. Minha voz também é apática, apática e fria. As bandeiras tremulam na brisa, ouço o *tinc-tinc-tinc* baixinho das cordas dançando contra os mastros.

— Eu a matei.

— Eu sei.

— Lamento.

— Eu sei — repito, e o que quero dizer é "Não me importa". Sua tristeza não tem nada a ver com a questão. Quero respostas, meu peito está inchado desse desejo, as armas tremem nas mãos. Ela acha que a matarei onde está, prostrada, ela acha que estou enlouquecido de vingança, decidido a massacrá-la. Mas engana-se, não quero vingança. A vingança é a mais barata das motivações, é uma estrela de latão em um casaco roto. Quero respostas, é só o que eu quero.

"Ele a obrigou a fazer isso."

A palavra "Sim" sai baixa e aguda, uma leve lufada agoniada de ar.

— Como ele a obrigou? Jean?

— Eu... — Olhos fechados, respiração pesada. — Não posso.

— *Jean.* — Ela já sofreu o bastante. Tenho consciência disso. Mas todo mundo já sofreu. Todo mundo. — Como? Quando?

— Assim que... — Todo o seu corpo tem espasmos e ela vira a cara. Agacho-me e seguro seu queixo, viro o rosto para mim.

— Assim que vocês foram para o subsolo? — A cabeça concordando. Sim. — Entre as quatro e meia e as cinco e meia da quarta-feira passada. Digamos cinco horas. Às cinco horas do dia 26 de setembro. O que aconteceu então?

— Ele disse que teríamos uma festa. Para comemorar nossa nova vida. Não podemos ficar deprimidos, foi o que ele disse. Uma vida nova. Novos tempos. Nós nem mesmo, sabe como é. Nem abrimos as caixas. Nem olhamos em volta. Foi só... assim que descemos, a gente se sentou.

— Na sala com a placa DAMAS.

— Sim.

Assentindo, assentindo. Não vou permitir que ela fique como estava na cela, retraída, fugindo, como uma cápsula espacial distanciando-se da nave-mãe. Fico perto, de olhos cravados nos dela.

— E você não achou estranho? Dar uma festa numa época dessas?

— Não. De jeito nenhum. Fiquei aliviada. Eu estava cansada de esperar. Parry não ia chegar. "Resolução." Não ia acontecer. Naquela hora, todo mundo sabia disso. Tinha chegado a hora do plano B. Eu estava feliz. O Astronaut também estava feliz. Serviu bebidas para todos. Propôs um brinde. — Um lampejo de sorriso passa por seu rosto, uma ternura vestigial pelo líder carismático, mas morre rapidamente. — Mas então ele... ele começa um discurso. Sobre nossa lealdade. Que perdemos a disciplina. Que a parte difícil ainda nem tinha começado. Ele disse que nosso comportamento lá fora, toda aquela zona que fizemos, enquanto esperávamos, foi uma besteira. Disse que éramos fracos. Pintou com spray na parede.

Eu escuto. Estou abaixado ali com ela, observando seu rosto se contorcer de raiva, vendo as palavras aparecerem na parede: CHEGA DESSA MERDA.

— E aí ele começou a falar de Nico. Ele disse: Vejam quem não está aqui. Vejam quem nos abandonou. Vejam quem nos *traiu*.

Kessler tinha razão a respeito de DeCarlo. Ele o conhecia bem. O suicídio não combinava com o perfil, mas aquilo: dinâmica dentro/fora do grupo. Jogos cruéis. Testes de lealdade. E drogas, é claro, o Big Pharma e sua mão engenhosa para as cocções. Ele havia decidido matar todos os colegas conspiradores do passado — fazia isso mesmo então, alegremente servindo chá para todos —, mas primeiro ia se divertir um pouco.

— Continue, por favor.

Jean me olha indefesa, deploravelmente. Está desesperada para parar aquela conversa, desesperada para não chegar ao final. Para só ficar deitada em paz como o agente Kessler, esperando pelo fim.

Posso ver a mim mesmo, minha forma, flutuando para fora do corpo e correndo para lhe pegar um cobertor, erguendo-a gentilmente, trazendo água para ela, protegendo-a. Uma garota — trauma recente — enroscada de medo no chão da floresta. Mas o que faço é nada, o que faço é ficar ali agarrado a minhas armas, esperando que ela continue.

— O resto. Conte-me o resto.

— Ele, hum... ele olhou para mim. Para *mim*. Ele disse que eu era a pior. A mais fraca. E ele me disse o que eu... o que eu tinha de fazer. Para *conquistar o meu lugar*. — Seus lábios se torcem, a expressão endurece. As palavras são pedras pesadas, ela as solta, asfixiada, uma por uma. — Eu disse "Não posso". Ele disse "Então adeus, boa sorte. Para nós será ótimo beber sua parte da água, minha irmãzinha, comer sua parte da comida".

Ela fecha os olhos e vejo lágrimas rolando por baixo das pálpebras.

— Olhei para os outros, procurando ajuda... ou, ou compaixão, ou... — Ela olha a terra. Não conseguiu ajuda, nem compaixão. Eles estavam tão assustados quanto Jean, todos eles, Tick, Valentine e o Little Man, e seus velhos amigos Sailor e Delighted, todos igualmente assustados e confusos, todos igualmente sob o punho firme de seu líder. A uma semana do impacto e com uma consciência aguda de como ficaram isolados, enquanto o mundo se estreitava a uma cabeça de alfinete como o círculo preto no final de um desenho animado do Pernalonga. Enquanto seu líder e protetor descascava suas camadas, mostrando-lhes a crueldade no âmago.

Então Astronaut diz a Jean para ir agora, diz para se levantar e ela obedece, ela se levanta, ela vai — e, enquanto ela me conta essa história, está se dissolvendo. Vê a lembrança completa saindo da névoa do esquecimento, e a recordação a está *matando*, vejo isto. Cada frase a mata. Cada palavra.

— Eu amava Nico. Ela era minha amiga. Mas enquanto eu subia aquela escada minha cabeça ficou... sei lá. Oca. Teve toda aquela gritaria, aquelas vozes estranhas gritando e... tipo... e rindo?

— Você estava alucinando — digo. — Ele a drogou.

Ela concorda com a cabeça. Acho que já sabe disso. Vozes estranhas, raios escuros da coragem cruel em seu chá. O ingrediente secreto que ele colocou para aumentar sua diversão particular. O jogo dele, o seu Primeiro de Abril apocalíptico. Em vista da overdose dela e dos subsequentes fragmentos de sua memória, provavelmente estamos falando de um alucinógeno, uma espécie de anestésico dissociativo; PCP, talvez, ou ketamina. Mas não posso ter certeza, não é minha área de perícia, e se fosse de nada adiantaria eu tirar sangue, meter nela uma agulha e pegar quaisquer moléculas que ainda nadassem em suas veias. *Mandem para o laboratório, rapazes!*

É claro que os outros levaram a pior. Este era o verdadeiro plano B do Astronaut. A água e comida eram limitadas, tudo era limitado, ele não ia dividir nada, nem por um segundo.

Então, lá vai Jean subindo a escada frágil com a faca de serra do Astronaut, expulsa da ninhada depois de ouvir o preço de seu futuro. Navegando no escuro, os loucos horrores químicos agitando-se nas entranhas, junto com o pavor. Procurando por Nico.

— Sabe de uma coisa? — Ela ergue os olhos para mim com esperança, uma pequena faísca de alegria. — Sabe do que me lembro? Lembro de pensar que ela provavelmente foi embora. Porque ela me disse que ia partir, na escada, ela me falou. E depois, com a festa e o discurso, quer dizer, ficamos lá embaixo pelo que... sei lá, meia hora? Ele mandou a gente se sentar, fez o discurso, tinha algum tempo. Se ela foi embora, já teria sumido. Eu me lembro de pensar nisso.

Pensei nisso também. Está na cronologia que consegui, em minha cabeça.

— Mas lá estava ela. Ela ainda estava lá — diz Jean. — Por que ainda estava lá?

— Chocolates — digo.

— O quê?

— Seria uma viagem difícil. Ela pegou a comida que pôde encontrar.

Ela levou tempo para esvaziar aquela máquina, para escorar com o garfo, meter um cabide ou os braços finos por ali e esvaziá-la, ela levou tempo e isso custou sua vida.

— Então, você lutou com ela.

— Acho que sim.

— Você acha?

— Não me lembro.

— Não se lembra de lutar com ela? E de ela revidar?

Sua mão voa ao rosto, os arranhões e hematomas, depois baixa.

— Não.

— Não se lembra do bosque?

Ela estremece.

— Não.

Curvo-me para ela, a pistola e a faca nas mãos.

— Do que você se lembra, Jean?

Ela se lembra do depois, diz ela. Lembra-se de correr de volta à garagem e descobrir que estava lacrada. E compreender, mesmo em seu desespero escuro e confuso, compreender o que significava. A história toda foi um trote, ele sabia o tempo todo que não conseguiria descer ali. Porque Atlee Miller já havia chegado e selado o buraco, como o Astronaut sabia que faria.

E então havia apenas a pia. Apenas a pia, a faca e o conhecimento do que ela fez e de que fez a troco de nada — por *nada* —, e depois se cortou como havia cortado Nico. Apertando a faca até onde pôde suportar, até o sangue jorrar dela, e ela gritou, correu, correu do sangue, correu para o bosque.

A história é esta. Esta é toda a história, diz ela, e ela está tremendo no chão, seu rosto riscado de tristeza, mas estou andando de um lado a outro acima dela, esta é a história toda, diz ela, mas deve haver mais, eu preciso ter *mais*. Faltam algumas peças. Tem de haver um motivo, por exemplo, para que a degola se apresente como o método lógico — foi ordem do Astronaut, ou um improviso, o meio mais eficaz no momento? E certamente ela foi orientada a levar alguma coisa de volta. Se era para conquistar seu lugar no bunker matando Nico, tinha de haver um suvenir de prova.

Jogo-me na lama, deixo cair as armas e seguro seus ombros.

— Tenho outras perguntas — digo a Jean. Rosnando, gritando.

— Não. Por favor.

— Sim.

Porque não posso resolver o crime se não souber de tudo e o mundo não pode acabar com o crime não resolvido, é nisso que se resume, então aperto ainda mais seus ombros e exijo que ela se lembre.

— Precisamos voltar ao bosque, Jean. Voltar à parte do bosque.

— Não. Por favor...

— Sim, Jean. Srta. Wong. Você a encontrou na frente do prédio. Ela ficou surpresa ao ver você?

— Sim. Não. Não me lembro.

— Por favor, procure se lembrar. Ela ficou surpresa?

Ela assente.

— Sim. Por favor, pare.

— A essa altura você estava com a faca...

— Não me lembro.

— Você correu atrás dela...

— Acho que sim.

— Não ache. Você correu atrás dela pela mata? Atravessou aquele riacho?

— Por favor... pare, por favor.

Os olhos apavorados de Jean encontram os meus e está dando certo, vejo que ela vê de novo, está lá, estou conseguindo, vou conseguir a informação de que preciso, ela agora voltou à cena com o cabo da faca na palma de sua mão, o peso em luta de Nico abaixo dela. E onde eu estava, eu estava a caminho, mas ainda não lá, levei tempo demais, eu devia estar lá para salvá-la, mas não estava, e está queimando, meu sangue queima. Preciso de mais, preciso de tudo.

— Ela implorou pela vida?

— Não me lembro.

— Ela implorou, Jean?

Ela não consegue falar. Concorda, gesticula com a cabeça, chorando, debate-se em minhas mãos.

— O que ela gritava?

Assentindo sem parar, impotente.

— Ela pediu para você parar? Mas você não parou?

— Por favor...

— Há mais umas coisas que preciso saber.

— Não — diz ela —, não, você não... né? Você não... né? Não fala sério, né?

Sua voz está alterada, aguda e suplicante, como uma criancinha, quase a de um bebê, implorando para ouvir que algo desagradável na realidade não é assim. *Não tenho mesmo de ir ao médico, né? Eu não preciso tomar banho.* Jean e eu mantemos nossa postura por um minuto, abaixados na lama, eu segurando seus ombros com força, e eu sinto, de repente, ao que chegamos, o que está acontecendo. O que o asteroide fez com ela está feito e o que Astronaut fez com ela está feito, e agora ali estou eu, seu último e pior terror, obrigando-a a encarar essas trevas, atacando-a como se cada detalhe importasse, como se pudesse importar.

Solto-a, ela rola a cabeça para longe de mim, emitindo gemidos baixos e apavorados como um animal no chão do matadouro.

— Jean — digo. — Jean. Jean. Jean.

Digo seu nome até que ela para de gemer. Digo baixinho, cada vez mais brando, até que se torna um sussurro "Jean,

Jean, Jean", um pequeno sussurro tranquilizador, só a palavra "Jean".

Agora estou arriado no chão ao lado dela.

— Quando seus pais te deram essa pulseira?

— Ah... O quê?

Sua mão direita vai ao pulso esquerdo e ela passa os dedos pela bijuteria barata.

— Quando conversamos na primeira vez, você me contou que foram seus pais que te deram a pulseira de pingente. Foi no seu aniversário?

— Não. — Ela balança a cabeça. — Foi na minha primeira comunhão.

— É mesmo? — Abro um sorriso. Recosto-me, equilibro-me com os dedos entrelaçados nos joelhos. — Então, quantos anos tinha?

— Sete. Eu tinha 7 anos. Eles estavam muito orgulhosos de mim.

— Ah, cara, aposto que estavam mesmo.

Ficamos sentados ali por um tempo na lama do gramado e ela me conta tudo, pintando o retrato: a nave elevada da St. Mary em Lansing, Michigan, as luzes dançando das velas votivas, as harmonias calorosas do coral. Ela se lembra de grande parte disto, considerando a idade que tinha, o quanto lhe aconteceu desde então. Depois de um tempo, conto-lhe algumas de minhas próprias histórias, de quando eu era criança: meus pais nos levando para a velha Dairy Queen nas tardes de sábado para tomar milk-shake; indo ao 7-Eleven depois da escola para comprar gibis do Batman; andando de bicicleta com Nico por todo o White Park, quando ela aprendeu a pedalar e jamais quis se livrar da coisa, girando e girando e girando e girando.

EPÍLOGO

QUARTA-FEIRA, 3 DE OUTUBRO

Ascensão reta 15 51 56,6
Declinação -77 57 48
Elongação 72,4
Delta 0,008 UA

Tem uma lembrança minha que adoro. Somos eu e Naomi Eddes, há uns seis meses mais ou menos. Na última terça-feira de março.

— Bom, vou te contar — diz ela, olhando para mim do outro lado da mesa com um galho mínimo de brócolis na ponta de seus hashis. — Eu estou caidinha por você.

Estamos comendo no Mr. Chow's. Nosso primeiro e último encontro. Ela está com um vestido vermelho com botões pretos correndo pela frente.

— Caidinha, é? — digo, fingindo assombro, implicando com ela pela expressão fora de moda, que na realidade acho poética e encantadora, tanto que, de fato, estou me apaixonando por ela, do outro lado da mesa manchada, abaixo da placa de néon que pisca *Chow! Chow!*. — E por que você acha que está caidinha por mim?

— Ah, sabe como é. Você é muito alto, então vê tudo de ângulos estranhos. Além disso... e falo sério... sua vida tem um propósito. Sabe o que quero dizer?

— Acho que sim. Acho que sei.

Ela se refere a um assunto que conversamos antes, naquele fim de tarde, sobre meus pais, que minha mãe foi assassinada em um estacionamento de supermercado e meu pai se enforcou em seu escritório seis meses depois. E que minha carreira subsequente, sugeri a ela de brincadeira, foi como a do Batman, transformei minha tristeza em um senso de missão para a vida toda.

Mas isso me deixa pouco à vontade, digo a ela, essa versão dos acontecimentos, essa maneira de ver.

— Não gosto de pensar que eles morreram por um motivo, porque faz parecer que está tudo bem. Como se fosse bom que tenha acontecido, porque isso deu ordem à minha vida. Não foi bom. Foi ruim.

— Eu sei — diz ela. — Sei que foi ruim.

Ela franze a testa sob a cabeça careca, come o brócolis e eu continuo, explico como prefiro ver as coisas: como é tentador colocar as coisas em um padrão, nomear determinadas ocorrências como as causas de acontecimentos subsequentes — mas então, quando se pensa bem, você percebe que é só o jeito de a vida acontecer por acaso, como as constelações, você pisca uma vez e é um guerreiro ou um urso, pisca de novo e é um punhado espalhado de estrelas.

— Mudei de ideia — diz Naomi, depois de eu falar assim por algum tempo. — Não estou mais caidinha por você.

Mas ela sorri e eu também. Ela estende a mão e limpa o molho de gengibre do canto de meu bigode. Ela estará morta em 48 horas. Será o meu amigo detetive Culverson quem me chamará para a cena do crime, na Merrimack Life and Fire.

— Pelo menos podemos concordar — diz ela no Mr. Chow's, ainda viva, ainda limpando molho de meu rosto com o polegar — que você *deu* significado a sua vida. Podemos concordar com isso?

— Claro — digo. Ela é tão bonita. O vestido vermelho com os botões. Nunca vi ninguém tão bonita. — Tudo bem. Sim. Podemos concordar.

* * *

O restante da terça-feira, 2 de outubro, passei enterrando minha irmã em uma cova rasa entre os mastros do gramado da frente da central de polícia. No lugar de um serviço religioso, canto enquanto cavo, primeiro "Thunder on the Mountain", depois "You've Gonna Make Me Lonesome When You Go", depois um medley das preferidas de Nico e não das minhas: ska, músicas de Elliott Smith, de Fugazi, "Waiting Room" sem parar até que sinto que já cavei bem fundo no gramado da central de polícia para colocar seu corpo e me despedir.

Por várias horas depois disso ajudo Jean. Tiro os corpos do bunker, um por um; transfiro os bicos de Bunsen do Astronaut para o depósito geral, assim ela pode usar para cozinhar macarrão com queijo, se quiser; empurro e rolo pedras soltas e pedaços de concreto para aquele primeiro degrau, lacrando a escada o melhor que posso. Não sei quanto tempo ela vai durar lá embaixo, ou como fará, mas é o melhor que posso fazer por ela, sinceramente é. Há um helicóptero estacionado em algum lugar num campo nessas matas, mas não sei pilotar e nem ela sabe, e para onde ela iria?

Ela está armada, caso precise usar uma arma.

E depois eu me mando, pouco depois da meia-noite de 3 de outubro, com esta lembrança em particular, eu e Naomi no Mr. Chow's, tecida por minhas costelas como uma fita vermelha.

É uma viagem tranquila. Não tem muita gente na estrada esta noite; não há muito movimento nas ruas. Hoje a maioria dos lugares do mundo deve ser cidades azuis, todo mundo mergulhado em sua última rodada de orações, bebedeira ou risos, fazendo o que resta fazer antes de tudo mudar ou morrer. Pedalo por Rotary e passo pela casa com o muro reforçado semicircular, a casa de fazenda de tijolos aparentes na Downing Road. Não sei se é o sujeito que atirou em mim com a metralhadora, mas tem alguém no telhado, com um boné da John Deere e uma barriga imensa, cercado por sua família: uma mulher de meia-idade com a roupa de domingo, além de duas adolescentes e um garoto pequeno. Estão todos no telhado, num rígida posição de sentido, ao luar, saudando uma bandeira dos EUA.

Vou para a State Road 4 rumo ao sul. Lembro-me do caminho. Sempre fui bom em geografia espacial: conseguir o senso de um lugar ou um sistema de estradas, ou a residência de um criminoso, registrando os menores detalhes em minha cabeça e guardando-os bem.

Em um mundo perfeito, eu não dormiria esta noite, é claro, ficaria acordado de algum jeito, mas meu corpo não sabe que dia é e meus olhos estão baços, estou me desviando da estrada. Encontro a mesma parada de antes, dobro meu casaco do mesmo jeito e, depois de três horas de sono, sou acordado pelo uivo forte e distinto de um apito de trem, o que parece impossível. Mas abro os olhos, levanto-me e fico ali, vendo-o passar, longe, perguntando-me se estou sonhando. Um trem de carga comprido, que rola lentamente por Ohio, a fumaça despejada do motor.

Urino na mata, pego a bicicleta e continuo.

* * *

Céu cor-de-rosa ao amanhecer, frio da manhã de outono.

Uma vez ouvi a policial Burdell na cozinha da Casa da Polícia falando com o policial Katz de seus planos para o último dia. Ela disse que ia passá-lo pensando em "todas as coisas que são um porre na vida. Ter um corpo e essas coisas. Hemorroidas e dores de barriga e gripe".

Na época achei uma estratégia ruim e penso o mesmo agora. Tiro uma das mãos do guidom da Schwinn e faço uma saudação no ar para Night Bird, em Furman, Massachusetts. Aproveito a oportunidade e mando outra a Trish McConnell.

Recoloco as mãos no guidom e me viro para a barraca de frutas. Cantando de novo, o mais alto que posso, cada verso apanhado pelo vento e transmitido por sobre meu ombro, como trechos de melodia, pedaços e fragmentos do *Desire*.

* * *

Ouço o cachorro antes de vê-lo, três latidos finos e animados degenerados em um acesso de tosse canino e crescente, tosse; late, tosse; late, depois só tosse, tosse, tosse, enquanto Houdini manca com determinação de trás daquele abrigo para me ver.

— E aí, garoto — digo, e meu coração se anima só de olhar para ele, galopando e se arrastando para mim pela leve ondulação da fazenda.

Metade do milho de outono está na época da colheita, metade dos caules ainda cheios, metade tombando, estéril. Tem um canteiro de abóboras que eu não tinha notado, em um canto de terra, pouco à direita da varanda da frente, trepadeiras verdes e sinuosas e gordos globos laranja. Duas das mulheres estão na varanda, duas das filhas ou noras, sentadas em cadeiras duras, com seus vestidos compridos e toucas, costurando ou tricotando, trabalhando em cobertores para o inverno. Levantam-se quando me aproximo, sorriem, nervosas, e se dão as mãos, e pergunto educadamente se posso falar com Atlee, e elas vão buscá-lo.

Houdini fica passando por entre minhas pernas, espirrando com a poeira, eu me abaixo e coço o pelo branco atrás de sua cabeça, ele rosna baixo e satisfeito. Alguém deu um banho no garoto. Alguém tosou seu pelo também, penteou e tirou todos os insetos e carrapichos. Ele quase tem a aparência que tinha quando o conheci, uma criatura pequena e capeta correndo pela casa suja de um traficante de drogas na Bog Bow Road. Nós nos olhamos e eu sorrio, ele sorri também, acho. *Pensou que eu tinha morrido também, não foi, Hen? Você pensou, né?* Ou não. Quem sabe? Nunca se sabe o que um cachorro está pensando, não mesmo.

Atlee Miller não pergunta do resultado de minha investigação e não me proponho a dar nenhuma informação. Trocamos gestos de cabeça e eu aponto o reboque.

— Trouxe sua britadeira de volta. Obrigado.

Ele gesticula com uma das mãos.

— Não sei se vou precisar dela.

— Minha irmã... ela acha que todos podemos viver. De algum jeito. E então pensei que não faria mal devolver.

— Não faz mal — diz Atlee, e assente. — Não pode fazer mal.

Estamos falando em voz baixa no gramado. Vejo o resto da família atrás dele, as crianças, adolescentes, tias, tios e primos, emoldurados nas janelas grandes da casa, reagindo ao meu regresso.

— Pensei em ficar para o almoço — digo. — Se quiser me receber.

— Ah, claro — diz ele. Talvez até a sugestão de um sorriso em algum lugar no cinza de sua barba. — Fique o tempo que quiser.

* * *

Na hora atarefada antes do almoço, sou principalmente uma presença silenciosa na casa: o estranho alto, sozinho num canto, como um móvel. Sorrio educadamente para as mulheres, faço caretas engraçadas para os garotinhos e garotinhas. Não experimento, como temia, uma onda de lembranças indesejadas, nenhum maldito filme por trás de minhas pálpebras. A casa tem cheiro de pão. As crianças estão rindo, trazendo da cozinha bandejas instáveis de talheres. Um dos filhos de Atlee machucou as costas trabalhando a terra, e assim, quando tem dificuldade para trazer uma pesada mesa de madeira da cozinha, levanto-me e empresto a força que tenho.

Então, sentamos para almoçar. Tenho um lugar bem ao lado de uma das mesas das crianças, perto de uma das maiores janelas, larga e quadrada, sem cortina, uma visão completa do céu.

À medida que a comida é trazida, minha coragem de súbito me abandona e só por um minuto pavoroso meu coração parece frouxo e flutuante, minhas mãos começam a tremer, tenho de me manter parado por força da vontade, olhando aquela janela grande, larga e quadrada. Permito a mim mesmo a última breve possibilidade de que terá sido tudo um sonho, que se fechar bem os olhos e os abrir, tudo será como antes — e eu até tento, fecho-os com força como uma criança, aperto as pálpebras com os nós dos dedos, mantenho a postura até que estrelas ganham vida e dançam por dentro de minhas pálpebras. Quando os abro, as filhas e filhos de Atlee e suas mulheres estão trazendo a refeição: legumes cozidos, coelho refogado, pão.

Atlee Miller baixa a cabeça e a sala fica imóvel enquanto todos rezam em silêncio pela comida, como da última vez, e como da última vez deixo meus olhos abertos. Olho em volta até que a encontro, lá está ela, em sua cadeira, a uma das mesas das crianças, a jovem Ruthie de tranças louro-arruivadas, os olhos abertos como os meus. Seu rosto é pálido, ela me vê olhando e estendo a mão para a garota. Estico meu braço comprido e estendo a mão para lhe emprestar minha coragem, e ela estende a mão e empresta a dela a mim, damo-nos as mãos e nos olhamos enquanto o céu começa a brilhar, Atlee mantém a cabeça baixa e a sala continua numa oração silenciosa.

Seguro a mão de Ruthie e ela segura a minha, e ficamos assim, dando forças um ao outro, como estranhos em um acidente de avião.

Agradecimentos

Este livro, e esta série, foi baseado em muito material e ajuda de muitas pessoas inteligentes e gentis, a começar pela patologista forense Cynthia Gardner, o astrônomo Dr. Timothy Spahr e meu irmão, Andrew Winter.

Agradeço a minha mulher, Diana; a meus pais e aos pais dela.

Aos primeiros leitores Nick Tamarkin e Kevin Maher; a todos da Quirk Books, em particular Jason Rekulak e Jane Morley; a Joelle Delbourgo, Shari Smiley e Molly Lyons.

A Don Mattingly, da Mattingly Concrete; a Katy e Tim Carter e seus frangos; ao cientista planetário, o professor Don Korycansky, da UC Santa Cruz; a todos de Concord, New Hampshire, Departamento de Polícia, em particular ao policial Ryan Howe e ao tenente Jay Brown; ao detetive Todd Flanagan, do gabinete do procurador do estado de New Hampshire; a Russ Hanser; a Danice Sher (promotora), ao Dr. Ratik Chandra, às Dras. Nora Osman e Zara Cooper; e aos especialistas em amish, os professores David Weaver-Zercher e Steve Nolt.

O ÚLTIMO POLICIAL
Livro 1

Qual o sentido em se investigar um assassinato se em breve todos irão morrer?

Apenas a seis meses do impacto do asteroide 2011GV1, o detetive Hank Palace tenta juntar as peças do estranho quebra-cabeça que envolve a morte de Peter Zell, recusando-se a aceitar que se trata apenas de mais um entre os inúmeros casos de suicídio que tomam o país. Ao mesmo tempo, Palace precisa localizar o marido de sua irmã e evitar se envolver com uma das principais suspeitas do crime. Livro ganhador do Edgar Award, uma das maiores premiações dedicadas ao gênero policial.

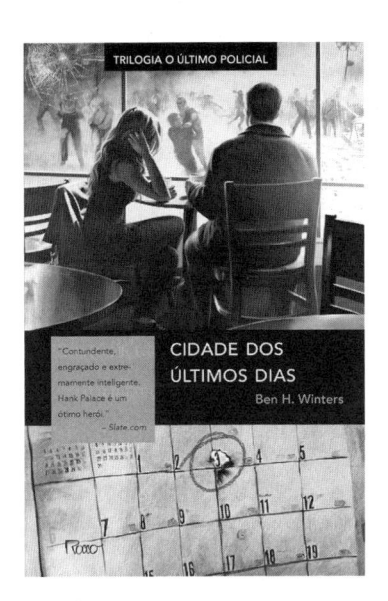

O ÚLTIMO POLICIAL
Livro 2

Faltam apenas 77 dias para o grande asteroide atingir a Terra, e Hank Palace não tem mais emprego. A força policial de Concord agora está sob o controle do Departamento de Justiça, e investigar crimes não é mais uma prioridade. Mas Palace não pensa assim, e o pedido de ajuda de Martha Milano, que muito tempo atrás tomava conta de um pequeno Hank e sua irmã Nico, é o suficiente para tirar Palace da aposentadoria. O marido dela, o ex-policial Brett Cavatone, desapareceu, e as pistas deixadas levam Palace ao campus da Universidade de New Hampshire, que às vésperas do fim do mundo declarou independência aos Estados Unidos da América.

Este livro foi impresso na Intergraf Ind. Gráfica Eireli.
Rua André Rosa Coppini, 90 – São Bernardo do Campo – SP
para a Editora Rocco Ltda.